CB073799

O CORPO DELA E OUTRAS FARRAS

CARMEN MARIA MACHADO

Tradução
Gabriel Oliva Brum

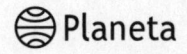

🌐 Planeta   minotauro

Copyright © Carmen Maria Machado, 2017
Copyright © Editora Planeta do Brasil, 2018
Todos os direitos reservados.
Título original: *Her Body and Other Parties*

Preparação: Julia Barbosa
Revisão: Mariane Genaro e Renata Lopes Del Nero
Diagramação: Marcela Badolatto
Ilustração: Barbara Malagoli
Capa: adaptada do projeto original de gray318

Dados Internacionais de Catalogação na Publicação (CIP)
Angélica Ilacqua CRB-8/7057

Machado, Carmen Maria
  O corpo dela e outras farras / Carmen Maria Machado ; tradução de Gabriel Oliva Brum. -- São Paulo : Planeta Minotauro, 2018.
  240 p.

ISBN: 978-85-422-1371-3
Título original: Her body and other parties

1. Ficção norte-americana 2. Mulheres – Ficção 3. Feminismo - Ficção I. Título II. Brum, Gabriel Oliva

18-0919   CDD 813.6

2018
Todos os direitos desta edição reservados à
EDITORA PLANETA DO BRASIL LTDA.
Rua Padre João Manoel, 100 – 21º andar
Ed. Horsa II – Cerqueira César
01411-000 – São Paulo-SP
www.planetadelivros.com.br
atendimento@editoraplaneta.com.br

Para o meu avô
REINALDO PILAR MACHADO GORRIN,
quien me contó mis primeros cuentos, y sigue siendo mi favorito

e para
VAL
*Eu me virei
e lá estava você*

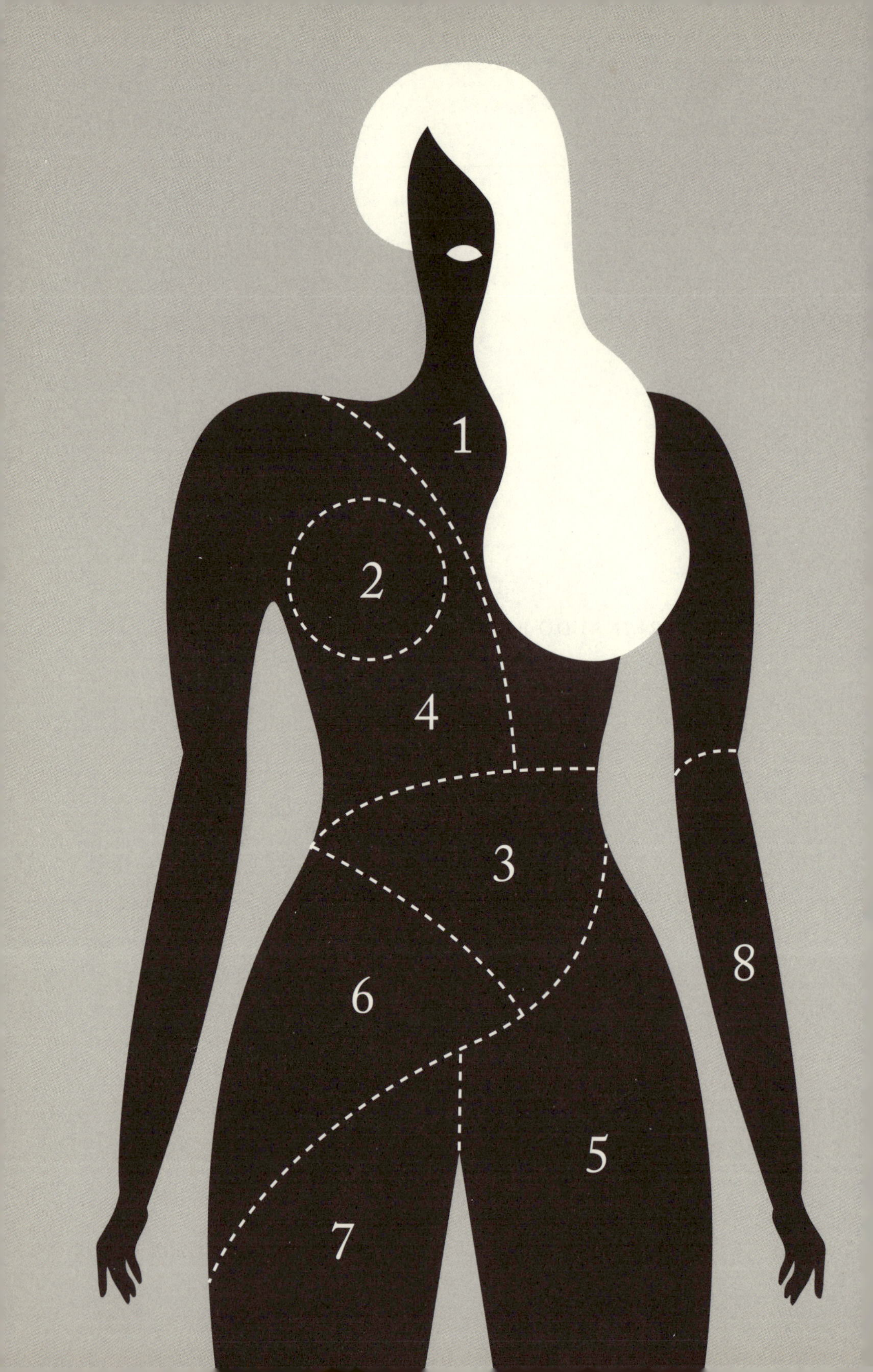
1
2
4
3
8
6
5
7

1   O PONTO DO MARIDO   9

2   INVENTÁRIO   37

3   MÃES   49

4   ESPECIALMENTE HEDIONDAS
    272 visões de *Law & Order: SVU*   67

5   MULHERES DE VERDADE TÊM CORPOS   123

6   OITO BOCADOS   145

7   A RESIDENTE   165

8   DIFÍCIL EM FESTAS   213

Meu corpo é uma casa assombrada em que estou perdida. Não há portas, mas há facas e centenas de janelas.

– JACQUI GERMAIN

*deus devia ter feito as garotas letais
quando transformou homens em monstros.*

– ELISABETH HEWER

1

O PONTO DO MARIDO

(Se for ler esta história em voz alta, por favor, use as seguintes vozes:
 EU: quando criança, aguda, esquecível; quando adulta, da mesma forma.
 O GAROTO QUE SE TORNARÁ UM HOMEM E SERÁ MEU MARIDO: repleta de espontaneidade.
 MEU PAI: gentil, estrondosa; como a do seu pai, ou a do homem que você gostaria que fosse seu pai.
 MEU FILHO: quando pequeno, suave, como se tivesse a língua um pouco presa; quando adulto, parecida com a do meu marido.
 TODAS AS OUTRAS MULHERES: intercambiáveis com a minha.)

No início, sei que o quero antes de ele me querer. Não é assim que se faz, mas é como vou fazer. Estou na festa de um vizinho com meus pais e tenho dezessete anos. Bebo meia taça de vinho branco na cozinha com a filha adolescente do vizinho. Meu pai não percebe. Tudo é suave, como uma pintura a óleo fresca.

O garoto não está voltado para mim. Vejo os músculos de seu pescoço e das costas, como ele quase não cabe na camisa abotoada, como um trabalhador braçal vestido para um baile, e prefiro os arrumados. E não é como se eu não tivesse opções. Sou bonita. Tenho uma boca carnuda. Meus seios saltam dos meus vestidos de uma maneira que pareço ao mesmo tempo inocente e perversa. Sou uma garota comportada de uma boa família. Mas ele é um pouco rústico, de um jeito que os homens às vezes são, e eu quero. Parece que ele poderia querer a mesma coisa.

Uma vez ouvi uma história sobre uma garota que pediu algo tão repulsivo ao seu amante que ele contou à família dela e a mandaram para um sanatório. Não sei que prazer pervertido ela pediu, mas eu daria tudo para saber. Que coisa mágica seria essa, possível de se querer tanto a ponto de lhe isolar do mundo por querê-la?

O garoto me nota. Ele parece meigo, encabulado. Diz oi. Pergunta o meu nome.

Sempre quis escolher o meu momento e esse é o que escolho.

Eu o beijo no terraço. Ele retribui o beijo, a princípio de leve, mas depois com mais força, e até abre um pouco a minha boca com a língua, o que me pega de surpresa e, acho, ele também. Imaginei muitas coisas no escuro, na minha cama, debaixo do peso daquela colcha velha, mas nunca isso, e dou um gemido. Ele parece assustado quando se afasta. Seus olhos procuram algo por um momento até se fixarem na minha garganta.

"O que é isso?", pergunta ele.

"Ah, isto?" Toco na fita na minha nuca. "É só a minha fita." Passo os dedos pela superfície verde e lustrosa até chegar ao laço apertado que fica na frente. Ele estende a mão e eu a agarro e afasto de mim.

"Você não devia tocar nela", digo. "Não pode tocar nela."

Antes de a gente voltar pra dentro, ele pergunta se pode me ver de novo. Digo que gostaria. Naquela noite, antes de dormir, eu o imagino novamente, sua língua abrindo a minha boca, e meus dedos deslizam pelo meu corpo e o imagino ali, cheio de músculos e desejo de agradar, e sei que vamos nos casar.

...

Nos casamos. Quer dizer, vamos nos casar. Mas, primeiro, ele me leva em seu carro, no escuro, até um lago com uma margem pantanosa da qual é difícil se aproximar. Ele me beija e agarra o meu seio; meu mamilo endurece sob seus dedos.

Não tenho realmente certeza do que ele vai fazer antes que faça. Ele está duro, quente e seco e cheira a pão, e quando me rompe eu grito e me agarro a ele como se estivesse à deriva no mar. Seu corpo se prende ao meu e ele empurra, empurra, e antes do fim ele sai de dentro de mim e termina coberto com o meu sangue. Fico fascinada e excitada pelo ritmo, pela sensação concreta da sua necessidade, pela clareza do seu alívio. Depois, ele se atira no banco e posso ouvir os sons do lago: mergulhões e grilos e algo que soa como um banjo sendo dedilhado. O vento sopra mais forte saindo da água e esfria o meu corpo.

Não sei o que fazer agora. Sinto meu coração batendo entre as minhas pernas. Dói, mas imagino que a sensação poderia ser boa. Passo a mão sobre mim e sinto traços de prazer vindos de algum lugar distante. A respiração dele fica mais lenta, e percebo que está me observando. Minha pele brilha sob o luar que entra pela janela. Quando o vejo olhando, sei que posso agarrar aquele prazer como as pontas dos meus dedos roçando a extremidade do barbante de um balão que quase voou para longe. Puxo e gemo e desfruto da sensação devagar, com calma, sem parar de morder a minha língua.

"Preciso de mais", diz ele, mas não se levanta para fazer nada. Ele olha pela janela, assim como eu. *Qualquer coisa poderia se mover lá fora na escuridão*, penso. Um homem com um gancho no lugar da mão. Um caronista espectral repetindo eternamente a mesma viagem. Uma velha invocada do descanso de seu espelho pelas cantigas de crianças. Todo mundo conhece essas histórias, isto é, todo mundo as conta, mesmo que não as conheça, mas ninguém acredita nelas.

Seus olhos percorrem a superfície da água e recaem sobre mim.

"Me conte sobre a sua fita", diz ele.

"Não tem nada pra contar. É a minha fita."

"Posso tocar nela?"

"Não."

"Eu quero tocar nela." Os seus dedos estremecem um pouco e fecho as pernas e me sento direito.

"Não."

Algo no lago sai da água se contorcendo e cai com um baque molhado. Ele se vira ao ouvir o barulho.

"Um peixe", diz ele.

"Algum dia vou lhe contar as histórias sobre esse lago e suas criaturas", digo a ele.

Ele sorri para mim e esfrega o maxilar. Um pouco do meu sangue acaba espalhado por sua pele, mas ele não nota e não digo nada.

"Eu gostaria bastante de ouvir", diz ele.

"Me leve pra casa", digo a ele. E, como um cavalheiro, ele me leva.

Eu me lavo naquela noite. A espuma macia entre as minhas pernas tem cor e cheiro de ferrugem, mas estou mais nova do que nunca.

Meus pais gostam muito dele. Dizem que é um bom garoto. Ele será um bom homem. Perguntam no que ele trabalha, sobre os seus hobbies, sua família. Ele aperta com firmeza a mão do meu pai e rasga elogios à minha mãe que a fazem dar risinhos e corar feito uma garota. Ele aparece duas vezes por semana, às vezes três. Minha mãe o convida para jantar e, enquanto comemos, cravo as minhas unhas na perna dele. Depois das poças de sorvete na tigela, digo aos meus pais que vou dar uma caminhada com ele pela rua. Saímos noite adentro, ficando meigamente de mãos dadas até não podermos mais ser vistos da casa. Eu o puxo para o meio das árvores e, quando encontramos um lugar mais aberto, me retorço para tirar a meia-calça e me ofereço de quatro para ele.

Ouvi todas as histórias sobre garotas como eu e não tenho medo de criar mais uma. Ouço a fivela metálica de sua calça e o barulho abafado que faz ao cair no chão e sinto seu membro semiduro encostar em mim. Eu imploro, "Não provoque", e ele atende o meu pedido. Gemo e me pressiono contra ele e trepamos naquela clareira, os gemidos do meu prazer e os gemidos da sorte dele se misturam e se dissipam na noite. Estamos aprendendo, ele e eu.

Há duas regras: ele não pode terminar dentro de mim e não pode tocar na minha fita verde. Ele ejacula na terra, *pá-pá-pá*, como chuva começando a cair. Tento me tocar, mas os meus dedos, que estavam se enterrando na terra debaixo de mim, estão sujos. Subo a minha calcinha e a meia-calça. Ele faz um barulho e aponta e percebo que, debaixo do nylon, os meus joelhos também estão cobertos de terra. Abaixo a meia-calça e limpo e depois a subo de novo. Aliso minha saia e prendo meu cabelo. Um único tufo escapou de seus cachos alisados para trás com o esforço, e o coloco no lugar com os outros. Caminhamos até o córrego e mergulho minhas mãos na correnteza até ficarem limpas de novo.

Andamos de volta para a casa de braços dados de maneira inocente. Lá dentro, minha mãe fez café, nós todos nos sentamos e meu pai lhe pergunta sobre os negócios.

(Se for ler esta história em voz alta, os sons da clareira podem ser reproduzidos mais fielmente respirando fundo e prendendo a respiração por bastante tempo. Então solte todo o ar de uma vez, permitindo que o seu peito afunde feito o bloco de uma torre de brinquedo arremessado ao solo. Continue fazendo isso, encurtando o tempo entre prender e soltar a respiração.)

...

Sempre fui uma contadora de histórias. Quando eu era pequena, minha mãe me arrastou para fora do mercado enquanto eu gritava que havia mãos no corredor de hortifrúti. Mulheres preocupadas se viraram e assistiram enquanto eu esperneava e batia nas costas magras da minha mãe.

"Mamão!", corrigiu ela quando voltamos para casa. "Não mão!" Ela me mandou sentar na minha cadeira, uma coisinha de tamanho infantil, feita para mim, até que meu pai chegasse. Mas, não, eu havia visto as mãos, pálidas e ensanguentadas, misturadas entre aqueles frutos avermelhados. Uma delas, uma que eu cutucara com a ponta do dedo indicador, estava gelada e cedeu ao meu toque como se fosse uma bolha. Quando repeti esse detalhe à minha mãe, algo por trás do líquido dos seus olhos moveu-se depressa feito um gato assustado.

"Não saia daqui", disse ela.

Meu pai chegou do trabalho naquela noite e ouviu a minha história com todos os detalhes.

"Você conheceu o Sr. Barns, não?", perguntou ele, referindo-se ao senhor idoso que era dono daquele mercado em particular.

Eu o havia encontrado uma vez e disse isso. Ele tinha cabelos brancos como o céu antes da neve e uma esposa que escrevia as placas para as vitrines do lugar.

"Por que o Sr. Barns venderia mãos?", perguntou o meu pai. "Onde ele as conseguiria?"

Sendo nova, e sem noção da existência de cemitérios ou necrotérios, não pude responder.

"E mesmo que ele as tivesse conseguido em algum lugar", continuou o meu pai, "o que ele teria a ganhar ao vendê-las entre os mamões?"

Elas estavam lá. Eu as vi com os meus próprios olhos. Porém, sob o raio de sol da lógica do meu pai, senti minhas dúvidas tomarem forma.

"E, acima de tudo", disse o meu pai, usando de modo triunfante sua prova final, "por que ninguém notou as mãos além de você?".

Como uma mulher adulta, eu teria dito ao meu pai que há coisas verdadeiras nesse mundo observadas somente por um único par de olhos. Como uma menina, concordei com o seu relato da história e ri quando ele me levantou da cadeira para me beijar e me mandou ir brincar.

Não é normal uma garota ensinar o seu garoto, mas estou apenas mostrando a ele o que quero, o que acontece por trás das minhas pálpebras quando adormeço. Ele passa a reconhecer a mudança na minha expressão quando sou tomada por um desejo e não escondo nada dele. Quando ele me diz que quer a minha boca, toda a minha garganta, eu aprendo a não engasgar e o recebo inteiro dentro de mim, gemendo enquanto lido com o gosto salgado. Quando ele me pergunta qual é meu pior segredo, conto sobre o professor que me escondeu no armário até os outros terem ido embora e me fez abraçá-lo lá, e como depois voltei para casa e esfreguei as mãos com um chumaço de palha de aço até sangrarem, apesar de a lembrança me deixar tão furiosa e envergonhada que depois de contá-la tenho pesadelos durante um mês. E quando ele me pede em casamento, poucos dias antes do meu aniversário de dezoito anos, digo sim, sim, por favor, e então naquele banco do parque sento no colo dele e ajeito a minha saia para que ninguém que passe perceba o que está acontecendo debaixo dela.

"Sinto como se eu conhecesse tantas partes de você", ele me diz, com um dedo enfiado e tentando não ofegar. "E, agora, vou conhecer todas elas."

Há uma história que contam sobre uma garota que foi desafiada por seus amigos a entrar em um cemitério local depois que escurecesse. Sua tolice foi a seguinte: quando lhe contaram que ficar de pé sobre o túmulo de alguém à noite faria com que o residente a agarrasse e a puxasse para debaixo da terra, ela zombou. Zombar é o primeiro erro que uma mulher pode cometer.

"A vida é curta demais para se ter medo por nada", disse ela, "e vou provar para vocês".

Orgulho é o segundo erro.

Ela insistiu que conseguiria realizar o ato porque nada daquilo lhe aconteceria, de modo que lhe entregaram uma faca para cravar na terra coberta de geada a fim de provar a sua presença e a sua teoria.

Ela foi até aquele cemitério. Alguns contadores de histórias dizem que ela escolheu o túmulo ao acaso. Acredito que ela optou por um muito antigo e que tal escolha foi influenciada pela insegurança e a crença latente de que, caso estivesse errada, os músculos e a carne intactos de um cadáver recente seriam mais perigosos do que os ossos de alguém morto há séculos.

Ela se ajoelhou sobre o túmulo e cravou fundo a lâmina. Ao se levantar para correr, pois não havia ninguém para testemunhar o seu medo, ela percebeu que não podia escapar. Algo segurava sua roupa. Ela gritou e caiu no chão.

Quando amanheceu, seus amigos chegaram ao cemitério. Eles a encontraram morta sobre o túmulo, a lâmina prendendo a lã grossa de sua saia na terra. Morta de medo ou por ficar exposta ao relento, faria diferença quando os pais chegassem? Ela não estava errada, mas isso não importava mais. Posteriormente, todos acreditaram que ela queria morrer, mesmo tendo morrido provando que queria viver.

No fim, estar certa era o terceiro e pior erro.

Meus pais ficam contentes com a ideia do casamento. Minha mãe diz que, ainda que as garotas hoje em dia estejam se casando mais tarde, ela se casou com meu pai quando tinha dezenove anos e estava feliz por ter feito isso.

Quando escolho o meu vestido de noiva, me lembro da história da jovem que queria ir a um baile com o seu amado, mas que não tinha dinheiro para um vestido novo. Ela comprou um adorável vestido branco em um brechó e então adoeceu e partiu deste mundo. Um médico que a examinou em seus últimos dias descobriu que ela morrera por exposição a formol. O assistente de um agente funerário inescrupuloso roubara o vestido do cadáver de uma noiva.

Acho que a moral da história é que ser pobre mata. Gastei mais no meu vestido do que pretendia, mas ele é muito bonito e é melhor do que estar morta. Quando o dobro no baú do meu enxoval, penso na noiva que brincou de esconde-esconde no dia do seu casamento e se escondeu no sótão em um velho baú que se fechou e não abriu. Ela ficou presa lá dentro até morrer. As pessoas pensaram que ela havia fugido até anos mais tarde, quando uma empregada encontrou o seu esqueleto, de vestido branco, encolhido dentro daquele espaço escuro. Noivas nunca acabam bem nas histórias. Histórias conseguem sentir a felicidade e a apagam como uma vela.

Casamos em abril, em uma tarde de frio fora de estação. Ele me vê antes do casamento, com o meu vestido, e insiste em me beijar com avidez e enfiar a mão dentro do meu corpete. Ele fica duro e digo que quero que ele use meu corpo como achar melhor. Rescindo a minha primeira regra, dada a ocasião. Ele me empurra contra a parede e coloca a mão no azulejo próximo à minha garganta para se equilibrar. Seu polegar roça na minha fita. Ele não mexe a mão e enquanto me penetra diz, "Eu te amo, eu te amo, eu te amo". Não sei se sou a primeira mulher a entrar na igreja St. George com sêmen escorrendo perna abaixo, mas gosto de pensar que sim.

Viajamos pela Europa na nossa lua de mel. Não somos ricos, mas damos um jeito. A Europa é um continente de histórias e, entre consumações, eu as descubro. Saímos de metrópoles antigas e movimentadas para aldeias sossegadas, passando por retiros alpinos na ida e na volta, bebendo e arrancando carne assada de ossos com os dentes, comendo *spaetzle* e azeitonas e ravióli e um cereal cremoso que não reconheço, mas que passo a desejar todas as manhãs. Não temos como pagar um vagão-leito no trem, mas meu marido suborna um atendente para permitir que usemos uma cabine vazia por uma hora, e assim copulamos com vista para o Reno, meu marido me segurando na cama precária e uivando feito algo mais primordial do que as montanhas que atravessamos. Reconheço que isso não é o mundo inteiro, mas é a primeira parte dele que estou vendo. Me sinto energizada com as possibilidades.

(Se estiver lendo esta história em voz alta, faça o som da cama castigada pelo movimento do trem e do sexo abrindo e fechando com força uma cadeira de dobrar de metal. Quando se cansar, cante as letras meio esquecidas de músicas antigas para a pessoa mais próxima de você, pensando em cantigas de ninar para crianças.)

Meu ciclo menstrual para assim que voltamos de viagem. Conto ao meu marido uma noite depois de nos cansarmos e ficamos atirados na nossa cama. Ele fica maravilhado.

"Um filho", diz ele. Ele se deita com as mãos atrás da cabeça. "Um filho." Ele fica em silêncio por tanto tempo que acho que dormiu, mas quando olho para ele seus olhos estão abertos e voltados para o teto. Ele se vira de lado e olha para mim.

"A criança vai ter uma fita?"

Sinto a minha mandíbula retesar e a minha mão acaricia involuntariamente o meu laço. Minha cabeça passa por várias respostas e escolho aquela que vai me causar menos raiva.

"Não dá pra saber ainda", digo por fim.

Então ele me assusta, passando a mão em volta da minha garganta. Ergo as minhas mãos para impedi-lo, mas ele usa sua força, agarra meus pulsos com uma mão e toca a fita com a outra. Ele aperta o material sedoso com o polegar. Toca o laço com delicadeza, como se estivesse massageando o meu sexo.

"Por favor", digo. "Por favor, não."

Ele parece não ouvir. "Por favor", digo de novo, mais alto, mas minha voz vacila.

Se quisesse, ele poderia ter desamarrado o laço naquele momento. Mas ele me solta e rola para o lado, de barriga para cima, como se nada tivesse acontecido. Meus pulsos doem e os esfrego.

"Preciso de um copo d'água", digo. Me levanto e vou ao banheiro. Abro a torneira e então examino freneticamente a minha fita, com lágrimas presas nos cílios. O laço ainda está firme.

Há uma história que adoro sobre um casal de pioneiros, marido e mulher, mortos por lobos. Os vizinhos encontraram o corpo deles estraçalhado e espalhado pela minúscula cabana, mas jamais encontraram a filha pequena, viva ou morta. Pessoas afirmavam ter visto a menina correndo com uma alcateia de lobos, trotando pelas matas, tão selvagem e feral quanto qualquer um de seus companheiros.

Notícias sobre ela se espalhavam feito rastilho de pólvora pelos povoados locais cada vez que era avistada. Ela ameaçou um caçador em uma floresta no inverno – embora ele talvez tenha se sentido menos ameaçado do que espantado por uma garotinha nua de dentes arreganhados que uivava de forma tão animalesca a ponto de lhe gelar os ossos. Uma jovem, com idade para se casar, tentando abater um cavalo. Pessoas a viram inclusive estraçalhar uma galinha numa explosão de penas.

Muitos anos mais tarde, disseram que ela fora vista descansando em meio aos juncos na margem de um rio, amamentando dois filhotes de lobo. Gosto de imaginar que eles saíram de seu corpo, uma única mácula humana na linhagem dos lobos. Eles sem dúvida deixavam seus seios sangrando, mas ela não se importava, porque eram dela e só dela. Creio que quando os focinhos e os dentes eram pressionados contra a sua pele ela sentia uma espécie de refúgio, uma paz que não teria encontrado em nenhum outro lugar. Ela devia estar melhor entre eles do que estaria em qualquer outro lugar. Disso tenho certeza.

...

Meses se passam e a minha barriga cresce. Nosso bebê nada sem parar dentro de mim, chutando, empurrando e arranhando. Em público, ofego e cambaleio para o lado, agarrando minha barriga e pedindo por entre os dentes para que Pequeno, como o chamo, pare. Um dia, tropeço durante uma caminhada no parque, o mesmo parque em que meu marido me pediu em casamento no ano anterior, e caio de joelhos, respirando com dificuldade e quase chorando. Uma mulher que passa me ajuda a me sentar e me dá um pouco de água, diz que a primeira gravidez é sempre a pior, mas que melhoram com o tempo.

É a pior, mas por muito mais razões além da minha forma física alterada. Canto para o meu bebê e penso nas crenças populares sobre o bebê estar no alto da barriga ou embaixo. Carrego um menino dentro de mim, a imagem do seu pai? Ou uma menina, uma filha que amoleceria os filhos que viessem depois? Não tenho irmãos, mas sei que as filhas mais velhas deixam seus irmãos mais doces e são protegidas por eles dos perigos do mundo – um arranjo que me alegra o coração.

Meu corpo muda de maneiras que não espero: meus seios ficam grandes e quentes, minha barriga, coberta de marcas claras, o inverso das de um tigre. Me sinto monstruosa, mas o desejo do meu marido parece revigorado, como se a minha nova forma física tivesse renovado a nossa lista de perversões. E meu corpo responde: na fila do supermercado, fazendo a comunhão na igreja, sou marcada por uma ânsia nova e feroz que me deixa molhada e inchada com a mais leve das provocações. Meu marido, ao chegar em casa todos os dias, tem uma lista em mente das coisas que deseja de mim e me disponho a fornecê-las e ainda mais, depois de estar prestes a gozar desde quando comprei pão e cenouras de manhã.

"Sou o homem mais sortudo do mundo", diz ele, passando as mãos pela minha barriga.

De manhã, ele me beija, me apalpa e às vezes me pega antes do seu café e da torrada. Ele sai para trabalhar cheio de si. Chega em casa com uma promoção, e então com mais outra. "Mais dinheiro pra minha família", diz ele. "Mais dinheiro pra nossa felicidade."

Entro em trabalho de parto no meio da noite, cada centímetro das minhas entranhas se retorce num nó obsceno antes de se soltar. Grito como não gritava desde a noite à beira do lago, mas por razões opostas. Agora, o prazer de saber que meu filho está vindo é destruído pela agonia incessante.

Estou em trabalho de parto há vinte horas. Quase arranco a mão do meu marido, urrando obscenidades que parecem não chocar a enfermeira. O médico é de uma paciência frustrante enquanto olha entre as minhas pernas, suas sobrancelhas brancas criando um código Morse indecifrável na sua testa.

"O que tá acontecendo?", pergunto.

"Respire", ordena ele.

Tenho certeza de que se passar mais tempo meus dentes vão virar pó de tanto que os aperto. Olho para o meu marido, que beija minha testa e pergunta ao médico o que está acontecendo.

"Não estou convencido de que será um parto natural", diz o médico. "Talvez precisemos tirar o bebê cirurgicamente."

"Não, por favor", digo. "Não quero isso, por favor."

"Se não houver movimento logo, vamos fazer", diz o médico. "Talvez seja o melhor para todos." Ele ergue a cabeça e tenho quase certeza de que pisca para o meu marido, mas a dor faz a mente enxergar coisas de um modo diferente do que são.

Faço um acordo com Pequeno na minha cabeça. *Pequeno*, penso, *esta é a última vez que seremos só você e eu. Não deixem que o cortem de mim, por favor.*

Pequeno nasce vinte minutos depois. Eles precisam fazer um corte, mas não na minha barriga, como eu temia. O médico passa o bisturi mais abaixo e quase não sinto nada, apenas uma puxada, embora talvez seja por causa do que me deram. Quando o bebê é colocado nos meus braços, examino o corpo enrugado dos pés à cabeça, da cor de um céu ao pôr do sol e raiado de vermelho.

Sem fita. Um menino. Começo a chorar e aninho o bebê desmarcado junto ao peito. A enfermeira me mostra como amamentá-lo e me sinto tão feliz ao senti-lo se alimentar, ao tocar os dedos curvados, cada um deles uma pequena vírgula.

(Se estiver lendo esta história em voz alta, entregue uma faca pequena para os ouvintes e peça que cortem o pedaço tenro de pele entre o seu indicador e o polegar. Depois agradeça a eles.)

Há uma história sobre uma mulher que entra em trabalho de parto quando o médico que a atende está cansado. Há uma história sobre uma mulher que nasceu cedo demais. Há uma história sobre uma mulher cujo corpo prendeu-se tão firme ao filho que a cortaram para retirá-lo. Há uma história sobre uma mulher que ouviu uma história sobre uma mulher que em segredo deu à luz filhotes de lobo. Pensando bem, histórias têm isso de se misturarem feito gotas de chuva em um lago. Cada uma surge das nuvens separada, mas, assim que se juntam, não há como distingui-las.

(Se estiver lendo esta história em voz alta, afaste a cortina para ilustrar este último exemplo aos seus ouvintes. Prometo que estará chovendo.)

Levam o bebê embora para poderem dar um jeito em mim onde cortaram. Me dão algo que me deixa sonolenta, administrado por uma máscara pressionada com cuidado sobre a minha boca e o meu nariz. Meu marido faz troça com o médico enquanto segura a minha mão.

"Quanto é para conseguir aquele ponto a mais?", pergunta ele. "Vocês oferecem isso, certo?"

"Por favor", digo a ele. Mas minha voz sai arrastada e distorcida e possivelmente pouco mais do que um gemido baixo. Nenhum dos homens vira a cabeça na minha direção.

O médico gargalha. "Você não é o primeiro..."

Deslizo por um túnel longo e saio do outro lado, mas coberta de alguma coisa pesada e escura, como óleo. Tenho a sensação de que vou vomitar.

"... os boatos são de que é como..."

"... como uma vir..."

E então estou acordada, bem acordada, e meu marido não está ali, nem o médico. E o bebê, onde está...

A enfermeira coloca a cabeça para dentro do quarto.

"O seu marido acabou de sair para pegar um café", diz ela, "e o bebê está dormindo no berço."

O médico aparece atrás dela e entra enxugando as mãos num pano.

"Você está toda costurada, não se preocupe", diz ele. "Bem fechadinha e apertada, para a felicidade de todo mundo. A enfermeira vai lhe falar sobre a recuperação. Você vai precisar descansar por um tempo."

O bebê acorda. A enfermeira o tira do meio dos panos e o coloca de novo em meus braços. Ele é tão bonito que tenho que me lembrar de respirar.

Me recupero um pouco a cada dia que passa. Ando devagar e com dores. Meu marido tenta me tocar e o empurro para longe. Quero voltar à nossa vida de antes, mas não dá para evitar agir assim. Já estou dando de mamar e levantando a qualquer hora para cuidar do nosso filho com a minha dor.

Então um dia eu o agarro com uma mão e ele fica tão satisfeito quando acaba que percebo que posso satisfazê-lo mesmo sem me satisfazer. Por volta do primeiro aniversário do nosso filho, estou recuperada o suficiente para receber de novo o meu marido na minha cama. Choro de felicidade quando ele me toca, me preenche como eu queria ser preenchida há tanto tempo.

Meu filho é um bom bebê. Ele cresce sem parar. Tentamos ter outro filho, mas desconfio que Pequeno causou tanto estrago dentro de mim que meu corpo não é capaz de abrigar outro.

"Você foi um péssimo inquilino, Pequeno", digo a ele, esfregando xampu no seu cabelo castanho fino, "e vou rescindir o seu depósito".
Ele se contorce na água dentro da pia, rindo de felicidade.
Meu filho toca na minha fita, mas nunca de um jeito que me deixa com medo. Ele pensa nela como parte de mim e a trata como trataria uma orelha ou um dedo. A fita o encanta de uma maneira desprendida e isso me agrada.
Não sei se meu marido está triste por não podermos ter outro filho. Ele é tão fechado com as suas tristezas quanto é aberto com os seus desejos. É um bom pai e ama o seu menino. Quando volta do trabalho, eles brincam de pega-pega e corrida no quintal. Ele ainda é novo demais para agarrar uma bola, mas meu marido a rola para ele com paciência na grama e o nosso filho a pega e a deixa cair mais uma vez, e meu marido faz sinal para mim e grita, "Olha, olha! Viu só? Logo, logo ele vai estar arremessando".

De todas as histórias que conheço sobre mães, esta é a mais real. Uma jovem americana está visitando Paris com a mãe quando a mulher começa a se sentir mal. Elas decidem ir para um hotel por alguns dias para que a mãe possa descansar e a filha chama um médico para examiná-la.
Após uma breve consulta, o médico diz à filha que tudo o que sua mãe precisa é de um remédio. Ele leva a filha até um táxi, dá instruções em francês ao taxista e explica à garota que o taxista a levará até a casa do médico, onde sua esposa lhe dará o remédio apropriado. Eles andam de carro durante muito tempo e, quando a garota chega ao destino, fica frustrada com a lentidão insuportável da esposa daquele médico, que prepara meticulosamente as pílulas a partir de algum pó. Quando ela entra de novo no táxi, o taxista vaga pelas ruas, às vezes voltando pela mesma avenida. Frustrada, a garota sai do táxi para retornar ao hotel a pé. Quando enfim chega lá, o recepcionista lhe diz que nunca a viu antes. Ao subir correndo até o quarto onde sua mãe estivera descansando, ela se depara com paredes de uma cor diferente, a mobília não é como ela se lembra e sua mãe não se encontra em lugar algum.

A história possui muitos finais. Em um deles, a garota é gloriosamente persistente e segura de si, aluga um quarto perto do local e vigia o hotel, seduzindo por fim um jovem que trabalha na lavanderia e descobrindo a verdade: que sua mãe morrera de uma doença muito contagiosa e fatal, partindo deste plano de existência pouco depois de o médico tirar a filha do hotel. A fim de evitar uma onda de pânico na cidade, os funcionários do hotel removeram e enterraram o corpo, repintaram e remobiliaram o quarto e subornaram todos os envolvidos para que negassem já terem visto as duas.

Em outra versão da história, a garota vaga pelas ruas de Paris durante anos, crente de que está louca, de que inventou a mãe e a vida com a sua mãe em sua própria mente doentia. A filha perambula de hotel em hotel, confusa e sofrendo, embora não saiba dizer por quem. Cada vez que é expulsa de outro saguão refinado, ela chora por algo que perdeu. Sua mãe está morta e ela não sabe disso. Não saberá até que ela mesma também esteja morta, partindo do pressuposto que você acredita em paraíso.

Não preciso lhe contar a moral da história. Acho que você já sabe qual é.

...

O nosso filho começa a ir para a escola com cinco anos e me lembro de sua professora daquele dia no parque, quando ela se abaixou para me ajudar e previu gravidezes futuras fáceis. Ela também se lembra de mim e conversamos rapidamente no corredor. Conto que não tivemos mais filhos além do primeiro e que, agora que ele começou a escola, meus dias vão passar a ser repletos de preguiça e tédio. Ela é gentil. Diz que, se estou procurando um modo de ocupar o meu tempo, há uma aula de arte maravilhosa para mulheres em uma faculdade local.

Naquela noite, depois de o meu filho ir para a cama, meu marido estende a mão pelo sofá e a desliza pela minha perna acima.

"Venha aqui", diz ele, e tremo de prazer. Escorrego para fora do sofá e aliso a minha saia com cuidado ao ir de joelhos até ele. Beijo a sua perna, levo minha mão até o seu cinto e o arranco antes de engoli-lo inteiro. Ele passa as mãos pelo meu cabelo, alisando a minha cabeça, gemendo e se pressionando contra mim. E não percebo que sua mão está descendo pela minha nuca até ele tentar passar os dedos por dentro da fita. Dou um grito sufocado e me afasto depressa, recuando e conferindo nervosamente se meu laço está intacto. Ele ainda está sentado lá, coberto com a minha saliva.

"Volte aqui", diz ele.

"Não", digo. "Você vai tocar na minha fita."

Ele se levanta, veste as calças e fecha o zíper.

"Uma esposa não deveria guardar segredos do próprio marido", diz ele.

"Não tenho nenhum segredo", digo.

"A *fita*."

"A fita não é um segredo; apenas é minha."

"Você nasceu com ela? Por que a sua garganta? Por que é verde?"

Não respondo.

Ele permanece em silêncio por um longo minuto. E então,

"Uma esposa não deveria ter segredos."

Meu nariz fica quente. Não quero chorar.

"Eu lhe dei tudo o que você sempre pediu", digo. "Não posso ter essa única coisa?"

"Eu quero saber."

"Você acha que quer saber, mas não quer", retruco.

"Por que você quer escondê-la de mim?"

"Não estou escondendo. Ela só não é sua."

Ele se abaixa bem perto de mim e recuo diante do cheiro de bourbon. Escuto um rangido, nós dois olhamos para cima e vemos os pés do nosso filho desaparecerem no alto da escada.

Quando o meu marido vai dormir nessa noite, ele o faz com uma raiva intensa que desaparece assim que começa a sonhar de fato. Fico acordada durante um bom tempo escutando a sua respiração, imaginando se os homens talvez possuam fitas que não se parecem com fitas. Talvez todos nós sejamos marcados de alguma forma, mesmo que seja impossível de se ver.

No dia seguinte, o nosso filho toca a minha garganta e pergunta sobre a minha fita. Ele tenta puxá-la. E ainda que me doa, preciso torná-la proibida a ele. Quando ele estende a mão para tocá-la, sacudo uma lata cheia de moedas. Ela faz um estrondo dissonante e ele se afasta e chora. Algo se perde entre nós e jamais o encontro de novo.

(Se estiver lendo esta história em voz alta, prepare uma lata de refrigerante cheia de moedas. Quando chegar nesse momento, sacuda-a com estardalhaço diante do rosto das pessoas mais próximas de você. Observe as expressões de medo espantado e depois de traição. Note como nunca mais olham exatamente da mesma forma para você até o fim de seus dias.)

Me matriculo na aula de arte para mulheres. Quando o meu marido está no trabalho e o meu filho está na escola, dirijo até o enorme campus verdejante e o prédio cinza e baixo onde são dadas as aulas.

Presumivelmente, os modelos masculinos nus são mantidos longe das nossas vistas por algum sentido de decência, mas a classe possui a sua própria energia: há muito para se ver na forma nua de uma mulher desconhecida, muito para contemplar enquanto se usa carvão e misturam-se tintas. Vejo mais de uma mulher se mexendo de um lado para o outro em seus assentos para redistribuir o fluxo sanguíneo.

Uma mulher em particular volta várias vezes. A fita dela é vermelha e está amarrada em volta do tornozelo fino. Sua pele é da cor de azeitona e um caminho de pelos negros desce do umbigo até o monte pubiano. Sei que eu não deveria desejá-la, não por ela ser uma mulher e não por ela ser uma estranha, mas porque é o trabalho dela ficar nua e me sinto envergonhada por me aproveitar dessa posição. Percorro o seu corpo com os olhos cheios de culpa, mas enquanto meu lápis traça os seus contornos, minha mão faz o mesmo nos confins mais secretos da minha mente. Não tenho nem mesmo certeza de como algo assim aconteceria, mas as possibilidades quase me levam à loucura de excitação.

Uma tarde, depois da aula, viro no final de um corredor e lá está ela, a mulher. Vestida, enrolada em uma capa de chuva. O olhar dela me atravessa e a essa distância posso ver um aro dourado ao redor de suas pupilas, como se os seus olhos fossem eclipses solares gêmeos. Ela me cumprimenta e faço o mesmo.

Nos sentamos na mesa em uma lanchonete próxima e os nossos joelhos de vez em quando se tocam debaixo da superfície de fórmica. Ela bebe uma xícara de café preto, o que me espanta, embora eu não saiba por quê. Pergunto se ela tem filhos. Ela diz que tem, uma filha, uma garotinha linda de onze anos.

"Onze é uma idade aterrorizante", diz ela. "Não me lembro de nada antes dos meus onze anos, mas aí a idade chegou, cheia de cores e horror. Que número, que show." Então seu rosto muda para outro lugar por um momento, como se ela tivesse mergulhado sob a superfície de um lago e, quando retorna, ela fala rapidamente sobre as habilidades da filha com canto e música.

Não discutimos os temores específicos de se criar uma menina. Para falar a verdade, tenho até medo de perguntar. Também não pergunto se ela é casada e ela não dá a informação, apesar de não usar uma aliança. Conversamos sobre o meu filho, sobre a aula de arte. Quero muito saber que estado de necessidade fez com que ela tirasse a roupa na nossa frente, mas talvez eu não pergunte, pois a resposta, como a adolescência, seria assustadora demais para esquecer.

Estou fascinada por ela, não dá para explicar de outra forma. Ela tem um jeito fácil de lidar, mas não fácil do modo como eu era, do modo como sou. Ela é feito massa de pão, em que a maneira como cede nas mãos que amassam disfarça a sua firmeza, o seu potencial. Quando desvio o olhar e depois a olho de novo, ela parece ter dobrado de tamanho.

"Talvez a gente possa conversar de novo alguma hora", digo a ela. "Foi uma tarde bem agradável."

Ela faz que sim com a cabeça. Pago o café dela.

Não quero contar ao meu marido sobre ela, mas ele consegue sentir alguma espécie de desejo contido. Certa noite, ele pergunta o que está me remoendo e confesso. Descrevo até mesmo os detalhes da fita dela, liberando uma onda adicional de vergonha.

Ele fica tão feliz com essa revelação que começa a murmurar uma fantasia longa e detalhada ao tirar as calças e me penetrar, e nem consigo ouvir tudo, mas imagino que dentro dos parâmetros da história eu e ela estamos juntas, ou talvez nós duas estejamos com ele.

Sinto como se a tivesse traído de alguma forma e não volto mais para a aula. Encontro outras distrações para ocupar os meus dias.

(Se estiver lendo esta história em voz alta, force um ouvinte a revelar um segredo devastador e em seguida abra a janela mais próxima que dê para a rua e grite o segredo o mais alto que puder.)

Uma das minhas histórias favoritas é sobre uma velha e seu marido, um homem tão ruim quanto as segundas-feiras, que a assustava com a violência de seu temperamento e a natureza inconstante de seus caprichos. Ela só conseguia deixá-lo satisfeito com a sua comida, da qual ele era completamente cativo. Certo dia, o homem comprou um fígado carnudo para que a mulher cozinhasse para ele, e ela cozinhou, usando ervas e molho. Porém, ela foi sobrepujada pelo cheiro de seu próprio talento e algumas mordiscadas tornaram-se algumas mordidas, e não demorou para o fígado desaparecer. Ela não tinha dinheiro para comprar outro e estava apavorada pela reação de seu marido caso descobrisse que a refeição acabara. Assim, ela se esgueirou até a igreja mais próxima, onde uma mulher havia sido velada recentemente. Ela se aproximou da figura amortalhada e a cortou com uma tesoura de cozinha e roubou o fígado do cadáver.

Naquela noite, o marido da mulher levou um guardanapo aos lábios e declarou que a refeição havia sido a melhor que já fizera. Quando foram dormir, a velha ouviu a porta da frente se abrir e uma lamúria tênue ecoou pelos cômodos. *Quem está com o meu fígado? Queeeeem está com o meu fígado?*

A velha podia ouvir a voz chegando cada vez mais perto do quarto. Fez-se silêncio quando a porta do quarto foi aberta. A morta repetiu a pergunta.

A velha arrancou o cobertor de cima do marido.

"*Ele* está com o fígado!", declarou ela triunfante.

Então viu o rosto da morta e reconheceu a sua própria boca e os seus próprios olhos. Ela olhou para baixo para o seu abdômen, lembrando-se agora de como havia aberto a barriga. Esvaiu-se em sangue ali na cama, sussurrando algo sem cessar enquanto morria, algo que você e eu jamais saberemos. Ao seu lado, conforme o sangue penetrava no interior do colchão, o marido continuava a dormir.

Essa pode não ser a versão da história com a qual você está familiarizado. Mas lhe garanto que é a que você precisa conhecer.

...

Meu marido está estranhamente animado para o Halloween. Pego um de seus antigos paletós de tweed e faço um para o nosso filho a fim de que ele possa se fantasiar de um miniprofessor ou algum outro acadêmico cheio de si. Dou até mesmo um cachimbo para ele mastigar. O nosso filho o prende entre os dentes de um jeito adulto que acho perturbador.

"Mamãe, o que você é?", pergunta o meu filho.

Não estou fantasiada, então digo que sou sua mãe.

O cachimbo cai de sua boca no chão e ele grita tão alto que não consigo me mover. Meu marido aparece de repente e o pega no colo, fala com ele em voz baixa repetindo o seu nome entre os soluços.

É só quando sua respiração volta ao normal que consigo identificar o meu erro. Ele não tem idade suficiente para conhecer a história das meninas más que queriam um tambor de brinquedo e foram malcriadas com a mãe até que ela foi embora e foi substituída por uma nova mãe – uma com olhos de vidro e uma cauda de madeira que fazia barulho. Ele é jovem demais para as histórias e suas verdades, mas acabei lhe contando inadvertidamente de qualquer forma: a história do garotinho que descobriu apenas no Halloween que sua mãe não era sua mãe, exceto no dia em que todo mundo usava máscaras. O arrependimento me sobe quente à garganta. Tento segurá-lo e beijá-lo, mas ele só quer ir para a rua, onde o sol baixou no horizonte e um frio nevoento toma conta das sombras.

Esse feriado não me serve de muita coisa. Não quero levar o meu filho até as casas de estranhos ou montar bolinhas de pipoca e esperar que as crianças brincando de doce ou travessura apareçam na minha porta exigindo o resgate. Ainda assim, espero em casa com uma travessa repleta dos doces grudentos, atendendo à porta e recebendo rainhas e fantasmas minúsculos. Penso no meu filho. Quando eles vão embora, largo a travessa e apoio a cabeça nas mãos.

O nosso filho chega em casa rindo, mastigando um pedaço de doce que deixou sua boca cor de ameixa. Fico brava com o meu marido. Queria que ele tivesse esperado chegar em casa antes de permitir o consumo dos doces. Será que ele nunca ouviu as histórias? Sobre os alfinetes enfiados nos chocolates, as lâminas de barbear escondidas nas maçãs? É típico dele não compreender o que há para se temer neste mundo, mas ainda assim fico furiosa. Examino a boca do nosso filho, mas não há nenhum metal afiado cravado no céu de sua boca. Ele ri e rodopia pela casa, tonto e eletrizado pelos doces e pela emoção. Ele abraça as minhas pernas. O incidente que ocorreu mais cedo já fora esquecido. O perdão é mais doce do que qualquer confeito que possa ser dado em qualquer porta. Quando sobe no meu colo, canto até ele adormecer.

Nosso filho cresce sem parar. Ele tem oito, dez anos. Primeiro, narro-lhe contos de fadas, os mais antigos, com dores, mortes e casamentos forçados cortados como galhos secos. Sereias ganham pés e sentem vontade de rir. Porquinhos malcriados vão a grandes banquetes, regenerados e sem serem comidos. Bruxas más vão embora do castelo e se mudam para pequenas cabanas e vivem o resto de seus dias pintando retratos de criaturas silvestres.

No entanto, à medida que cresce, ele faz perguntas demais. Por que não comeram o porco, famintos como estavam e malcriado como ele fora? Por que permitiram que a bruxa fosse embora depois das coisas terríveis que ela fez? E ele rejeita de imediato a ideia de nadadeiras se transformarem em pés ser outra coisa que não agonizante, depois de ter cortado a mão com uma tesoura.

"Ia duê", diz ele, pois tem dificuldades com os erres.

Concordo com ele enquanto enfaixo o corte. Ia doer. Então conto histórias mais próximas da verdade: crianças que desaparecem ao longo de um trecho específico da estrada de ferro, atraídas pelo som de um trem fantasma a lugares desconhecidos; um cão negro que aparece na porta de uma pessoa três dias antes de ela morrer; três sapos que o abordam no pântano e leem sua sorte por um preço. Acho que o meu marido iria proibir essas histórias, mas o meu filho as escuta com seriedade e as guarda para si mesmo.

A escola monta uma peça de *Little Buckle-Boy* e ele consegue o papel principal, o menino da fivela, e me junto a um grupo de mães para fazer o figurino das crianças. Sou a figurinista-chefe em uma sala cheia de mulheres, todas nós costurando juntas pequenas pétalas de seda para as crianças-flores e fazendo pantalonas brancas minúsculas para os piratas. Uma das mães tem uma fita amarelo-claro no dedo que se enrosca a todo o momento com a linha de costura. Ela xinga e chora. Certo dia tenho até mesmo que usar a tesoura de costura para cortar as linhas que atrapalham. Tento ser delicada. Ela sacode a cabeça quando a solto da peônia.

"É um saco, né?", diz ela. Concordo com a cabeça. Lá fora, as crianças brincam: derrubam umas às outras dos brinquedos do parquinho, arrancam os topos dos dentes-de-leão. A peça é um sucesso. Noite de estreia, o nosso filho arrasa com o seu monólogo. Tom e cadência perfeitos. Ninguém nunca fez melhor.

Nosso filho tem doze anos. Ele me pergunta sobre a fita, sem rodeios. Digo a ele que somos todos diferentes e que às vezes não se deve fazer perguntas. Asseguro que ele entenderá quando for adulto. Eu o distraio com histórias que não têm fitas: anjos que desejam ser humanos e fantasmas que não percebem que estão mortos e crianças que se transformam em cinzas. Ele para de ter cheiro de criança, a doçura leitosa substituída por algo forte e ardente, como um fio de cabelo chiando no fogão.

Nosso filho tem treze, catorze anos. O seu cabelo está um pouco longo, mas não tenho coragem de cortá-lo. Meu marido bagunça os cachos com a mão quando sai para o trabalho e me beija no canto da boca. A caminho da escola, o nosso filho espera pelo garoto do vizinho, que caminha com uma tala ortopédica. Meu filho exibe uma compaixão bastante sutil. Não possui nenhum instinto de crueldade, como algumas pessoas. "O mundo já tem valentões demais", disse a ele inúmeras vezes. Este é o ano em que ele para de pedir para ouvir as minhas histórias.

Nosso filho tem quinze, dezesseis, dezessete anos. É um garoto brilhante. Tem o jeito do pai com as pessoas, o meu ar de mistério. Ele começa a cortejar uma garota bonita do colégio que tem um sorriso radiante e uma presença calorosa. Fico feliz em conhecê-la, mas nunca insisto para ficarmos acordados esperando que cheguem, me lembrando da minha própria juventude.

Quando ele nos conta que foi aceito em uma universidade para estudar engenharia fico extremamente feliz. Marchamos pela casa, cantando e rindo. Meu marido se junta à comemoração quando chega em casa e vamos até um restaurante de frutos do mar local. "Estamos tão orgulhosos de você", diz o seu pai enquanto comemos peixe. O nosso filho ri e diz que também quer se casar com a sua garota. Damos as mãos e ficamos ainda mais felizes. Um garoto tão bom. Uma vida tão maravilhosa pela frente.

Nem a mulher mais sortuda do mundo já teve uma alegria assim.

Há um clássico, um verdadeiro clássico, que ainda não contei.

Uma namorada e um namorado estacionaram em algum lugar. Alguns dizem que isso significa se beijar dentro de um carro, mas conheço a história. Eu estava lá. Eles estavam estacionados na margem de um lago. Estavam se revirando no banco de trás como se o mundo estivesse prestes a acabar. Talvez estivesse. Ela se ofereceu e ele a possuiu e, depois que acabou, ligaram o rádio.

A voz no rádio anunciava que um assassino louco com um gancho no lugar da mão havia escapado do hospício local. O namorado gargalhou e mudou para uma estação de música. Quando a música terminou, a namorada ouviu um som baixo de algo sendo arranhado, como um clipe de papel sobre vidro. Ela olhou para o namorado e colocou o seu cardigã sobre os ombros descobertos, passando um braço em volta dos seios.

"É melhor a gente ir embora", disse ela.

"Nem", disse o namorado. "Vamos fazer aquilo de novo. A gente tem a noite toda."

"E se o assassino aparecer?", perguntou a garota. "O hospício fica bem perto."

"Vamos ficar bem, gata", disse o namorado. "Não confia em mim?"

A namorada assentiu com relutância.

"Bem, então...", disse ele, e sua voz foi sumindo daquele jeito que ela viria a conhecer tão bem. Ele tirou dos seios a mão da namorada e a colocou em si mesmo. Ela enfim desviou o olhar da margem do lago. Lá fora, o luar reluziu no gancho de aço lustroso. O assassino acenou para ela, sorrindo.

Desculpe. Esqueci o resto da história.

A casa está tão silenciosa sem o nosso filho. Ando por ela, tocando todas as superfícies. Estou feliz, mas algo dentro de mim está se mudando para um lugar novo e estranho.

Naquela noite, o meu marido pergunta se quero batizar os cômodos recém-desocupados. Não transávamos com tanta intensidade desde antes de o nosso filho nascer. Curvada sobre a mesa da cozinha, algo antigo se acende dentro de mim e me lembro do jeito que a gente tinha tesão antes, como deixávamos manchas de amor por todas as superfícies, como ele se esbaldava com os meus lugares mais escuros. Grito com ferocidade, sem me importar que os vizinhos ouçam, sem me importar se alguém olhar pela janela com as cortinas abertas e vir o meu marido enfiado na minha boca. Eu iria para o gramado se ele pedisse, deixaria ele me penetrar por trás diante de toda a vizinhança. Eu poderia ter conhecido qualquer um naquela festa quando tinha dezessete anos: garotos estúpidos, ou garotos pudicos, ou garotos violentos. Garotos religiosos que teriam feito eu me mudar para algum país distante para converter os seus habitantes, ou algum absurdo assim. Eu poderia ter experimentado inúmeras tristezas ou descontentamentos. Mas montada nele no chão, subindo e descendo e gritando, sei que fiz a escolha certa.

Adormecemos exaustos, estirados e nus na nossa cama. Quando acordo, o meu marido está beijando a minha nuca, cutucando a fita com a língua. Meu corpo se rebela furiosamente, ainda latejando com as lembranças de prazer, mas resistindo diante da traição. Digo o nome dele e ele não responde. Digo de novo e ele me segura contra si e continua. Enfio meus cotovelos no lado do seu corpo e, quando ele me solta surpreso, sento e o encaro. Ele parece confuso e magoado, como o meu filho no dia em que sacudi a lata de moedas.

A determinação me abandona. Toco a fita. Olho no rosto do meu marido, o início e o fim de todos os seus desejos estampados ali. Ele não é um homem ruim e isso, percebo de repente, é a raiz da minha mágoa. Ele de modo algum é um homem ruim. Seria incrivelmente injusto descrevê-lo como mau ou cruel ou depravado. E ainda assim...

"Você quer desamarrar a fita?", pergunto a ele. "Depois de todos esses anos, é isso o que você quer de mim?"

Seu rosto se ilumina de alegria e em seguida de avidez, e ele passa a mão pelo meu seio nu e sobe até o meu laço. "Sim", diz ele. "Sim."

Não preciso tocá-lo para saber que ele está ficando duro só de pensar.

Fecho os olhos. Me lembro do garoto da festa, o que me beijou e me abriu na margem daquele lago, que fez comigo o que eu queria. Que me deu um filho e o ajudou a se tornar um homem.

"Então faça o quiser", digo.

Ele segura uma das pontas com dedos trêmulos. O laço se desfaz, lentamente, as extremidades há tanto tempo amarradas vincadas pelo uso. O meu marido geme, mas acho que ele não percebe. Ele enrola o dedo na última espiral e puxa. A fita se solta. Ela cai devagar e retorcida na cama, ou assim imagino, pois não posso olhar para baixo para acompanhar a sua queda.

O meu marido franze a testa e o seu rosto começa a se abrir com alguma espécie de expressão – tristeza, ou talvez perda de antemão.

Ergo a mão de repente na minha frente – um movimento involuntário, para me equilibrar ou alguma outra futilidade – e por trás dela a imagem dele desaparece.

"Eu te amo", asseguro a ele, "mais do que você imagina".

"Não", diz ele, mas não sei em resposta a quê.

Se estiver lendo esta história em voz alta, você pode estar se perguntando se o lugar que a minha fita protegia estava úmido de sangue e com aberturas, ou se era liso e castrado como o espaço entre as pernas de uma boneca. Receio não poder lhe dizer, pois não sei. Sinto muito por essas e outras questões e a falta de resolução para elas.

Meu peso muda e, com isso, sou agarrada pela gravidade. O rosto do meu marido recua e então vejo o teto e a parede atrás de mim. Quando a minha cabeça cai para trás de cima do meu pescoço e rola para fora da cama, me sinto mais sozinha do que nunca.

2

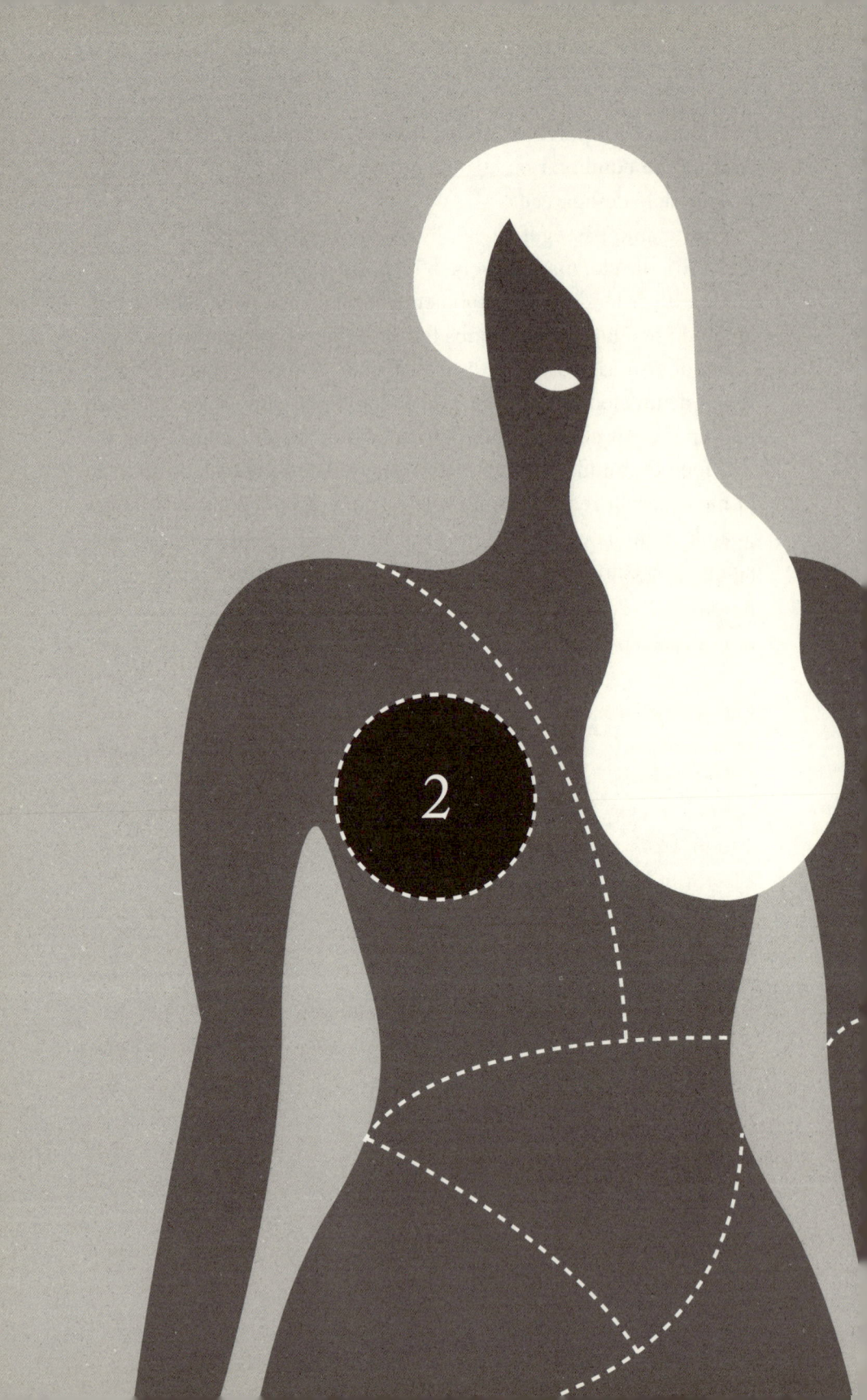

INVENTÁRIO

Uma garota. Deitamos uma do lado da outra no tapete bolorento no seu porão. Os pais dela estavam lá em cima; dissemos a eles que íamos assistir a *Jurassic Park*. "Sou o pai e você é a mãe", disse ela. Ergui a minha camiseta, ela ergueu a dela e ficamos olhando uma para a outra. Meu coração palpitava abaixo do umbigo, mas eu estava preocupada com aranhas pernudas e que os pais dela nos descobrissem. Até hoje não assisti a *Jurassic Park*. Imagino que agora nunca assistirei.

Um garoto, uma garota. Meus amigos. Bebemos vinho misturado com suco roubados no meu quarto, na minha cama espaçosa. Rimos e conversamos e dividimos as garrafas. "O que eu gosto em você são as suas reações", disse ela. "Você responde de um jeito engraçado a tudo. Como se tudo fosse intenso." Ele concordou com a cabeça. Ela enfiou o rosto no meu pescoço e disse: "Assim", contra a minha pele. Ri. Eu estava nervosa, excitada. Me sentia como um violão e que alguém estivesse girando as cravelhas e minhas cordas estivessem ficando mais retesadas. Piscaram, esfregando os cílios na minha pele e sopraram nos meus ouvidos. Gemi e me contorci e estive prestes a gozar durante vários minutos, mas ninguém estava me tocando lá, nem eu mesma.

Dois garotos, uma garota. Um deles o meu namorado. Os pais dele saíram da cidade, então ele deu uma festa na sua casa. Bebemos limonada misturada com vodca e ele me encorajou a dar uns amassos na namorada do seu amigo. Nos beijamos com hesitação e então paramos. Os garotos se pegaram e ficamos assistindo durante muito tempo, entediadas, mas bêbadas demais para nos levantarmos. Adormecemos no quarto de visitas. Quando acordei, a minha bexiga estava explodindo. Desci em silêncio até a sala de estar e vi que alguém havia derramado uma limonada com vodca no chão. Tentei limpar. A mistura estragara o acabamento de mármore. A mãe do meu namorado achou a minha calcinha e o meu sutiã atrás da cama semanas depois e os entregou ao filho, lavados, sem dizer uma palavra. É estranho como sinto falta daquele cheiro floral e químico de roupa limpa. Agora só consigo pensar em amaciante de roupa.

Um homem. Esbelto, alto. Tão magro que eu conseguia ver a sua pélvis, o que eu achava estranhamente sexy. Olhos cinzentos. Sorriso enviesado. Eu o conhecia há quase um ano, desde outubro passado, quando nos conhecemos em uma festa de Halloween. (Não usei uma fantasia; ele estava vestido de Barbarella.) Bebemos no apartamento dele. Ele estava nervoso e me fez uma massagem. Eu estava nervosa, então deixei que ele me massageasse. Ele esfregou as minhas costas durante muito tempo. "Minhas mãos tão ficando cansadas", disse ele. "Ah", eu disse, e me virei para ele. Ele me beijou, rosto áspero pela barba por fazer. Ele cheirava a fermento e colônia cara. Deitou em cima de mim e nos pegamos durante um tempo. Tudo dentro de mim tremeu de prazer. Ele perguntou se podia tocar no meu seio e segurei a sua mão em volta dele. Tirei a minha camisa e senti como se uma gota d'água estivesse escorrendo pela minha espinha. Percebi que aquilo estava acontecendo, de verdade. Tiramos as roupas. Ele colocou a camisinha e subiu em mim. Doeu mais do que qualquer coisa que eu já havia sentido. Ele gozou e eu não. Quando saiu de dentro de mim, a camisinha estava coberta de sangue. Ele a tirou e jogou fora. Tudo em mim latejava. Dormimos em uma cama pequena demais. Ele insistiu em me levar de carro para o dormitório no dia seguinte. No meu quarto, tirei a roupas e me enrolei em uma toalha. Eu ainda cheirava a ele, como nós dois juntos, e eu queria mais. Me senti bem, como uma adulta que faz sexo às vezes e tem uma vida. Minha colega de quarto perguntou como foi e me abraçou.

Um homem. Um namorado. Não gostava de camisinhas, perguntou se eu estava tomando pílula, gozou fora mesmo assim. Uma lambança horrível.

Uma mulher. Um tipo de namorada ocasional. Colega de classe de Organização de Sistemas Computacionais. Cabelo castanho longo que chegava na bunda. Ela era mais delicada do que eu esperava. Eu queria cair de boca nela, mas ela estava nervosa demais. Demos uns amassos e ela enfiou a língua na minha boca e depois que ela foi para casa gozei duas vezes no silêncio frio do meu apartamento. Dois anos depois, fizemos sexo no terraço de cascalho do edifício onde eu trabalhava. Quatro andares abaixo dos nossos corpos, o meu código estava compilando diante de uma cadeira vazia. Quando acabamos, ergui a cabeça e notei um homem de terno nos olhando da janela de um arranha-céu adjacente, uma mão se mexendo dentro da calça.

Uma mulher. Óculos redondos, ruiva. Não me lembro de onde a conheci. Ficamos chapadas e trepamos e peguei no sono sem querer com a minha mão dentro dela. Acordamos antes de amanhecer e atravessamos a cidade a pé até chegarmos a uma lanchonete vinte e quatro horas. Garoava e, quando chegamos, os nossos pés nas sandálias estavam dormentes de frio. Comemos panquecas. Nossas canecas ficaram vazias e, quando procuramos a garçonete, ela estava assistindo o plantão de notícias em uma TV acabada pendurada no teto. Ela mordia o lábio e o bule balançou na sua mão, pingando gotas marrons minúsculas no linóleo. Assistimos quando o repórter desapareceu e foi substituído por uma lista de sintomas do vírus que estava se espalhando a um estado de distância, no norte da Califórnia. Quando ele apareceu de novo, repetiu que aviões não estavam decolando, que a fronteira com o estado estava fechada e que o vírus parecia estar contido. Quando a garçonete se aproximou, ela parecia distraída. "Você tem família lá?", perguntei, e ela assentiu, seus olhos ficando cheios de lágrimas. Me senti horrível por ter perguntado.

Um homem. Eu o conheci no bar quase na esquina da minha casa. Demos uns pegas na minha cama. Ele cheirava a vinho azedo, apesar de ter tomado vodca. Fizemos sexo, mas ele ficou mole no meio da coisa. Nos beijamos mais um pouco. Ele queria me chupar, mas eu não queria que ele fizesse isso. Ele ficou bravo e foi embora, batendo a porta de tela com tanta força que a minha prateleira de temperos pulou do prego e caiu no chão. O meu cachorro lambeu a noz-moscada e tive que forçá-lo a comer sal para vomitar. Cheia de adrenalina, fiz uma lista dos animais que tive na minha vida – sete, incluindo meus dois peixes betta, que morreram no espaço de uma semana quando eu tinha nove anos – e uma lista dos temperos que vão na *pho,* uma sopa vietnamita. Cravo, canela, anis-estrelado, coentro, gengibre e cardamomo.

Um homem. Quinze centímetros mais baixo do que eu. Expliquei que o site para o qual eu trabalhava estava perdendo clientes depressa porque ninguém queria dicas descoladas de fotografia durante uma epidemia e que fui despedida naquela manhã. Ele pagou o jantar. Fizemos sexo no seu carro porque ele tinha colegas de quarto e eu não podia ficar em casa naquele momento, e ele enfiou a mão no meu sutiã e suas mãos eram perfeitas, a foda foi perfeita e nos atiramos no banco de trás apertado demais. Gozei pela primeira vez em dois meses. Liguei para ele no dia seguinte e deixei uma mensagem de voz, dizendo que tinha me divertido e que gostaria de vê-lo de novo, mas ele nunca retornou a ligação.

Um homem. Fazia algum tipo de trabalho pesado para viver, não consigo me lembrar exatamente o quê, e tinha uma tatuagem de uma jiboia nas costas com uma frase em latim escrita errada logo abaixo. Ele era forte e conseguia me levantar e me foder contra uma parede e foi a sensação mais eletrizante que já tive. Quebramos as molduras de alguns retratos desse jeito. Ele usou as mãos e passei minhas unhas nas suas costas, e perguntou se eu iria gozar para ele e eu disse, "Sim, sim, vou gozar pra você, sim, vou gozar".

Uma mulher. Loira, falava alto, amiga de uma amiga. Nos casamos. Ainda não tenho certeza se fiquei com ela porque eu queria ou porque eu tinha medo do que o mundo estava pegando à nossa volta. A coisa desandou dentro de um ano. Gritávamos mais do que fazíamos sexo ou mesmo conversávamos. Certa noite, tivemos uma briga que me fez chorar. Depois, ela perguntou se eu queria foder e tirei a roupa antes que pudesse responder. Eu queria empurrá-la da janela. Fizemos sexo e comecei a chorar. Quando acabou e ela estava no banho, fiz uma mala, entrei no meu carro e fui embora.

Um homem. Seis meses mais tarde, no meu atordoamento pós-divórcio. Eu o conheci no funeral do último membro que restava de sua família. Eu estava sofrendo, ele estava sofrendo. Fizemos sexo na casa vazia que costumava pertencer ao seu irmão, à mulher de seu irmão e aos filhos deles, todos mortos. Trepamos em todos os cômodos, inclusive no corredor, onde não consegui dobrar a minha pélvis direito no piso de madeira, e fiz ele gozar com a mão na frente de um guarda-roupa vazio. No quarto de casal, vi o meu reflexo no espelho de maquiagem enquanto subia e descia nele, e as luzes estavam apagadas e as nossas peles tinham um reflexo prateado por causa da lua e quando ele gozou dentro de mim disse, "Desculpa, desculpa". Ele morreu uma semana depois, tirou a própria vida. Saí da cidade e fui para o norte.

Um homem. Olhos cinzentos de novo. Eu não o via havia muitos anos. Ele me perguntou como eu estava e lhe contei algumas coisas, outras, não. Eu não queria chorar na frente do homem a quem dei a minha virgindade. De alguma forma parecia errado. Ele perguntou quantos eu havia perdido e respondi, "Minha mãe, minha colega de quarto da faculdade". Não mencionei que encontrei a minha mãe morta, nem os três dias seguintes que passei com médicos ansiosos examinando os meus olhos à procura dos primeiros sintomas, nem como consegui fugir da zona de quarentena. "Quando conheci você", ele disse, "você era tão jovem". O seu corpo era familiar, mas também estranho. Ele melhorou e eu melhorei. Quando saiu de dentro de mim, eu quase esperei ver sangue, mas, claro, não havia nenhum. Ele ficara mais bonito nesses anos, mais pensativo. Fiquei surpresa comigo mesma por chorar sobre a pia do banheiro. Abri a torneira para que ele não pudesse me ouvir.

Uma mulher. Morena. Uma ex-funcionária do Centro de Controle e Prevenção de Doenças. Eu a conheci em uma reunião num centro comunitário onde nos ensinaram como estocar comida e controlar surtos nas nossas vizinhanças caso o vírus atravessasse a barreira corta-fogo. Eu não dormia com uma mulher desde a minha esposa, mas quando ela ergueu a minha camisa percebi o quanto eu queria seios, umidade e bocas macias. Ela queria pau e fiz a vontade dela. Mais tarde, ela traçou com os dedos as marcas na minha pele deixadas pelas tiras de couro e confessou que ninguém estava tendo sorte no desenvolvimento de uma vacina. "Mas aquela coisa maldita só está sendo passada pelo contato físico", disse ela. "Se as pessoas simplesmente ficarem longe umas das..." Ela se calou. Ela se aninhou do meu lado e dormimos. Quando acordei, ela estava se satisfazendo com o dildo e fingi que ainda estava dormindo.

Um homem. Ele me preparou jantar na minha cozinha. Não restavam muitas verduras e legumes do meu jardim, mas ele fez o que pôde. Ele tentou me dar de comer com uma colher, mas tirei o cabo da mão dele. A comida não era tão ruim. Faltou luz pela quarta vez naquela semana, então comemos à luz de velas. Ressenti o romance involuntário. Ele tocou o meu rosto quando trepamos e ele disse que eu era bonita, e sacudi um pouco a cabeça para escapar dos dedos. Quando ele fez isso de novo, coloquei a mão em volta do seu queixo e disse para ele calar a boca. Ele gozou na hora. Não retornei as suas ligações. Quando transmitiram o aviso pelo rádio de que o vírus de alguma forma chegara a Nebraska, percebi que tinha de ir para o leste, e fui. Deixei o jardim, o canteiro onde o meu cachorro estava enterrado, a mesa de pinho onde eu fizera ansiosa tantas listas – árvores que começavam com *m*: macieira, mimosa, mogno, macadâmia, magnólia, mangueira, mangue, murta; estados em que morei: Iowa, Indiana, Pensilvânia, Virgínia, Nova York –, deixando uma mixórdia ilegível de letras gravadas na madeira macia. Peguei minhas economias e aluguei uma cabana perto do mar. Após alguns meses, o senhorio, que vivia no Kansas, parou de depositar os meus cheques.

Duas mulheres. Refugiadas dos estados do oeste que dirigiram até o seu carro quebrar a um quilômetro e meio da minha cabana. Bateram na minha porta e ficaram comigo durante duas semanas enquanto tentávamos descobrir como consertar o veículo delas. Tomamos vinho uma noite e conversamos sobre a quarentena. Era preciso girar a manivela do gerador e uma delas se ofereceu para fazer isso. A outra se sentou do meu lado e subiu uma mão pela minha perna. Acabamos nos masturbando separadas e nos beijando. O gerador pegou no tranco e a luz voltou. A outra mulher retornou e nós todas dormimos na mesma cama. Eu queria que elas ficassem, mas disseram que estavam indo para o Canadá, onde segundo os rumores era mais seguro. Elas se ofereceram para me levar também, mas brinquei que estava segurando as pontas para os Estados Unidos. "A gente tá em que estado?", perguntou uma delas, e respondi, "Maine". Elas me beijaram na testa e me nomearam a guardiã do Maine. Depois que foram embora, usei o gerador apenas de forma intermitente, preferindo passar o tempo no escuro, com velas. O antigo dono da cabana tinha um armário cheio delas.

Um homem. Da Guarda Nacional. Quando ele apareceu na minha porta, presumi que ele estava ali para me evacuar, mas ele havia abandonado o seu posto. Ofereci um lugar para ele passar a noite e ele me agradeceu. Acordei com uma faca na garganta e uma mão no meu seio. Eu disse que não podia fazer sexo com ele deitada como estava. Ele me deixou levantar e o empurrei contra a estante de livros, fazendo-o desmaiar. Arrastei o seu corpo até a praia e o rolei até a água. Ele voltou a si, cuspindo areia. Apontei a faca para ele e disse para começar a andar e continuar andando e, se olhasse para trás, eu o mataria. Ele obedeceu e o observei até ele ser um ponto de escuridão na faixa cinzenta da praia, e depois nada. Ele foi a última pessoa que vi por um ano.

Uma mulher. Uma líder religiosa, seguida por um rebanho de cinquenta pessoas, todas vestidas de branco. Eu as fiz esperar durante três dias nos limites da propriedade e, depois que examinei os seus olhos, permiti que ficassem. Todas acamparam ao redor da cabana: no gramado, na praia. Tinham os seus próprios suprimentos e precisavam apenas de um lugar para encostar a cabeça, disse a líder. Ela vestia um manto que fazia com que parecesse uma maga. Anoiteceu. Ela e eu demos a volta no acampamento descalças, com a luz da fogueira entalhando sombras em seu rosto. Caminhamos até a beira d'água e apontei para a escuridão, para a ilha minúscula que ela não podia ver. Ela segurou a minha mão. Preparei um drinque para ela – "Mais ou menos *moonshine*", eu disse quando lhe entreguei o copo – e nos sentamos à mesa. Lá fora, eu podia ouvir pessoas rindo, ouvindo música, crianças brincando na água. A mulher parecia exausta. Percebi que ela era mais jovem do que aparentava, mas o seu trabalho a estava envelhecendo. Ela bebericou o drinque e fez uma careta por causa do gosto. "Estamos andando há tanto tempo", disse ela. "Paramos durante algum tempo, em algum lugar perto da Pensilvânia, mas o vírus nos alcançou quando cruzamos com outro grupo. Levou doze antes que conseguíssemos nos afastar dele." Nos beijamos com vontade durante muito tempo, meu coração martelando minha buceta. Ela tinha gosto de cigarro e mel. O grupo ficou por quatro dias até ela acordar de um sonho e dizer que tivera um presságio e que precisavam seguir em frente. Ela me pediu para ir com eles. Tentei me imaginar com ela, com o seu rebanho nos seguindo feito crianças. Recusei. Ela deixou um presente no meu travesseiro: um coelho de peltre do tamanho do meu polegar.

Um homem. No máximo com vinte anos, cabelo castanho desarrumado. Ele estava a pé havia um mês. Parecia como seria de se esperar: nervoso. Sem esperança. Quando transamos, ele foi respeitoso e gentil demais. Depois que nos limpamos, o alimentei com sopa enlatada. Ele me contou como atravessara a pé Chicago, realmente atravessara, e como as pessoas haviam parado de se preocupar em se livrar dos corpos depois de um tempo. Ele precisou encher de novo o copo antes de continuar falando daquilo. "Depois disso, passei a evitar as cidades." Perguntei o quão longe estava o vírus, de verdade, e ele disse que não sabia. "É bem silencioso aqui", disse ele para mudar de assunto. "Não tem trânsito", expliquei. "Nenhum turista." Ele chorou sem parar e o abracei até ele adormecer. Acordei na manhã seguinte e ele tinha ido embora.

Uma mulher. Muito mais velha do que eu. Enquanto esperávamos que os três dias passassem, ela meditou em uma duna. Quando examinei os seus olhos, notei que eram verdes como vidro marinho. Seu cabelo era grisalho nas têmporas e o jeito como ela ria fazia o meu coração rolar de prazer. Sentamos à meia-luz da janela saliente e as coisas demoraram a avançar. Ela montou em mim e quando nos beijamos o cenário do outro lado do vidro ficou embaçado e curvo. Bebemos e caminhamos na praia, a areia molhada deixava halos pálidos em volta dos nossos pés. Ela me contou sobre os seus filhos que cresceram, feridas adolescentes, ter que sacrificar o seu gato no dia seguinte ao chegar a uma cidade nova. Contei sobre como encontrei a minha mãe, a viagem perigosa por Vermont e New Hampshire, como a maré nunca parava, minha ex-esposa. "O que aconteceu?", perguntou. "Simplesmente não deu certo", respondi. Contei sobre o homem na casa vazia, o jeito como ele gritou e o jeito como a sua porra brilhava na sua barriga e como eu podia encher as mãos com o desespero que havia no ar. Nos lembramos de músicas de comerciais de nossas respectivas juventudes, inclusive uma de uma rede de sorvetes italianos aonde eu ia no fim dos dias longos de verão, onde eu comia gelato, sonolenta pelo calor. Não conseguia me lembrar da última vez que sorri tanto. Ela ficou. Mais refugiados passaram pela cabana, por nós, a última parada antes da fronteira, e nós os alimentávamos e brincávamos com os pequenos. Ficamos descuidadas. No dia em que acordei e o ar havia mudado, percebi que era uma questão de tempo. Ela estava sentada no sofá. Ela se levantou durante a noite e preparou um chá. Mas a xícara estava virada e a poça, fria, e reconheci os sintomas pela televisão e pelos jornais, e depois pelos folhetos, e depois pelas transmissões de rádio e então pelas vozes sussurradas em volta da fogueira. A pele dela estava com um tom roxo escuro pelos machucados acumulados, o branco dos olhos raiado de vermelho e pingava sangue das pontas opacas de suas unhas. Não havia tempo para luto. Examinei o meu próprio rosto no espelho e os meus olhos ainda estavam sem manchas. Consultei minha lista de emergência e os suprimentos. Peguei minha mochila e minha barraca e subi no bote e remei até a ilha, até esta ilha, onde eu vinha estocando comida desde que cheguei à cabana. Bebi água, armei a barraca e comecei a fazer listas. Cada professor desde a pré-escola. Cada emprego que já tive. Cada casa em que já morei. Cada pessoa que já amei. Cada pessoa que provavelmente já me amou. Faço trinta anos semana que vem. A areia está soprando na minha boca, no meu cabelo, no meio do meu caderno e o mar está agitado e cinza. Ao longe, consigo ver a cabana, um ponto na costa distante. Fico pensando que posso ver o vírus surgindo no horizonte feito o nascer do sol. Percebo que o mundo continuará a girar mesmo sem nenhuma pessoa nele. Talvez gire um pouco mais rápido.

3

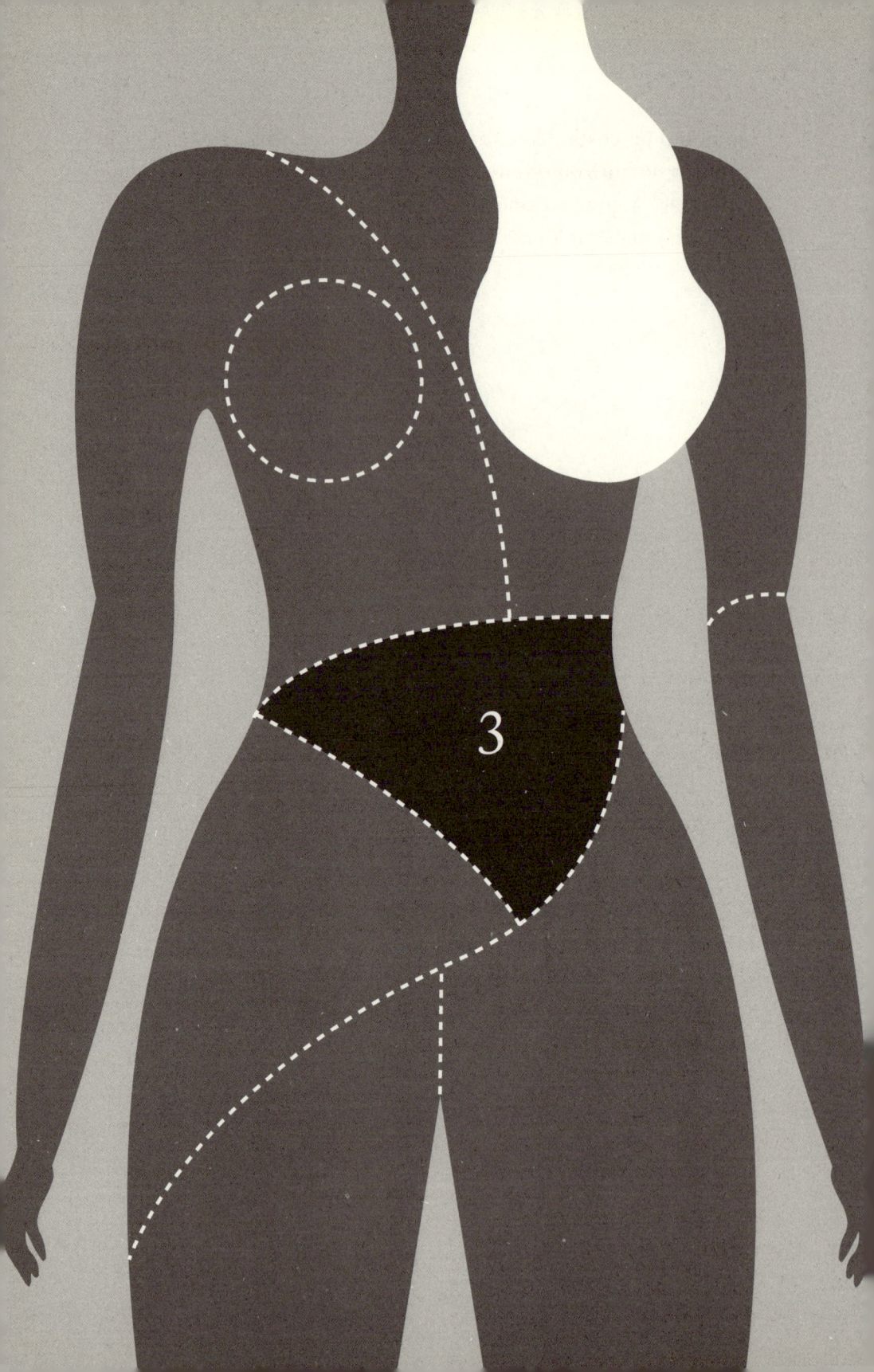

MÃES

Aqui está ela, na varanda, toda cabelo cor de palha, juntas curvadas e uma fenda que passa pelo seu lábio como se ela fosse terra que nunca viu chuva na vida. Nos seus braços há um bebê: sem sexo, vermelho, sem fazer nenhum tipo de barulho.

"Má", digo.

Ela beija o bebê na orelha e então o entrega para mim. Me retraio quando ela estende os braços, mas pego a criança mesmo assim.

Bebês são mais pesados do que se pensa.

"Ela é sua", diz Má.

Olho para a bebê, que me encara com olhos largos que cintilam como besouros japoneses. Seus dedos se curvam em volta de cachos de cabelo invisíveis e as unhinhas afiadas afundam na sua pele. Sou tomada por uma sensação – uma sensação de um copo de cerveja esvaziado, uma sensação de pés imobilizados depois que a armadilha se fecha. Olho de novo para Má.

"Como assim ela é minha?"

Má me olha como se eu fosse incrivelmente estúpida, ou como se eu estivesse tirando uma com a cara dela, ou as duas coisas.

"Eu estava grávida. Agora existe uma bebê. Ela é sua."

O meu cérebro dá uma cambalhota ao ouvir a frase. A minha cabeça anda embaralhada há meses. Há pilhas de correspondência não lidas na mesa da cozinha e minhas roupas formam um monte gigantesco no piso que já foi impecável. O meu útero se contrai, confuso.

"Olha", diz Má. "Tem um limite do que posso fazer. Não posso fazer mais do que isso. Certo?"

Concordo, mas tenho a sensação de ser errado deixar que ela siga essa linha de raciocínio. Perigoso.

"Tem um limite do que você pode fazer", repito mesmo assim.

"Ótimo", diz Má. "Quando a bebê chorar, ela pode estar com fome ou sede ou brava ou mal-humorada ou doente ou sonolenta ou paranoica ou ciumenta ou ter planejado algo que deu muito errado. Então você vai precisar cuidar disso, quando acontecer."

Olho para a bebê, que não está chorando agora. Ela pisca com sono e me pego pensando se os dinossauros piscavam da mesma forma antes de serem incinerados e virarem poeira. A bebê relaxa – colocando ainda mais peso no seu corpo do que eu imaginava ser possível – e aninha a cabeça contra os meus seios. Ela até faz um pouco de beicinho, como se pensasse que pode conseguir mamar.

"Não sou a sua mãe, bebê", digo. "Não posso amamentar você."

Fico tão hipnotizada por ela que não noto os passos se afastando, o rangido da porta do carro que se bate. Mas então Má vai embora e, pela primeira vez depois disso acontecer, não fico sozinha.

Depois de voltar para dentro, percebo que não sei nem mesmo o nome da bebê. No chão há uma pequena sacola de tecido que não me lembro de receber. Vou para a cozinha, onde me sento em uma cadeira de vime não muito firme. Imagino a cadeira se quebrando debaixo de mim com a bebê nos meus braços e me levanto de novo e me encosto no balcão.

"Oi, bebê", digo para a bebê.

Suas pálpebras se abrem de novo e ela fixa o olhar no meu rosto.

"Oi, bebê. Qual é o seu nome?"

A bebê não responde, mas também não chora, o que me surpreende. Sou uma estranha. Ela nunca me viu. É de se esperar que ela chore, há razões. Mas o que significa ela não chorar? Ela está com medo? Ela não parece estar com medo. Talvez bebês não sejam capazes de sentir terror.

Ela parece estar pensando em alguma coisa.

Ela tem cheiro de limpa, mas é químico. Por trás dele um toque de leite, corpóreo e azedo, como algo derramado. O nariz dela escorre um pouco e ela não se mexe para limpá-lo.

Ouço um estrondo, um choro agudo. Dou um pulo. A bebê esticou a mão e pegou uma banana da fruteira e derrubou meia dúzia de peras. As duras rolam e as que passaram do ponto se esborracham. Agora a bebê parece aterrorizada. Ela berra. Beijo a moleira dela e a levo para o outro cômodo.

"Shhhh, bebê."

A boca dela é uma caverna sem fim, onde luz, pensamentos e sons mergulham para nunca mais voltar. "Shhhh, bebê." Por que Má não me disse o nome dela?

"Shhhh, coisinha, shhhh." Minha cabeça lateja com o som. Lágrimas idênticas escorrem dos olhos para as orelhas de cada lado de seu rosto, como o quadro de uma bebê chorando e não uma bebê de verdade. "Shhhh, coisinha. Shhhh."

Uma brisa brusca sopra pela poeira lá fora e a porta de tela se abre com um baque. Dou um pulo. Ela grita.

Quando David e Ruth se casaram, eles tiveram uma missa inteira em latim. O véu de Ruth cobria o seu rosto e a bainha tocava no chão quando entrou na igreja. Um mar de chapéus e véus cobria os penteados erguidos das mulheres, conforme o pedido do casal. A cerimônia foi bonita e antiga, ligando os dois a milênios.

Na festa, uma mulher com uma faixa na cintura passou por mim. Fiquei muito envergonhada pelo modo como eu estava mastigando. Quase não a notei – na multidão de parentes e amigos, ela deu a impressão de ser um homem muito magro –, mas, não, as maçãs do rosto altas e o jeito feminino de cruzar os pés em uma linha invisível que atravessava o chão a entregaram. Eu a observei no decorrer da festa – durante os brindes, durante a dança do passarinho, durante o momento em que a prima de doze anos de Ruth desceu de forma escandalosa até o chão com a bunda, irritando o pai – e quando a pista esvaziou um pouco, a mulher saiu debaixo das luzes brancas de Natal enrolada em musselina, levantou a gola, arregaçou as mangas engomadas e começou a dançar.

Sempre ouvi dizer que casamentos supostamente deixavam as mulheres com tesão, e pela primeira vez entendi o porquê. Ela se movia com uma indiferença masculina, com tamanha segurança, que não consegui me concentrar em mais nada no salão. Fiquei molhada. Me senti inadequada, quente demais, inexplicavelmente faminta.

Quando ela se aproximou de mim, o meu coração bateu mais devagar. Ela me conduzia como uma boa parceira de dança – confiante, no controle. Me soltei e ri involuntariamente. A gravidade havia desaparecido.

Depois, dançamos tão devagar que parecia que estávamos paradas. Ela aproximou a cabeça do meu ouvido.

"Você tem as mãos mais bonitas que já vi", disse ela.

Liguei para ela dois dias depois, sem jamais ter acreditado tanto em amor à primeira vista, em destino. Quando ela riu do outro lado da linha, algo dentro de mim se abriu e a deixei entrar.

A cabeça dessa bebê está me incomodando porque é como uma fruta estragada. Compreendo isso agora, no meio dessa monotonia sonora sem fim. É como o ponto macio do pêssego em que você pode enfiar o polegar, sem perguntas, sem nem mesmo um "como vai?". Não vou fazer isso, mas quero, e a vontade é tão séria que a solto. Ela grita mais alto. Eu a pego de novo e a encosto em mim, sussurrando, "Eu te amo, bebê, e não vou machucar você", mas a primeira parte é uma mentira e a segunda talvez seja uma, mas não tenho certeza. Eu deveria sentir o impulso de protegê-la, mas só consigo pensar naquela moleira, naquele lugar em que eu poderia machucá-la se tentasse, onde eu poderia machucá-la se quisesse.

Um mês depois de nos conhecermos, Má estava segurando um pote de vidro montada em mim, cutucando cuidadosamente a maconha com o dedo. Quando encostou o isqueiro nela e inalou, o seu corpo estremeceu ao longo de uma curva invisível e a fumaça se esgueirou para fora da boca com um membro de cada vez, como um animal.

"Nunca fiz isso", disse a ela.

Ela me passou o cachimbo, segurou o fornilho com a mão e acendeu. Inalei; algo entrou na minha traqueia e tossi com tanta força que tive certeza de que iria sair sangue.

"Vamos tentar assim", disse ela. Ela deu uma tragada e encostou a boca na minha, enchendo os meus pulmões de fumaça forte. Inalei a fumaça, toda ela, o desejo percorrendo todo o meu corpo. Estiradas ali, senti todo o meu ser se soltando, a minha mente se refugiando em algum lugar perto da minha orelha esquerda.

Ela me levou para conhecer o seu antigo bairro e eu estava tão chapada que a deixei segurar a minha mão e me guiar feito uma criança, e então estávamos no Museu do Brooklyn, e havia uma mesa longa que parecia não ter fim, pratos sugestivos e floridos para a Deusa Primordial, para Virginia Woolf. Estávamos em algum lugar de Little Russia, e então em uma farmácia, e então em uma praia, e tudo o que eu conseguia sentir era a mão dela e o abraço quente da areia em volta dos meus pés.

"Quero mostrar uma coisa a você", disse ela, e atravessamos a pé a Ponte do Brooklyn enquanto o sol se punha.

Tiramos alguns dias. Fomos de carro até Wisconsin para ver o Jellyman, que na verdade já estava morto. Demos a volta e fomos até o mar, até uma ilha na costa da Geórgia. Boiamos em água quente feito sopa. Eu a segurei, e na leveza da água, ela me segurou.

"O mar é uma baita lésbica", disse ela. "Tenho certeza."

"Mas não uma de história."

"Não", concordou ela. "De espaço e tempo."

Refleti sobre isso. Minhas pernas se abriam e fechavam devagar na água. Meus lábios tinham gosto de sal.

"Sim", falei.

Ao longe, montes cinzentos rolavam para fora do mar. Imaginei tubarões e os nossos corpos sendo moídos.

"Golfinhos", sussurrou ela, e fez com que fossem.

Afundamos. Ela era muito mais velha do que eu, mas raramente me lembrava disso. Ela subia as mãos pelas minhas pernas em lugares públicos e me contou a sua história mais sombria e perguntou sobre a minha. Eu sentia como se ela estivesse gravada na minha linha do tempo, imutável como Pompeia.

Ela me deitava com força na cama e se mantinha erguida com a minha pélvis. E eu a deixava ficar ali, queria que ela ficasse ali, sentir o seu peso, a clareza que tomava conta de mim. Tirávamos as roupas porque elas não tinham lugar entre nós. Eu passava os olhos pela sua pele lisa e pálida, pelo contraste rosado dos grandes lábios e beijava sua boca de um jeito que me fazia estremecer dos pés à cabeça e pensar, *Graças a Deus não podemos fazer um bebê*. Porque ela agarrou algo dentro de mim que me levou da sua cama, da sua boca, da sua buceta e dos seus ângulos e voz baixa para dentro da minha primeira fantasia doméstica, o nosso primeiro devaneio juntas: o Uptown Café em Kirkwood, limpando pedacinhos macios de nhoque do queixo irrequieto de um bebê, do nosso bebê. Brincávamos que a chamaríamos de Mara, falávamos sobre as primeiras palavras dela, seu cabelo engraçado e maus hábitos. Mara, uma menina. Mara, nossa menina.

De volta à cama de Má, na cama boa, enquanto ela enfiava a mão em mim, e eu puxava e ela respondia e me abria e ela gozava sem se tocar e eu respondia perdendo a capacidade de falar, pensei, *Graças a Deus não podemos fazer um bebê*. Podemos trepar de qualquer jeito e sem parar e gozar uma na outra, sem camisinhas ou pílulas ou medo ou calculando dias do mês ou se curvando sobre pias de banheiro segurando e erguendo aquele bastão branco estúpido para conferir, *Graças a Deus não podemos fazer um bebê*. E quando ela dizia, "Goza pra mim, goza pra mim", *Graças a Deus não podemos fazer um bebê*.

Fizemos um bebê. Aqui está ela.

Estávamos apaixonadas e eu sonhava com o nosso futuro. A casa no meio do mato em Indiana. Uma antiga capela que já foi um convento de freiras, freiras que rezavam com os ombros pressionados uns nos outros e que faziam votos e que se chamavam de Irmã. Uma fachada de pedra, a argamassa seca espremida e escorrendo pelos vãos. Caminhos estreitos cortando velhos jardins, um jardim novo onde reviramos a terra e plantamos coisas, coisas que irão crescer se cuidarmos delas. Um círculo grande de vitrais, da minha altura, retratando um coração espichado sangrando em pedaços finos de vidro rosado esfumaçado, dois dos painéis rachados pelo tempo.

Então uma cozinha com armários de madeira escura que abertos revelavam taças de vinho compridas, caixas de teca cheias de prataria manchada, um fogão entulhado de panelões e frigideiras, uma coleção de seis dúzias de canecas que acharíamos bonitas ou irônicas com o passar dos anos, pilhas de pratos com bordas lascadas, um jogo inteiro para as visitas que nunca recebemos. Perto dos armários uma mesinha com uma cesta de vime vazia, cadeiras firmes sem pintura e, refletindo a luz que entra pela janela, um jogo de potes de vidro, os rótulos removidos, restos de cola esfregados com um dedo persistente, todos com a intenção de serem usados de novo.

Do outro lado da mesa há um altar, com velas acesas para Billie Holiday, Willa Cather, Hipátia e Patsy Cline. Ao lado dele, um pódio antigo onde ficava uma Bíblia e onde reaproveitamos um velho manual de Química como *O livro de Lilith*. Nas suas páginas está o nosso calendário litúrgico: Santa Clementine e Todos os Viajantes; Santas Lorena Hickok e Eleanor Roosevelt, celebradas no verão com mirtilos para simbolizar o anel de safira; a Vigília de Santa Juliette, com hortelãs e chocolate meio amargo; o Banquete das Poetisas, durante o qual Mary Oliver é recitada com folhas de alface, Kay Ryan com um prato de vinagre e óleo, Audre Lorde com pepinos, Elizabeth Bishop com algumas cenouras; a Exaltação de Patricia Highsmith, celebrada com escargots fervidos em manteiga e alho e com ganchos recitados junto a uma fogueira de outono; a Ascensão de Frida Kahlo com autorretratos e fantasias; a Dádiva de Shirley Jackson, um dia santo de inverno que começa ao amanhecer e termina ao anoitecer com um jogo de apostas disputado com dentes de leite perdidos e pedras. Algumas delas com os seus próprios livros; os grandes e pequenos mistérios da nossa religiãozinha.

Na geladeira, jarros repletos de pepinos em conserva e vagens, duas garrafas de leite, um bom, o outro azedo, uma caixa com meio a meio, anticoncepcionais da era dos homens que ainda não joguei fora, uma berinjela quase preta, um pote de raiz-forte em forma de sabonete, azeitonas, pimentões rígidos feito corações, molho de soja, bifes pingando sangue escondidos nas dobras secas de um papel, vazando vergonhosamente, uma gaveta de queijos com bolas de muçarela fresca boiando em seu próprio caldo de água leitosa e salames com cascas esbranquiçadas cobertas de pós que, Má jura, cheiram a sêmen, alhos-porós que serão adicionados à pilha de compostagem, cebolas cristalizadas, chalotas do tamanho de punhos. No freezer, bandejas plásticas de gelo rachadas com cubos que transbordaram de seus lugares, pesto feito com manjericão do jardim, massa de biscoito que será comida crua apesar dos avisos de saúde. A despensa, quando aberta, está abarrotada de azeite de oliva extravirgem, meia dúzia de garrafas, algumas cheias de florestas de alecrim e bulbos gordos de alho descascado, óleo de gergelim cuja garrafa de vidro parece jamais perder o lustro gorduroso do lado de fora, não importando quantas vezes seja limpa, óleo de coco com metade de um sólido branco ceroso, metade como plasma, latas de ervilhas pretas e sopa de creme de cogumelo, caixas de amêndoas, um saco pequeno de pinhões orgânicos crus, bolachas salgadas envelhecidas. Ovos no balcão, marrons e verde-claros e manchados e de tamanhos diferentes. (Um deles está podre, mas não dá para saber pelo lado de fora; só dá para descobrir se o colocar em um copo d'água e ele boiar feito uma bruxa.)

No quarto há uma cama *queen size*, uma balsa no meio de um grande oceano de pedra. Na cômoda rola uma lâmpada que, se levada ao ouvido e sacudida, revelaria o filamento quebrado solto dentro do vidro. Colares rodeiam velhas garrafas de vinho como nós corrediços, tampas foscas silenciam decantadores de vidro. Um criado-mudo que, quando aberto, revela... feche isso, por favor. No banheiro, um espelho respingado de rímel de quando Má se inclina para perto dele, a ameba de sua respiração crescendo e diminuindo. Você nunca vive *com* uma mulher, vive dentro dela, ouvi meu pai dizer ao meu irmão uma vez e, de fato, era como se, ao se olhar no espelho, você estivesse se vendo por trás dos olhos de contornos grossos dela.

Do lado de fora, a natureza. A catedral rodopiante e de tirar o fôlego do céu se arqueia acima das árvores, árvores que se curvam vistosas e em verde-neon na primavera, repletas de botões que então florescem. A chuva repentina arranca as folhas delicadas dos caules e cobre o solo com um carpete brilhante e espesso. No emaranhado de galhos, filhotes de passarinho – o cinza e rosa de camarões meio cozidos com ossos que parecem espaguete seco – gritam por suas mães.

Então os zumbidos indistintos do verão começam a ser ouvidos e o ar grita e zune. Vespas matadoras de cigarras capturam as mais fracas e as ferroam até ficarem imóveis, levando os seus corpos e suas asas vítreas para algum outro lugar lá no alto. Vagalumes ofuscam a escuridão com os seus movimentos inebriados. As folhas são de um verde-escuro intenso, as árvores carregadas e curvadas sobre si mesmas, ouvindo segredos, e somente o estrondo violento de trovões e os clarões ofuscantes dos relâmpagos conseguem atravessar a mata.

E então o outono, o primeiro outono, o nosso primeiro outono, o primeiro prato de abóbora, os suéteres, o cheiro de queimado do aquecedor, nunca sair debaixo dos cobertores pesados, o cheiro de fumaça que me lembra de quando eu era uma bandeirante e tinha doze anos e acampava com garotas que me odiavam. As folhas pegam fogo, as cores consumidas feito uma doença. Mais chuva, outro tapete de folhas, amarelas como dentes-de-leão, vermelhas como casca de romã, laranja como cenoura. Há crepúsculos estranhos quando o sol se põe, mas chove de qualquer forma, e o céu fica dourado e cor de pêssego e também cinzento e púrpura feito um hematoma. Todas as manhãs, uma névoa fina cobre a mata. Algumas noites uma lua cheia ensanguentada se ergue sobre o horizonte e mancha as nuvens como um nascer do sol em outro planeta.

E então a seca e o encrespamento, a lenta aproximação da morte sobre trilhões de pés radiais, perfeita fera invernal peristáltica, o solo mais exposto do que achávamos possível, as árvores solitárias, o gemido uivante do vento, o cheiro da chegada da neve. Nevasca durante a noite, iluminada por nada aqui no meio da mata e na escuridão, a não ser pelo facho de uma lanterna do outro lado da janela, que destaca os flocos gordos caindo antes de desaparecerem fora de seu alcance. Lá dentro, peles secas e coçando, loções geladas esfregadas nas costas. Trepando, abafando os gritos, abraçando uma a outra no calor debaixo das colchas. E, de manhã, empurramos a porta para abri-la, dois corpos enrolados e bufando para se soltarem em um mundo onde não querem ir. Montes de neve transformando as nuances da natureza em inchaços, nos lembrando de manter a perspectiva, nos lembrando de que tudo possui uma estação, nos lembrando de que o tempo passa e que um dia também passaremos. Nos limites da clareira, luvas redondas transformam as mãozinhas da nossa Mara em desenhos, o seu casaco estufado está fechado até o narizinho e uma toca de lã protege o cabelo castanho fino, e nos lembramos de que estamos vivas, nos amamos o tempo todo e gostamos uma da outra a maior parte do tempo, e de que mulheres podem trazer crianças a este mundo como o ato de respirar. Mara estende o braço, não para nós, mas para alguma presença invisível, uma voz, uma sombra de freira antiga, fantasmas de uma civilização futura que irão povoar aquela floresta com uma cidade muito tempo depois de termos morrido. Mara estende o braço para cima e andamos até ele e seguramos a sua mão.

A nossa bebê chora. Eu a seguro junto a mim. Ela é pequena demais para comidas, acho. Pequena demais para... equilibrando-a no meu quadril, reviro a minha geladeira quase vazia, empurrando de lado o Tupperware com restos aveludados, uma lata enrolada em papel alumínio. Encontro um pote de molho de maçã, mas nenhuma das minhas colheres é pequena o suficiente para a boca dela. Mergulho o meu dedo no molho de maçã e ofereço a ela; ela chupa com força. Encosto a mão no topo de sua cabeça; beijo sua pele delicada com óleo de bebê. Ela funga e soluça, pedaços de molho de maçã saem de sua boca formando bolhas.
"Ovo?", pergunto.
Ela espirra.
"Maçã? Cachorro? Menina? Menino?"
A bebê se parece comigo e Má: o meu nariz pontudo e o cabelo castanho, meu beicinho emburrado, o queixo redondo e os lóbulos

das orelhas descolados dela. A boca aberta e berrante é toda de Má. Me contenho, o perigo dessa piada ainda pulsando na minha cabeça quando percebo que Má não está aqui para ouvi-la, para parar o que quer que estiver fazendo e erguer uma sobrancelha para mim, talvez me repreender por dizer algo assim na frente da nossa filha, ou talvez jogar um copo na minha cabeça.

Tiro meu telefone do bolso com a minha mão livre e ligo. A voz de Má ecoa mecanicamente do outro lado e abre novas trincheiras em mim. Bipe. Deixe uma mensagem.

O que digo: "Por que você a deixou comigo?".

O que quero dizer: "Isso quase acabou comigo, mas não acabou. Me deixou mais forte do que antes. Você me tornou melhor. Obrigada. Vou amar você até o fim dos tempos".

Eu queria muito dela, acho. Exigi demais.

"Eu te amo", eu murmurava dormindo, acordada, com a cara enfiada no seu cabelo, no pescoço dela.

"Não me chame assim, por favor", eu a lembrava. "Eu nunca falaria assim com você."

"Quero apenas você, juro", eu disse, quando a paranoia surgiu na sua voz como uma infecção.

Acredito num mundo onde coisas impossíveis acontecem. Onde o amor pode sobrepujar a brutalidade, pode neutralizá-la, como se nunca tivesse existido, ou transformá-la em algo novo e mais bonito. Onde o amor pode sobrepujar a natureza.

A bebê mama. Não sei o quê. Mas ela mama mesmo assim. As gengivas dela apertam e doem, mas não quero que ela pare, porque sou a sua mãe e ela precisa do que precisa, mesmo que não seja algo real. Ela morde e grito, mas ela é tão pequena e não consigo largá-la.

"Mara", sussurro. Ela olha para mim, diretamente para mim, como se reconhecesse o seu nome. Pressiono os meus lábios na sua testa e a balanço, tentando recuperar o fôlego calmamente. Ela é real, ela é real, sinto ela nos meus braços, ela cheira a limpo e novo. Não há dúvida. Ela ainda não é uma garota ou um monstro ou coisa alguma. É apenas uma bebê. Ela é nossa.

Faço um berço para Mara empurrando a minha cama até um canto. Levanto paredes com pequenas almofadas bordadas. Eu a deito ali.

Ela começa a gritar de novo. Vem de lugar nenhum e não para, interminável e constante como o horizonte em alto-mar. Não diminui de intensidade, ela não respira fundo para tomar fôlego, as mãos que ela agita agarram o meu rosto, cortam um pouco. Eu a deito na cama.

"Mara", digo. "Mara, por favor, por favor, não", e ela não para, apenas continua. Pulo durante horas ao lado dela na cama, e os berros tomaram conta do quarto e não consigo deixar de ouvir, e o cheiro limpo de bebê é substituído por algo incandescente, como a boca de um fogão elétrico sem nada sobre ela. Toco os seus pezinhos e ela grita, assopro a barriga dela fazendo barulho e ela grita e algo dentro de mim está se partindo; sou um continente, mas não vou continuar inteira.

Uma professora escutou Má gritando comigo no telefone na cabine ao lado no banheiro. Eu sabia que ela estava lá, vi os saltos altos afastados nos ladrilhos, ouvi-a respirar fundo quando a voz de Má ficou baixa e fria e escapou do aparelho feito gás. Ela esperou eu ir embora para sair. Naquela tarde ela abordou o assunto sem jeito no corredor enquanto suas mãos giravam a tampa de uma caneta esferográfica.

"Acho que o que quero dizer é que simplesmente não é normal", disse ela. "Só estou preocupada com você."

"É muita gentileza sua me estender a mão", falei.

"Só estou dizendo que se sempre soa desse jeito, mesmo que você ache que há algo nisso tudo, não há nada." Ela derrubou sem querer a tampa da caneta, que saiu quicando pelo corredor. "Me avise se você quiser que eu ligue para alguém, está bem?"

Assenti e ela foi embora. Eu ainda estava balançando a cabeça quando ela desapareceu ao virar no final do corredor.

Mara faz uma pausa para tomar fôlego. Passou tanto tempo que a luz já aparece no céu olhando pela janela. Ela me absorve de novo, todo o meu ser nos olhos dela, toda a minha vergonha e dor e a verdade sobre suas mães, a verdade honesta sobre elas. Sinto um solavanco, meus segredos sendo arrancados de mim a contragosto. Então os gritos começam de novo, mas posso aguentar por causa daquele momento precioso, daquela pausa. A minha tolerância está intacta de novo, o meu amor, renovado. Se ela me der um desses momentos, dia sim, dia não, devo ficar bem. Posso fazer isso. Posso ser uma boa mãe.

Passo o meu dedo pelos cachos dela e lhe canto uma música da minha infância.

"O bode de Bill Grogan não estava nada mal, comeu três camisas vermelhas do varal. Bill lhe deu uma paulada para o seu bem e o amarrou nos trilhos do..."

Minha voz vacila e desaparece. Ela pedala no ar e berra e os meus ouvidos estão zunindo e deito na cama ao lado dela, minhas súplicas abafadas por sua voz.

Não quero sair do quarto. Não quero dormir. Tenho medo de que, se dormir, vou acordar e Mara terá desaparecido, e no silêncio a entropia vai tomar conta e as minhas células vão se expandir e irei me fundir ao ar. Se eu der as costas, mesmo que por um só segundo, vou me virar de novo e aquele será apenas um monte de cobertores e almofadas, uma cama tão vazia como sempre fora. Se eu piscar, o corpo dela irá se dissolver por entre os meus dedos e serei apenas eu mais uma vez: desmerecedora, sozinha.

Ela ainda está aqui quando acordo. Parece um sinal. Se ela chorou durante a noite, eu não ouvi. Dormi o tipo de sono em que você acorda e sabe que não se debateu feito um maldito peixe fisgado, não me deixou acordada a porra da noite toda com o seu choro sonolento, meu Deus, você sabe que se comportou e ficou quieta. De modo que as minhas juntas estão como elásticos largos usados para amarrar brócolis e o meu rosto está marcado onde dormi feito idiota com ele pressionado contra as costuras dos retalhos da colcha. Mara não está chorando. Está mexendo os braços e as pernas para cima e para baixo feito pistões. Seus olhos estão se abrindo e fechando: campânulas se contraindo sob o sol do meio-dia, papa-moscas se escancarando com as vibrações e o calor.

Me levanto e aperto os olhos para a manhã lá fora. Mara faz um barulho agudo. Eu a pego no colo. Ela parece mais pesada do que ontem. Isso é possível?

Assim que coloco o pé para fora do quarto ela começa a gritar de novo.

Pegamos um ônibus para Indianápolis, fazemos a baldeação entorpecidas. Ela dorme nos meus braços e não se mexe, a não ser para gritar, decibéis que suprimem qualquer pensamento consciente. Os corpos à minha volta, amarrotados e rançosos, não reagem com apreço ao silêncio ou com raiva ao som, pelo o que fico agradecida.

Quando descemos do ônibus em Bloomington, percebo – me lembro – que é primavera. Consigo uma carona com uma mulher que me lembra alguém que esqueci. Seguimos pela rodovia até eu pedir que pare.

"Não tem nada aqui", diz ela. A sua linguagem corporal é quase que propositalmente relaxada.

As folhas farfalham, como que em resposta.

"Me deixe levar vocês até o centro", diz ela. "Ou tem alguém pra quem posso ligar pra você?"

Saio do carro com Mara aninhada na dobra do meu braço.

Choveu recentemente. A lama está secando em volta dos meus tênis, cada vez mais a cada passo. Caminho feito um monstro colossal, pronta para arrasar uma cidade.

Lá, no alto de uma colina, há uma casa. A nossa casa. Reconheço o vitral, a fumaça saindo espiralada da chaminé e serpenteando pelas copas das árvores. A mesa de piquenique do lado de fora precisa de uma demão de tinta. Um pastor-alemão velho, só pele e osso, está atirado na beira de uma varanda, abanando o rabo de felicidade quando nos aproximamos.

"Otto", digo, e ele me deixa passar a mão no seu pescoço. Ele bate as bochechas na minha palma e depois a lambe.

A porta está destrancada porque Má e eu confiamos nos nossos vizinhos, os pássaros. Lá dentro, os pisos são de pedra.

Reconheço os armários, a cama. Mara está quieta nos meus braços. Sequer se mexe. Talvez estivesse chorando tanto porque não estava em casa, mas agora está em casa e agora está quieta. Me sento em uma escrivaninha e rolo uma caneta pesada pela madeira. Passo os dedos por uma fileira de livros ao longo da parede. Atrás da estante, uma rachadura fina percorre o gesso, deliberada. Eu a toco com a ponta do dedo, vou seguindo por ela parede acima até passar da minha altura. Parte de mim quer empurrar a estante, olhar atrás dela, mas não há necessidade. Sei o que há lá.

Desembrulho salmão curado da geladeira e o examino. A carne se retraiu das espinhas esquecidas como gengivas doentes de dentes. Faço uma marca funda na carne com o dedo e algo dentro de mim é saciado.

Pressiono a minha bochecha contra o vidro ondulado da janela. Otto nos seguiu para dentro e está atrás de mim, tocando o pé de Mara com o focinho gelado. Pego um livro de receitas no balcão e o abro. A capa cai com um baque. Salada de feijão da tia Julia, leio. Tanto endro.

Na nossa última noite juntas, Má me jogou contra uma parede. Queria conseguir me lembrar por quê. Me parece que o contexto seria importante. Ela era só osso e músculo e pele e luz e risadas num momento e então um tornado no seguinte, uma sombra passava pelo seu rosto feito um eclipse solar. A minha cabeça bateu no gesso. Pontos de luz piscaram por trás dos meus olhos.

"Sua puta", gritou ela. "Eu odeio você. Como odeio. Sempre odiei."

Me arrastei até o banheiro e tranquei a porta. Do lado de fora, ela castigava a parede com socos como uma chuva de granizo, e eu abri o chuveiro, tirei a roupa e entrei no boxe. Sou canceriana. Sempre uma filha da água. Por um momento eu estava lá, na floresta de Indiana, com a chuva caindo nas folhas, a garoa suave da manhã de verão durante a qual dormimos, acordando apenas para ver uma Mara sonolenta e pré-adolescente entrar, reclamar de um pesadelo e se aninhar nos nossos braços.

Não vai durar para sempre, um dia ela será grande demais para aquilo, e para nós, suas velhas mães. Então a lembrança falsa é levada pela água como um quadro com tinta molhada em uma tempestade e estou no chuveiro, tremendo, e ela está do lado de fora, me perdendo, e não havia como eu lhe dizer para não fazer isso. Não havia como eu lhe dizer que somos tão íntimas, somos tão íntimas, por favor, não faça isso agora, somos tão íntimas, puta que pariu.

"O que você acha, Mara?", pergunto a ela, rodopiando algumas vezes antes de me encostar em uma parede. Eu a deito na colcha herdada que está esticada sobre a cama de casal. Um dia quero ensinar Mara a fazer uma colcha assim, do jeito como sua avó fez e do jeito como estou aprendendo. Poderíamos começar devagar. Colchas de bebê. É possível fazer uma dessas em uma noite.
Otto late.
A porta se abre e um braço magro dá a volta nela. Depois um rosto e uma mochila amarela brilhante. Uma garotinha de dez ou onze anos, o cabelo preso numa trança que está começando a se soltar. É Mara, com idade suficiente para andar, com idade suficiente para falar. Com idade suficiente para ser intimidada e então para encarar os intimidadores. Com idade suficiente para fazer perguntas sem respostas e ter problemas sem solução. Atrás dela, outra criança, um menino – seu irmãozinho, Tristan. Lembro do seu nascimento como se tivesse acontecido semana passada, como se estivesse acontecendo agora, ele estava coberto de sangue e enviesado, estava nas minhas costelas e recusou as investidas da parteira. Mesmo agora a minha barriga ainda não é a mesma, com suas paredes que já foram rasgadas e despedaçadas. E ele irá crescer, e então cresceu, e Tristan ficava atrás de Mara, e ainda fica. Ela disse que odiava, mas amava, eu podia ver que ela adorava a atenção. Mara e Tristan, crianças de cabelos castanhos. Castanhos como... a avó de alguém. Talvez a minha.
Um homem atrás delas, e uma mulher. Os dois me olhando.
A mulher diz para Mara não se aproximar, o homem agarra o pequeno Tristan junto ao peito. Eles me perguntam quem sou e

respondo. Otto late. A mulher o chama, mas ele late para ela e para mim e não recua.

Mara, lembra como você chutou areia nos olhos do filho daquele vizinho? Gritei com você e fiz você pedir desculpa com o seu melhor vestido, e naquela noite chorei sozinha no banheiro porque você é tão filha de Má quanto é minha. Lembra quando você trombou com a porta de vidro e teve cortes tão feios nos braços que tivemos que levar você até o hospital mais próximo na picape e que quando acabou Má me implorou para trocar o banco de trás porque estava todo cheio de sangue? Ou quando Tristan nos contou que queria convidar um garoto para o baile de formatura e você passou o braço em volta dele assim? Lembra, Mara? Dos seus próprios bebês? Do seu marido com barba de Capitão Ahab e mãos cheias de calos e da casa que compraram em Vermont? Mara? De como você ainda ama o seu irmãozinho com a intensidade de uma estrela; um amor profundo que só vai acabar quando um de vocês sucumbir? Dos desenhos que vocês nos davam quando eram crianças? Das suas pinturas de dragões, das fotos de bonecas de Tristan, das suas histórias sobre raiva, os poemas dele sobre anjos? Dos experimentos de ciência no quintal, que queimavam a grama até que ela ficava lustrosa? Das suas vidas satisfeitas e estáveis, estranhas, porém seguras? Você se lembra? Por que está chorando? Não, não chore. Você chorava muito quando era bebê, mas tem sido tão estoica desde então.

Dentro de mim, uma voz: *Não havia nada ligando você a ela e você criou esse laço mesmo assim, você os criou mesmo assim, foda-se, você os criou mesmo assim.*

A Mara e seu irmão, digo: "Parem de correr, vocês vão cair, parem de correr, vocês vão quebrar alguma coisa, parem de correr, sua mãe vai ver, ela vai ver e vai ficar tão brava e vai gritar e não podemos, não podemos, não posso".

Digo: "Não deixe a torneira aberta. Vai alagar a casa, não faça isso, você prometeu que nunca aconteceria de novo. Não alague a casa, as contas, não alague a casa, os tapetes, não alague a casa, meus amores, ou poderemos perder vocês dois. Fomos mães ruins e não ensinamos vocês a nadar".

4

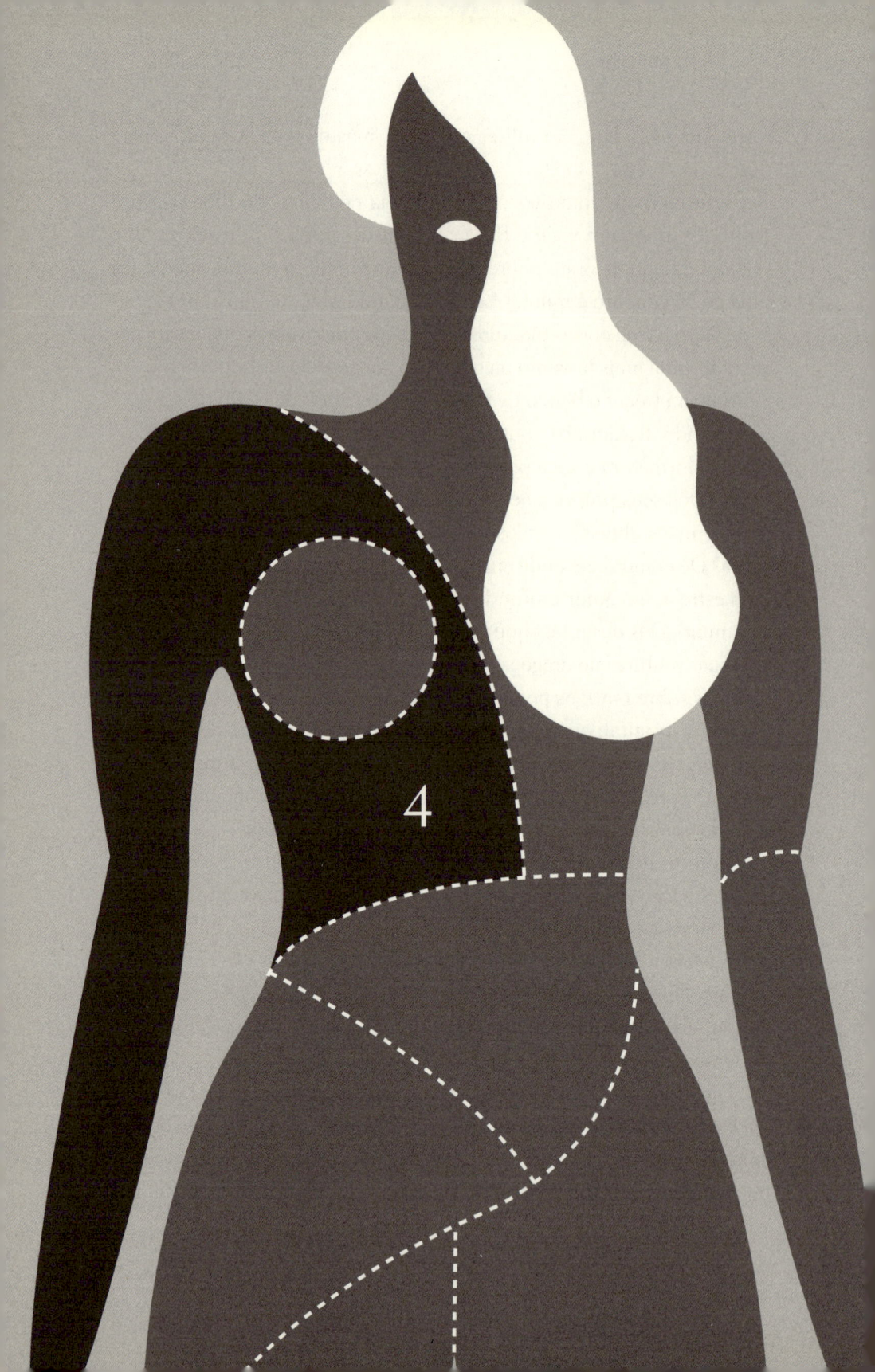

ESPECIALMENTE HEDIONDAS
272 visões de *Law & Order: SVU*

1ª TEMPORADA

"VINGANÇA": Stabler e Benson investigam a castração e o assassinato de um taxista de Nova York. Eles descobrem que a vítima havia assumido a identidade de outro homem anos antes porque era procurado pela polícia. No fim, Stabler descobre que a identidade roubada do homem em questão também era roubada e ele e Benson precisam começar de novo a investigação. Naquela noite, enquanto tenta sem sucesso dormir, Stabler ouve um barulho estranho. Um tamborilar grave, duas batidas. Parece vir do seu porão. Ao investigar o porão, o som parece vir da rua.

"UMA VIDA DE SOLTEIRA": A idosa não aguentava mais se vestir sozinha. O ato solitário de calçar os sapatos partiu o seu coração inúmeras vezes. A porta da frente destrancada, por onde qualquer vizinho poderia entrar, teria sido uma decisão tardia, mas não houve nada mais tarde.

"OU APENAS SE PARECEM COM UMA": Duas modelos menores de idade são atacadas ao voltarem para a casa após saírem de uma casa noturna. Elas são estupradas e assassinadas. Para piorar, são confundidas com outras duas modelos menores de idade estupradas e assassinadas, que por coincidência são suas respectivas irmãs gêmeas, e as quatro estão enterradas debaixo das lápides erradas.

"HISTERIA": Benson e Stabler investigam o assassinato de uma jovem que a princípio acreditam ser uma prostituta e é a mais recente de uma longa lista de vítimas relacionadas. "Odeio essa maldita cidade", diz Benson a Stabler, enxugando os olhos com um guardanapo de uma confeitaria. Stabler revira os olhos e liga o carro.

"DESEJO DE VIAJAR": A antiga promotora alisa o cabelo antes do julgamento, do modo como sua mãe lhe ensinou. Depois de perder o caso, ela coloca três mudas de roupa em uma mala e entra no seu carro. Ela liga para Benson do celular. "Desculpa, amiga. Estou caindo na estrada. Não tenho certeza de quando vou voltar." Benson implora para que ela fique. A antiga promotora joga o celular na rua e vai embora de carro. Um táxi que passa quebra o aparelho em pedaços.

"MALDIÇÃO DE SEGUNDO ANO": Na segunda vez que o time de basquete acoberta um assassinato, o técnico chega à conclusão de que enfim já aguentou o bastante.

"INCIVILIZADO": Eles encontram o garoto no Central Park, aparentando jamais ter sido amado por alguém. "O corpo dele estava coberto de formigas", diz Stabler. "Formigas." Dois dias depois, eles prendem o professor do garoto, que no fim o amara muito bem, obrigado!

"ACOSSADOS": Benson e Stabler não têm permissão para marcar nenhum móvel da delegacia, de modo que cada um possui o seu próprio sistema particular. A cabeceira de Benson tem oito entalhes que cortam a beirada curva de carvalho feito uma espinha. A cadeira da cozinha de Stabler tem nove.

"AÇÕES E SUJEIÇÃO": Benson tira a sacola de verduras podres do porta-malas quando Stabler não está olhando. Ela a joga em uma lata de lixo e a sacola bate no fundo, úmida e pesada. A sacola se parte como um corpo que estivera no Rio Hudson.

"CONCLUSÃO": "Estava dentro de mim", diz a mulher, puxando o canudo torto e disforme feito um acordeão usado do jeito errado. "Mas agora está fora de mim. Gostaria que continuasse assim."

"SANGUE RUIM": Stabler e Benson jamais esquecerão o caso em que solucionar o crime foi muito pior do que o próprio crime.

"POEMA DE AMOR RUSSO": Quando levam a mãe para o banco de testemunhas, a nova promotora pede para que informe o seu nome. A mulher fecha os olhos, sacode a cabeça, balança para a frente e para trás na cadeira. Ela começa a cantar em voz baixa, não em inglês, as sílabas saindo de sua boca como fumaça. A promotora olha para o juiz para pedir ajuda, mas ele está olhando para a testemunha, seus olhos distantes como se estivesse perdido na floresta de sua própria memória.

"DESPIDA": Uma mulher grávida nua e desorientada é descoberta vagando pelo centro da cidade. Ela é presa por atentado violento ao pudor.

"LIMITAÇÕES": Stabler descobre que até mesmo Nova York tem um fim.

"NO SEU DIREITO": "Vocês não podem fazer isso comigo!", grita o homem ao ser escoltado até o banco de testemunhas. "Não sabem quem sou eu?" A promotora fecha os olhos. "Senhor, só preciso que o senhor confirme que contou à polícia que viu um Honda azul fugindo da cena do crime." O homem bate com a mão aberta no banco de testemunhas em desafio. "Não reconheço a sua autoridade!" A mãe da garota morta começa a gritar tão alto que o seu marido a leva para fora da sala do tribunal.

"O TERCEIRO SUJEITO": Stabler nunca contou a Benson sobre o seu irmão mais novo. Mas ele também nunca contou a ela sobre o seu irmão mais velho, o que era compreensível, porque ele também não sabia da existência dele.

"ENGANOSO": Padre Jones jamais tocou em uma criança, mas quando fecha os olhos à noite ele ainda se lembra de sua namorada do colégio: as suas coxas macias, as mãos cheias de veias, o modo como ela saltou daquele telhado como um falcão.

"SALA DE BATE-PAPO": Convencido de que sua filha adolescente está à mercê de predadores cibernéticos, um pai usa um pé de cabra no computador da família. Ele joga os pedaços na lareira, acende um fósforo. Sua filha reclama de uma tontura, de uma queimação no peito. Ela o chama de "mãe" com lágrimas na voz. Ela morre em um sábado.

"CONTATO": Stabler descobre que sua esposa acredita ter visto um OVNI quando tinha vinte e poucos anos. Ele fica acordado a noite toda, imaginando se aquilo explica a perda de memória, o TEPT, os terrores noturnos. Aproveitando a deixa, sua esposa acorda chorando e gritando.

"REMORSO": À noite, Stabler faz uma lista dos arrependimentos do dia. "Não contei pra Benson", rabisca ele. "Comi mais burritos do que aguentava. Gastei mal aquele vale-presente. Bati naquele cara com mais força do que pretendia." Sua esposa chega por trás dele e esfrega distraída o seu ombro antes de ir para a cama. "Não contei pra minha esposa hoje. Provavelmente não vou contar amanhã."

"NOTURNO": O fantasma de uma das modelos menores de idade assassinadas e enterradas no lugar errado começa a assombrar Benson. Ela tem sinos no lugar dos olhos, sininhos de latão que pendem do alto de cada órbita; os pêndulos não chegam a encostar nas maçãs do rosto. O fantasma não sabe o seu próprio nome. Ela paira sobre a cama de Benson, o sino direito tilintando baixinho, depois o esquerdo, e depois o direito de novo. Isso ocorre quatro noites seguidas, às duas e sete da manhã. Benson começa a dormir com um crucifixo e ramalhetes pungentes de alho porque não compreende a diferença entre vampiros e adolescentes assassinadas. Ainda não.

"ESCRAVOS": Os estagiários da delegacia são monstros. Quando não há muito movimento, falam besteiras nos telefones. Quando atendem, anunciam, "Unidade de Vítimas Especiais, o departamento de polícia mais estuprador de Manhattan!". Eles têm teorias sobre Stabler e Benson. Fazem apostas. Colocam lilases (a favorita de Benson) em seu armário e margaridas (a favorita de Stabler) no dele. Os estagiários colocam sonífero nos cafés de Benson e Stabler e então, quando os dois adormecem, os estagiários juntam os catres e colocam os dois detetives em posições comprometedoras. Benson e Stabler acordam horas mais tarde, com as mãos nos rostos um do outro, que estão úmidos de lágrimas.

2ª TEMPORADA

"O ERRADO ESTÁ CERTO": Benson acorda no meio da noite. Ela não está em sua cama. Está de pijama, no escuro. Sua mão está em uma maçaneta. Uma porta é aberta. Um panda de olhar confuso a está observando com olhos marejados. Benson fecha a porta. Ela passa por duas lhamas mastigando pensativas a placa de uma barraca de cachorro-quente. No estacionamento do zoológico, seu carro está parado diante de um poste de cimento. Ela veste a muda de roupas que mantém no porta-malas. Ela chega à delegacia. "Ecoterroristas", diz ela a Stabler. Ele balança a cabeça, anota algo em seu caderno e depois ergue o olhar para ela. "Está sentindo cheiro de alho?", pergunta ele.

"HONRA": Stabler sonha que um homem em uma feira renascentista insulta a esposa de Stabler e ele dá um soco no rosto presunçoso do homem. Quando Stabler acorda, decide contar a história à sua esposa. Ele rola para o lado. Ela não está ali. Stabler nunca foi a uma feira renascentista.

"CONCLUSÃO: PARTE 2": "Não é que eu odeie homens", diz a mulher. "Só morro de pavor deles. E não me incomodo com esse medo."

"LEGADO": Durante o café da manhã, a filha de Stabler pergunta sobre a família de Benson. Stabler diz que Benson não tem família. "Você sempre diz que a família é a verdadeira riqueza de um homem", diz a filha de Stabler. Stabler pondera isso. "É verdade", diz ele. "Mas Benson não é um homem."

"ASSASSINA DE BEBÊS": Benson mantém as camisinhas na gaveta do seu criado-mudo renovadas e joga fora as vencidas. Ela toma a sua pílula religiosamente no mesmo horário todas as manhãs. Ela marca encontros e nunca os desmarca.

"DESCUMPRIMENTO": A garota com sinos no lugar dos olhos diz a Benson para ir até o Brooklyn. Agora elas podem se comunicar, por intermédio dos sinos. (Benson aprendeu código Morse sozinha.) Benson nunca vai até o Brooklyn, mas concorda em ir. Ela pega o metrô tarde da noite, tão tarde que só há um homem no vagão, e ele está dormindo sobre uma bolsa de ginástica. À medida que avançam pelos túneis, o homem encara Benson com um olhar turvo e então abre o zíper da sacola e vomita dentro dela, quase que com educação. O vômito é branco, como mingau. Ele fecha a sacola. Benson desce duas estações antes e acaba tendo que atravessar Prospect Park a pé por um longo tempo.

"SEPARADOS": Stabler faz exercícios todas as manhãs na delegacia. Ele trabalha os tríceps. Faz abdominais. Corre em uma esteira. Ele pensa ouvir a voz de sua filha gritando o seu nome. Assustado, ele tropeça na esteira e o seu corpo inteiro se choca contra a parede de concreto. A esteira rola na sua direção em voltas intermináveis.

"LEVADA": "Estava escuro", diz a esposa de Stabler. "Eu estava voltando a pé pra casa sozinha. Estava chovendo. Bem, não chovendo de verdade. Garoando, acho. Enevoado. Estava enevoado e a luz dos postes da rua estava concentrada, dourada e espessa feito óleo. E eu estava respirando fundo e me senti saudável, saudável e parecia certo caminhar naquela noite." Stabler escuta as batidas de novo. Elas fazem o copo d'água no criado-mudo tremer. A esposa de Stabler parece não notar.

"FADINHAS": "Saiam daqui!", grita Benson, jogando travesseiros na garota com sinos no lugar dos olhos. Ela trouxe uma amiga dessa vez, uma garotinha de tranças e com os lábios costurados. Benson sai da cama e tenta empurrá-las para longe, mas suas mãos e o seu torso as atravessam como se elas não fossem nada. Elas têm gosto de mofo em sua boca. Ela se lembra de quando tinha oito anos e ficava ajoelhada diante do umidificador em seu quarto, inalando o vapor como se aquela fosse a única maneira pela qual ela pudesse beber.

"CONSENTIMENTO": "Stabler?", diz Benson com cuidado. Stabler ergue os olhos de seus joelhos esfolados. Benson desdobra um lencinho umedecido com álcool e entrega para ele. "Posso me sentar aqui? Posso ajudar?" Ele assente com a cabeça. Em silêncio, deixa que ela esfregue os seus joelhos. Ele puxa o ar por entre os dentes de dor. "O que você fez?", pergunta ela. "A esteira? Esses machucados foram por causa da esteira?" Stabler sacode a cabeça. Ele não pode dizer. Não pode.

"ABUSO": Mais arrependimentos. As linhas tomam conta da página. "Mostrei os meus joelhos esfolados pra Benson. Deixei que ela me ajudasse. Disse à minha esposa que não havia nada de errado. Deixei minha esposa dizer que não havia nada de errado e não disse a ela que eu podia ver que ela estava mentindo."

"SEGREDOS": A garota com sinos no lugar dos olhos diz a Benson para ir até Yonkers. Benson se recusa e começa a queimar sálvia no seu apartamento.

"VÍTIMAS": O seu apartamento está tão cheio de fantasmas que, pela primeira vez desde que se lembra, Benson passa a noite na casa de outra pessoa. O homem com quem ela saiu é um investidor, um homem entediante e estúpido com uma gata malhada gorda e maldosa que tenta sufocar Benson com o seu corpo. Quando ela volta para o seu apartamento na manhã seguinte, dolorida, irritada e cheirando a urina de gato, as garotas com sinos no lugar dos olhos estão lhe esperando, cobrindo cada superfície como relógios de Dali. As garotas se juntam em volta dela enquanto Benson escova os dentes lentamente. Ela cospe, enxágua a boca e se vira. "Está bem", diz ela. "O que vocês querem que eu faça?"

"PARANOIA": "Não estou omitindo nada!", grita a esposa de Stabler. "Me conte sobre a noite com os alienígenas", diz Stabler. Ele está tentando aprender. Está tentando descobrir. "Estava enevoado", diz ela. "Garoando." Ele escuta as batidas de novo, o tom, vindo de algum lugar na casa. O som faz a sua cabeça doer. "Sim, eu sei, eu sei", diz Stabler. "A luz se concentrou em volta dos postes. Como óleo. Havia tantos portões de ferro. Passei por eles e percorri os seus círculos e espirais com os dedos, e então meus dedos ficaram cheirando a metal." "Sim", diz Stabler. "Mas e depois?" Mas sua esposa está dormindo.

"CONTAGEM REGRESSIVA": O louco jura que há uma bomba escondida debaixo de um banco no Central Park. "Você sabe quantos bancos há no Central Park?", grita Stabler, agarrando um estagiário pela gola da camisa. Eles enviam policiais até o Central Park para afastar as pessoas dos bancos como se fossem pombos, ou sem-teto. Nada acontece.

"FUGITIVA": A garota com sinos no lugar dos olhos manda Benson a todos os distritos. Benson anda de metrô. No fim, ela viu cada estação pelo menos uma vez. Ela está começando a memorizar os murais, as manchas d'água, os cheiros. A estação Columbus Circle cheira como um mictório. Cortelyou cheira a lilases de forma perturbadora. Benson pensa em Stabler pela primeira vez depois de algum tempo. De volta ao apartamento, a garota com sinos no lugar dos olhos tenta contar uma história a Benson. "Eu era virgem. Quando ele me penetrou, arrebentei."

"TOLICE": "Há um caso", diz o capitão. "Um garoto acusou a mãe de bater nele até desmaiar com um desentupidor de privada. Mas esse é um caso delicado. O garoto é filho de uma figura política de peso com bolsos fundos. Ele joga golfe com o prefeito. A esposa é... Benson? Benson, está escutando?"

"CAÇADA HUMANA": Stabler chegou à conclusão de que não é nem um pouco gay. Ele engole a decepção. Sua boca tem gosto de casca de laranja.

"PARASITAS": "Ah, merda", diz a esposa de Stabler. "Merda. Querido, as crianças estão com piolho. Preciso da sua ajuda." Eles colocam os filhos na banheira. A filha mais velha revira os olhos. A mãe os ajuda a esfregar os couros cabeludos e os três mais novos choramingam que o xampu arde. Stabler se sente sereno pela primeira vez em meses.

"DESPEITO": "A vítima tem ligação com o mundo das modelos", diz o capitão. "Mas estamos tendo problemas para descobrir onde ela morava. Ela pode ter vindo de outro país. Ela tinha apenas catorze anos." Ele pendura a foto da autópsia da garota no painel, o rosto dela achatado e pálido. A tachinha entra com um estalo na cortiça e Benson pula na cadeira.

"FLAGELO": Stabler escuta de novo. O som, as batidas. Parece vir da sala de café. Quando chega lá, o som parece estar vindo da sala de interrogatório. Ele escuta de novo dentro da sala de interrogatório. Bate as mãos no espelho de dois lados, imitando o som, esperando atraí-lo, mas o silêncio é total.

3ª TEMPORADA

"REPRESSÃO": Padre Jones começa a gritar no meio de um sermão. Os fiéis assistem assustados quando ele agarra o púlpito, berrando um nome sem parar. Convencida de que aquilo é uma admissão de algum tipo de culpa, a diocese liga para Benson e Stabler. No escritório dele, Benson derruba uma caneta de sua mesa e Padre Jones mergulha atrás dela, urrando.

"IRA": Benson estica os braços para cima em sua cama, como um bebê. A garota com sinos no lugar dos olhos está sobre ela, como uma mãe. Benson agarra os sinos e os puxa o mais forte que pode. A garota com sinos no lugar dos olhos se contorce violentamente e cada lâmpada no apartamento de Benson explode, cobrindo o tapete de vidro.

"ROUBADOS": Primeiro é uma barra de chocolate. No dia seguinte, um isqueiro. Stabler quer pôr um fim naquilo, mas aprendeu há muito tempo a escolher as suas batalhas.

"TELHADO": "Apenas me conte do que você se lembra, padre." *Clique.* "Está bem. O nome dela era... bem, não quero dizer. Ela odiava água e grama, então fizemos um piquenique no alto do prédio dela. Ela vivia naquele prédio com a mãe. Eu a amava. Me perdi no corpo dela. Deitamos em um cobertor sobre o cascalho. Eu lhe dei fatias de laranja para comer. Ela me contou que era uma profeta e que tivera uma visão de que um dia eu tiraria uma vida inocente. Eu disse, não, não. Ela subiu na parede de cimento que havia em volta do telhado. Ela ficou de pé na parede e declarou a sua visão de novo. Disse que sentia muito. Ela nem mesmo caiu como eu esperava. Ela simplesmente ajoelhou no ar."

"ENREDADOS": Stabler encontra Benson dormindo em um catre curvado na sala dos fundos da delegacia. Ela acorda quando a porta se abre. Ela parece ter sido "moída de pancada", que era algo que a mãe de Stabler costumava dizer antes de partir. Pensando bem, é a última expressão que Stabler consegue se lembrar de ouvi-la dizer antes de aquela porta se fechar.

"REDENÇÃO": Benson captura acidentalmente um estuprador ao pesquisar no Google o seu mais novo encontro do OKCupid. Ela não consegue decidir se marca isso ou não na coluna "sucesso" ("pegou um estuprador") ou na "fracasso" ("encontro não deu certo"). Ela marca nas duas.

"SACRIFÍCIO": Benson deixa o homem bonito com quem saiu na mesa, no restaurante, esperando pelas bebidas. Ela entra em uma rua lateral vazia. Tira os sapatos e caminha até o meio da rua. Está quente demais para abril. Ela pode sentir os pés escurecendo por causa do asfalto. Devia estar com medo de vidro quebrado, mas não está. Ela para diante de uma vaga vazia. Abaixa-se e toca o asfalto. Ele está respirando. O batimento de dois tons faz a clavícula de Benson vibrar. Ela pode sentir. Está súbita e irrevogavelmente certa de que a terra está respirando. Ela sabe que Nova York está montada nas costas de um monstro gigantesco. Sabe disso com mais clareza do que já soube qualquer outra coisa.

"HERANÇA": A expressão "moer de pancada" não desgruda da cabeça de Stabler, como água pingando e acumulando em volta do seu ouvido interno. Ele aperta os músculos na articulação de seu maxilar e o estala. O *crack* do estalo toma o lugar da palavra "moer". Ele faz de novo. *Cracar* de pancada. Moer de *crac*ada. *Crack*.

"CUIDADOS": Stabler está preocupado com Benson, mas não pode contar a ela.

"RIDÍCULO": Benson sai para as suas compras quinzenais. Ela dirige até um mercado no Queens e compra trezentos dólares de frutas, legumes e verduras. A geladeira dela irá parecer o Jardim do Éden. Ela não irá comer os vegetais enquanto mastiga uma rabanada de uma caixa de isopor da lanchonete. Como é de se esperar, os vegetais irão apodrecer. Sua geladeira irá cheirar principalmente à terra. Benson irá colocar os vegetais em sacos de lixo e irá jogá-los na lata de lixo pública perto da estação antes da sua próxima viagem.

"MONOGAMIA": Stabler acorda uma noite e encontra sua mulher olhando para o teto, com lágrimas encharcando o travesseiro ao lado da sua cabeça. "Estava garoando", diz ela. "Os meus dedos tinham cheiro de metal. Eu estava com tanto medo." Stabler compreende pela primeira vez.

"PROTEÇÃO": Benson atravessa a rua sem olhar para os lados. O taxista pisa nos freios e o para-choque para a um milímetro das canelas de Benson. Quando ela olha pelo para-brisa, vê um adolescente de olhos fechados no banco do passageiro. Quando ele os abre, o sol reluz nas curvas dos sinos. O taxista grita com Benson quando ela olha fixamente.

"PRODÍGIO": "Olhe pra mim, pai!", diz a filha de Stabler, rindo, rodopiando. De forma tão nítida quanto se estivesse assistindo a um filme, ele a vê dois anos no futuro, batendo nas mãos de um namorado no banco de trás para afastá-lo, cada vez mais forte. Ela grita. Stabler se assusta. Ela está caída no chão agarrando o tornozelo, chorando.

"FALSIFICAÇÃO": "Você não compreende", diz Padre Jones a Benson. Há curvas escuras debaixo de seus olhos, bolsas da cor de maçãs machucadas. Ele está vestindo um roupão de banho felpudo com "Susan" costurado à máquina em letras cursivas no bolso do peito. "Não posso lhe ajudar. Estou tendo uma crise de fé." Ele tenta fechar a porta, mas Benson a segura com a mão. "Estou tendo uma crise de função", diz ela. "Me diga, o que você sabe sobre fantasmas?"

"EXECUÇÃO": A médica-legista remove o lençol do rosto da garota morta. "Estuprada e estrangulada", diz ela, sem expressão na voz. "O assassino pressionou os polegares na traqueia da garota até ela morrer. Mas não tem impressões digitais." Stabler acha que a garota se parece um pouco com a foto de ensino médio de sua esposa. Benson tem certeza de que pode ver o tecido gelatinoso dos olhos da garota recuando por trás das pálpebras fechadas, tem certeza de que pode ouvir o som de sinos. No carro, os dois ficam em silêncio.

"POPULAR": Eles interrogam todos em que conseguem pensar: os amigos e inimigos dela. As garotas que ela intimidou, os garotos que a amaram e a odiaram, os pais que achavam que ela era maravilhosa e os pais que achavam que ela era encrenca. Benson volta tarde para a delegacia, os olhos vermelhos de cansaço. "A minha teoria", diz ela, bebendo café devagar, com mãos trêmulas, "a minha teoria é que foi o técnico dela, e a minha teoria é de que a calcinha dela vai ser encontrada no escritório dele". O mandato de busca é emitido tão rápido que encontram a calcinha na primeira gaveta da escrivaninha dele, ainda úmida de sangue.

"VIGILÂNCIA": Benson não sabe como explicar a Stabler os batimentos debaixo do solo. Ela tem certeza de que pode ouvi-los a todo o momento agora, profundos e graves. As garotas com sinos no lugar dos olhos passaram a bater na porta antes de entrar. De vez em quando. Benson pega táxis até bairros distantes, fica de quatro na rua e na calçada e, uma vez, na horta de uma mulher que ocupava todo o gramado de cartão-postal. Ela escuta o som por toda parte. As batidas, ecoando sem parar nas profundezas.

"CULPA": Benson consegue traduzir os sinos muito bem agora. Não há atraso entre os repiques e a sua compreensão. Ela puxa o travesseiro sobre a cabeça até mal conseguir respirar. *Nos dê vozes. Nos dê vozes. Nos dê vozes. Conte a ele. Conte a ele. Conte a ele. Nos encontre. Nos encontre. Nos encontre. Por favor. Por favor. Por favor.*

"JUSTIÇA": Benson recebe um bando de crianças pequenas. Os sinos delas são particularmente minúsculos, os repiques mais altos do que a maioria. Benson está bêbada. Ela segura a cama, que parece uma montanha-russa, subindo e descendo e rodopiando. *Nunca mais vamos andar nas xícaras. Levante! Levante!*, ordenam elas. Ela coloca a cabeça no celular e usa a discagem rápida. "A minha teoria", diz ela a Stabler, "a minha teoria é que tenho uma teoria". Stabler propõe ir até o apartamento dela. "A minha teoria", diz ela, "a minha teoria é que não existe um deus". Os sinos das crianças badalam tão furiosamente que Benson sequer consegue escutar a resposta de Stabler com o barulho. Quando Stabler chega e entra com a chave extra, ele encontra Benson curvada sobre a privada, arfando e chorando.

"LIVRE": "É a cidade inteira", diz Benson a si mesma enquanto dirige. Ela imagina Stabler no banco ao seu lado. "Estive por toda parte. É a porra da cidade inteira. Os batimentos. As garotas." Ela pigarreia e tenta de novo. "Sei que parece loucura. Simplesmente tenho um pressentimento." Ela faz uma pausa, e então pergunta, "Stabler, você acredita em fantasmas?" E depois, "Stabler, você confia em mim?".

"NEGAÇÃO": Stabler encontra o relatório policial sobre o estupro de sua esposa. É tão antigo que ele precisa cobrar um favor de um sujeito no departamento de registros. O som do papel encostando no envelope fino de manilha faz o coração de Stabler bater mais devagar.

"COMPETÊNCIA": Stabler e Benson atendem um chamado sobre um estupro no Central Park. Ao chegarem lá, o corpo mutilado já foi levado para o escritório da médica-legista. Um policial novato confuso está ocupado passando a fita amarela de cena do crime de árvore em árvore. "Vocês não acabaram de sair daqui?", pergunta o policial a eles.

"SILÊNCIO": Benson e Stabler tomam cerveja em um pub no fim da rua da delegacia. Eles seguram as canecas geladas nas mãos, deixam marcas molhadas e lustrosas que se parecem com anjos. Eles não dizem nada.

4ª TEMPORADA

"CAMALEÃO": Abler e Henson atendem um chamado sobre um estupro no Central Park. Eles examinam o corpo mutilado. "Um culto", diz Abler. "Ocultistas", diz Henson. "Um culto de ocultistas", dizem ao mesmo tempo. "Levem o corpo."

"FARSA": Henson dorme a noite inteira. Ela acorda revigorada. Come uma rosca de gergelim com creme de cebolinha no café da manhã acompanhada de uma xícara de chá-verde. Abler coloca os filhos na cama e dorme de conchinha com a sua esposa, que ri dormindo. Quando acordam, ela lhe conta a piada muito engraçada de seu sonho e ele também ri. As crianças fazem panquecas. Os pisos de madeira são inundados por raios de luz.

"VULNERÁVEL": Não há uma única vítima na delegacia inteira por três dias seguidos. Nenhum estupro. Nenhum assassinato. Nenhum estupro seguido de assassinato. Nenhum sequestro. Nenhuma pornografia infantil feita, comprada ou vendida. Nenhum molestamento. Nenhum ataque sexual. Nenhum assédio sexual. Nenhuma prostituição forçada. Nenhum tráfico humano. Nenhum apalpamento no metrô. Nenhum incesto. Nenhum atentado violento ao pudor. Nenhuma perseguição. Nem mesmo uma ligação obscena indesejada. E então, no crepúsculo de uma quarta-feira, um homem assobia para uma mulher enquanto ela ia para uma reunião dos AA. A cidade inteira solta a respiração aliviada e tudo volta ao normal.

"LUXÚRIA": Abler e Henson estão dormindo juntos, mas ninguém sabe. Henson é a melhor trepada que Abler já teve. Henson já teve melhores.

"DESAPARECIMENTOS": "O que vocês estão fazendo aqui de novo?", pergunta a avó da vítima. Benson olha para Stabler e Stabler para Benson e, confusos, eles se viram de novo para a mulher. "Eu já contei tudo o que sei", diz a idosa, enxotando-os com uma mão retorcida. Ela bate a porta tão forte que um vaso pula da murada da varanda e cai no gramado. "Você veio ver ela?", Benson pergunta a Stabler. Ele sacode a cabeça. "E você?", ele pergunta a ela. Dentro da casa, um disco dos Mills Brothers começa a tocar com estalos e arranhados. "Shine little glow-worm, glimmer, glimmer". "Não", responde Benson. "Nunca."

"ANJOS": Os filhos de Abler voltam para casa com notas perfeitas e sequer precisam de aparelhos dentários. Os muitos amantes de Henson a fazem alcançar níveis cada vez maiores de transcendência extática *vis-à-vis* o clitóris, *vis-à-vis* lhe perguntando o que quer, *sim*, o que ela, *sim*, o que, *sim sim sim puta que pariu sim.*

"BONECAS": Os sinos badalam a noite inteira, os repiques arrancam a pele do corpo de Benson, ou pelo menos é a sensação que ela tem. *Mais depressa, mais depressa, vá mais depressa.* "Preciso dormir", diz Benson. "Preciso dormir para ir mais depressa." *Isso não faz sentido. Não conseguimos dormir. Nunca dormimos. Buscamos incansavelmente a justiça sem parar.* "Não se lembram de precisar dormir?", pergunta Benson cansada em meio aos seus lençóis não lavados. "Vocês já foram humanas." *Não não não não não não não não.*

"DESPERDÍCIO": Há tantos entalhes na cabeceira de Benson – tantos sucessos, tantos fracassos, talvez ela devesse mantê-los separados? – que a madeira parece que foi mastigada por cupins. Quando o batimento de dois tons ressoa, os pedaços e as lascas estremecem no tapete e no criado-mudo.

"JUVENIL": "Crianças de cinco anos matam crianças de seis", diz Benson, inexpressiva, a pele debaixo dos olhos acinzentada por dormir pouco. "As pessoas podem ser monstros ou vulneráveis feito cordeiros. Elas... não, nós... somos criminosos e vítimas ao mesmo tempo. É preciso muito pouco para fazer a balança pender para um lado ou para o outro. É nesse mundo em que vivemos, Stabler." Benson toma sua Coca-Cola diet fazendo barulho. Ela tenta desviar o olhar dos olhos lacrimejantes de Stabler.

"resiliência": Benson assiste a muita TV em seus dias de folga. Ela tem uma ideia. Ela espalha uma linha de sal ao longo da soleira da porta, nos peitoris das janelas. Naquela noite, pela primeira vez em meses, as garotas com sinos no lugar dos olhos ficam longe.

"ferida": Stabler esfrega os ombros da esposa. "Podemos conversar?" Ela sacode a cabeça. "Você não quer conversar?" Ela assente. "Você quer conversar?" Ela sacode a cabeça. "Você não quer conversar?" Ela assente. Stabler beija o cabelo dela. "Mais tarde. Vamos conversar mais tarde."

"risco": Abler e Henson solucionam o seu nono caso consecutivo e o seu capitão os leva para celebrar com bifes e coquetéis. Abler mastiga pedaços de bife grandes demais para a sua goela, Henson entorna um martíni seco atrás do outro. Dez deles. Onze. Um homem do outro lado do restaurante, que estava mordiscando uma salada Caesar feito um passarinho, começa a engasgar. Ele fica azul. Um estranho aplica a manobra de Heimlich e um pedaço de carne parcialmente mastigado aterrissa na mesa de um homem que foi abstêmio durante a vida inteira e que está começando a sentir-se um pouco estranho. "Tenho a sensação de ter tomado doze drinques", diz ela entre risinhos, soluçando. Ela tomou. Henson leva Abler de carro para casa e eles riem. A treze quadras do restaurante, eles se agarram e se beijam ao saírem aos tropeços do carro. Henson coloca a mão de Abler em seu seio e o seu mamilo endurece.

"podre": Alguém continua deixando sacolas de vegetais perfeitamente maduros em uma lata de lixo. Henson se vê com frequência pegando as sacolas, levando-as para casa e esfregando as beterrabas com força. Que loucura. Que coisa estranha deixar algo bom estragar.

"misericórdia": O atirador deixa todos os reféns partirem, inclusive ele mesmo.

"PANDORA": Benson sente-se sozinha sem os sinos. O seu apartamento está silencioso demais. Ela para diante da entrada, olhando para a linha branca. Ela a cutuca com o dedão do pé. Benson lembra-se de estar na praia com a sua mãe quando era criança e de queimar os pés na areia quente e suave. Ela estica o dedão do pé, rompe a linha e diz, "Ops", mas sem falar sério. As crianças correm na sua direção como uma enchente repentina avançando por um desfiladeiro estreito. Os seus sinos badalam de forma caótica, alegres, arrebatados e furiosos, como um enxame de abelhas eufóricas. Elas fazem cócegas na pele de Benson com o seu desespero. Ela nunca se sentiu tão amada.

"TORTURADA": *Só confiamos em você*, dizem as garotas com sinos no lugar dos olhos a Benson. *Não naquele outro.* Benson presume que estejam falando de Stabler.

"PRIVILÉGIO": Abler e Henson notam o cartucho da bala enterrado no solo. Notam a mancha de sangue perto do batente da porta, a orientação da rua. Olham um para o outro e sabem que cada um está calculando a luz do sol naquela avenida na hora do crime. Quando entram na casa, sabem que têm de prender a esposa. Não precisam sequer lhe fazer qualquer pergunta.

"DESESPERADA": "Se estão mortas, vocês podem ver tudo", diz Benson às garotas com sinos no lugar dos olhos. "Me digam quem são os outros. Os… os sósias. Por que eles são tão melhores em tudo do que eu e Stabler? Me digam, por favor." Os sinos badalam sem parar.

"APARÊNCIAS": Benson vê Henson saindo da delegacia. Ela sente um aperto no estômago. O mesmo rosto, mas mais bonito. O mesmo cabelo, mas mais exuberante. Ela precisa descobrir que tipo de produtos a outra usa. Antes de matá-la.

"DOMINAÇÃO": "Você é louca", diz Henson, lutando contra as algemas, e as cordas, e a cadeira e as correntes. Benson deixa outra mensagem para Stabler. "O meu parceiro vai vir me resgatar, você vai ver", diz Henson. "Ele vai vir atrás de mim."

"FALÁCIA": "Stabler vai vir me dar cobertura. Ele sabe o que vocês têm feito. Roubando os nossos casos. Fingindo serem nós."

"FUTILIDADE": Stabler tira o celular do bolso no momento em que para de tocar. *Catorze novas mensagens de voz.* Ele não pode fazer aquilo, não pode. O telefone zumbe na sua mão feito um inseto. *Quinze.* Ele o desliga.

"PESAR": Abler vai atrás de Henson. É claro que vai. Ele a ama. Benson assiste enquanto ele a desamarra com cuidado, desenrola as correntes, abre as algemas e a deixa levantar da cadeira por conta própria. Benson está segurando a pistola na mão. Ela dispara três balas em cada um, sem esperar muita coisa. Eles continuam se movendo como se nada estivesse acontecendo. Descem a rua num passo apertado e desaparecem de vista.

"PERFEITO": "Detetive, como você *não* pode explicar as balas que faltam na sua pistola? O que você está ouvindo? Benson! [...] Não, não ouço. [...] Não tem som algum, do que você está falando?"

"DESALMADA": "Padre Jones", diz Benson, com a testa pressionada no carpete áspero da sala de estar dele, "tem algo muito errado comigo." Ele larga o copo e senta-se ao lado dela. "É", diz ele. "Conheço a sensação."

5ª TEMPORADA

"TRAGÉDIA": A quilômetros da delegacia, um adolescente e sua irmã de sete anos morrem no meio da caminhada da escola para casa. Na autópsia, balas são retiradas das carnes púrpura de seus órgãos, embora não haja ferimentos de entrada em nenhum dos corpos. A médica-legista fica perplexa. As balas fazem *clink clink clink clink clink clink* no prato de metal.

"maníaca": A promotora gargalha sem parar. Gargalha tão forte que tosse. Gargalha tão forte que urina um pouco. Ela cai no chão e rola um pouco, ainda gargalhando. Ouve-se uma batida na porta do banheiro e Benson a abre, com receio. "Você está bem? O júri voltou. Você... você está bem?"

"mãe": "Sua mãe ligou hoje", diz a esposa de Stabler a ele. "Ligue pra ela hoje, por favor, pra eu não ter que dar uma desculpa por você." Stabler tira os olhos da sua escrivaninha, onde está o envelope de manilha, tão anemicamente magro que ele quer gritar. Ele olha para a mãe de seus filhos, a concavidade na base de sua garganta, a fina franja de seus cílios, a espinha grande no queixo que ela provavelmente está a minutos de estourar. "Preciso falar com você", diz ele.

"perda": "Você precisa compreender", diz Padre Jones. "Eu a amava. Eu a amava mais do que já amei qualquer coisa. Mas ela era triste, tão triste. Ela não aguentava mais ficar aqui. Ela viu coisas demais."

"acaso": Padre Jones mostra a Benson como rezar. Ela junta as mãos como uma criança, pois foi a última vez que ela tentou. Ele fala sobre abrir a mente. Ela aperta os joelhos junto ao peito. "Se eu abrir mais a minha mente, elas vão tomar conta de tudo." Quando o padre pergunta o que ela quer dizer com aquilo, Benson apenas sacode a cabeça.

"coagida": "Eu inventei", diz a mulher, inexpressiva. Benson ergue os olhos de seu bloco de anotações amarelo. "Tem certeza?", pergunta ela. "Sim", responde a mulher. "Do início ao fim. Eu, sem dúvida, definitivamente, inventei tudo do início ao fim."

"escolha": As pessoas reunidas para protestar do lado de fora da sala do tribunal empurram e gritam, as cavilhas de madeira de suas placas chocando-se ruidosamente umas nas outras. Soam como percussão. A pior das percussões. Benson e Stabler usam os seus corpos para proteger a mulher, que soluça e arrasta os pés. Benson olha para a esquerda, olha para a direita. Tiros. A mulher desaba. Seu sangue escorre por um bueiro e ela morre com os olhos semicerrados, um eclipse interrompido. Benson e Stabler sentem o batimento ao mesmo tempo, por baixo do asfalto, por baixo dos gritos e da multidão em pânico e das placas e da morta, morta, lá está, o *um-dois*, e eles olham um para o outro. "Você também consegue ouvir", acusa Stabler com voz rouca, mas, antes que Benson possa responder, o atirador mata outra pessoa que protestava. A placa dela cai virada para baixo no sangue.

"ABOMINAÇÃO": A promotora rola colina abaixo em seus sonhos, tropeçando, dando cambalhotas, desabalada até o fundo. No seu sonho há trovões, mas os trovões são da cor de beterraba e surgem com dois estrondos. Toda vez que um trovão ressoa, a grama muda de forma. E então, debaixo de seu corpo, a promotora vê Benson, deitada de barriga para cima, tocando-se, rindo. A promotora sonha que suas roupas desaparecem e sonha com ela rolando o seu corpo contra o de Benson, e os trovões também rolam, exceto que não de verdade; é mais como uma caminhada. *Dum-dum. Dum-dum. Dum-dum.* A promotora goza e acorda. Ou talvez acorda e depois goza. Após a ardência do sonho, ela está sozinha em sua cama e a janela está aberta, as cortinas esvoaçam com a brisa.

"CONTROLE": "Por que você pesquisou?", pergunta a esposa de Stabler. "Por quê? Tudo o que eu queria era enterrar isso. Queria que ficasse escondido. Por que você fez isso? Por quê?" Ela grita. Esmurra uma enorme almofada estofada. Ela começa a andar de um lado para o outro da sala, apertando os braços com tanta força contra o peito que Stabler se lembra de um homem que certa vez chegou na delegacia coberto de sangue. Ele também estava com os braços daquele jeito e, quando os abaixou, o seu abdômen ferido abriu-se e a ponta do estômago e dos intestinos apareceu, como se estivessem prestes a nascer.

"ABALADA": "Ei", diz Benson à promotora, sorrindo. A promotora aperta com força as próprias mãos. "Oi", diz ela depressa antes de dar meia-volta e sair quase correndo na direção oposta.

"FUGA": A garota entra cambaleante na delegacia vestindo apenas um saco de estopa. Stabler lhe dá um copo d'água. Ela bebe de um só gole e vomita na mesa dele. O conteúdo: a água mencionada acima, quatro pregos, lascas de madeira e um pedaço de papel laminado com um código de um lado que parece indicar ter vindo de um livro de biblioteca. As coisas que ela diz são incoerentes, porém familiares; Benson reconhece uma citação de *Moby-Dick* e outra de *O preço do sal*. Eles colocam a garota em um lar adotivo, onde ela continua a expressar a sua tristeza e suas lamentações por meio das palavras de outras pessoas.

"IRMANDADE": Stabler sempre quis apenas filhas quando se casou com sua esposa. Ele tivera um irmão. Ele sabia. Agora, o medo por elas o deixa paralisado. Deseja que nunca tivessem nascido. Deseja que ainda estivessem flutuando em segurança no espaço dos não nascidos, que ele imagina ser azul-acinzentado, como o Atlântico, salpicado de pontos de luz estrelados e espesso como melado.

"ÓDIO": A esposa de Stabler não fala com ele desde o envelope de manilha. Ela pica os legumes com uma faca grande e preferiria enfiá-la nas tripas dele do que continuar com o silêncio palpável. "Eu te amo", diz Stabler a ela. "Me perdoe." Mas ela continua picando. Ela abre fendas regulares na tábua plástica de cortar. Corta fora o topo das cenouras. Destrói os pepinos.

"RITUAL": Benson vai até uma loja de *New Age* no Village. "Preciso de um feitiço", diz ela ao proprietário, "para encontrar o que estou procurando." O homem bate uma caneta contra o queixo por alguns momentos e então lhe vende: quatro feijões secos de origem desconhecida, um pequeno disco branco que na verdade era um pedaço de osso de coelho, um frasco minúsculo que parece vazio – "a lembrança de uma jovem perdendo a virgindade", diz ele –, uma bacia de granito, uma cunha de argila seca das margens do Hudson.

"FAMÍLIAS": Stabler convida Benson para o Dia de Ação de Graças em sua casa. Benson se oferece para ajudar a tirar as entranhas do peru, algo que sempre quis fazer quando era criança. A esposa de Stabler lhe entrega uma tigela laranja brilhante e sai para lidar com os filhos que estão brigando. Benson nota que a esposa de Stabler não está falando com ele. Ela suspira, sacode a cabeça. Benson enfia fundo a mão nas entranhas do peru. Seus dedos atravessam cartilagens, carne e ossos e se fecham em torno de algo. Ela puxa. Do peru sai um cordão de tripas, nas quais estão pendurados sinos minúsculos, cobertos de sangue. A refeição é um grande sucesso. Há uma foto dela no HD de Stabler. Todos estão sorrindo. Todos estão se divertindo muito.

"LAR": Benson e Stabler vão até a Biblioteca Pública de Nova York. Eles mostram a foto da garota feral aos bibliotecários. Uma diz que não a conhece, mas ela desvia os olhos para cima ao dizer isso. Benson sabe que ela está mentindo. Ela segue a bibliotecária até a sala de café e a empurra contra uma máquina de doces e salgados. Sacos de batatas chips e pretzels são sacudidos dentro da máquina. "Sei que você a conhece", diz Benson. A mulher morde o lábio e então leva Benson e Stabler até o porão. Ela abre uma porta de metal que dá para uma velha sala de caldeira, de onde pende um cadeado quebrado. Há uma cama encostada na parede oposta, pilhas e mais pilhas de livros formam uma metrópole diminuta no chão. Benson abre uma capa após a outra. Todos os livros possuem um carimbo vermelho: RETIRADO. A bibliotecária puxa a pistola do coldre de Stabler. Stabler grita. Benson se vira a tempo de um borrifo vermelho pintar a sua pele.

"MESQUINHO": "Como você pôde deixar que ela pegasse a sua arma?", grita Benson a Stabler. "Como você pôde ficar dando uma olhada em livros quando havia uma bibliotecária sequestradora na sala?", retruca ele, gritando. "Às vezes…", começa Benson com raiva, mas se cala.

"DESCUIDO": O capitão remove a última foto do painel. Ele quer beber mais do que quis em muitos anos. "Tudo o que era preciso", diz ele, sua voz ficando mais alta a cada sílaba, "para UMA MULHER sobreviver era que meus detetives não estivessem DORMINDO", aqui ele bate a foto na mesa com mais força do que a que a matara, "em SERVIÇO". Benson olha para o seu bloco de anotações, no qual fez diversos anagramas com a pista do assassino em série, sem sucesso.

"AFLIGIDOS": Foi assim que aconteceu: a garota era afligida por profecias. Ela tocou no braço do jovem Ben Jones, que mais tarde se tornaria padre Jones, antes de se ajoelhar para a morte saltando de um telhado no Brooklyn. Ele carregou aquilo dentro de seu corpo durante décadas. Foi Stabler que o conteve quando ele surtou durante a missa e agora estava dentro dele também. Ele vê os seus filhos, projetados em futuros aterrorizantes. Vê sua esposa, com uma vida longa e sem jamais esquecer. Porém, ele não consegue ver Benson. Algo bloqueia a sua visão. Ela é fumaça, elusiva.

"PURA VERDADE": Stabler está no mercado com a filha mais velha quando vê um homem pegando maçãs, examinando-as atentamente e devolvendo-as à pilha. Ele o reconhece. O homem ergue a cabeça. Ele também reconhece Stabler. Ele o chama pelo seu primeiro nome, exceto que na verdade não é o seu primeiro nome. "Bill!", diz ele. "Bill!" Ele olha para a filha de Stabler, que agarra o braço dela e a puxa para o próximo corredor. "Bill", diz o homem, parecendo agitado, derrubando um mostruário de tortilhas de milho. "Bill! Bill! Bill!"

"CRIMINOSO": Um homem com máscara de esqui assalta um banco com uma pistola de plástico e rouba cinquenta e sete dólares. O caixa salva o dia cortando fora o rosto dele com o facão que guarda debaixo do seu guichê.

"INDOLOR": "Não se preocupe", diz a ginecologista à esposa de Stabler. "Não vai doer nada."

"VÍNCULO": Benson decide tentar o feitiço. Ela mistura os ingredientes como o homem lhe mostrou. Tritura os feijões e o osso. Tira a rolha da garrafa. "Vire a garrafa depressa", dissera o homem, "e coloque o pilão em cima dele, senão irá voar para longe". Benson vira a garrafa na direção do almofariz, mas de repente o seu cérebro convulsiona e ela se lembra de algo que nunca aconteceu, um grito, uma dor lancinante, uma sala escura repleta de janelas, cortinas puxadas, uma mesa preta fria. Ela cambaleia às cegas para trás e derruba o almofariz e o pilão. Benson cai no chão e estremece, sacode-se. Quando o ataque enfim termina, ela vê uma garota com sinos no lugar dos olhos encarando-a. Badalando para ela. "A primeira de muitas vezes", diz ela. Benson sonha sem parar a noite toda.

"VENENO": Certa tarde, em sua mesa, Benson sente as cócegas reveladoras. Ela se mexe na cadeira. Cruza e descruza as pernas. Para na farmácia da esquina no caminho para casa. No seu banheiro, ela se agacha. Anda com cuidado até a cama e deita-se. Ela sente a bala derretendo dentro de si, deixando-a melhor. Uma garota com sinos no lugar dos olhos aproxima-se da cama, os sinos balançando desenfreados como se ela fosse uma igreja no meio de um vendaval. *Vamos.* "Não posso." *Por que não?* "Não consigo levantar. Não consigo me mexer. Não consigo nem tossir." *O que está acontecendo com você?* "Você não entenderia." *Levante.* "Não posso." O seu âmago é confortado e tranquilizado e ela não pode se mexer, senão tudo irá sair. A garota com sinos no lugar dos olhos aproxima-se o máximo que pode da cama sem atravessá-la. Ela começa a brilhar. O quarto de Benson está se enchendo de luz. Do outro lado da rua, um homem com um telescópio afasta o olho do instrumento e solta um grito sufocado.

"CABEÇA": "Certo, então, a minha teoria é a seguinte", diz Stabler a Benson quando ela volta para o carro com os cafés. "Órgãos humanos. Eles são úmidos e densos e se encaixam como peças de um quebra-cabeça. É quase como se alguém abrisse cada corpo humano antes de nascer e os derramassem lá dentro feito mingau de aveia. Só que isso não é possível." Benson olha para Stabler e aperta o seu copo tão forte que um pequeno jato de café escaldante escorre por sua mão. Ela olha para trás. Olha de novo para ele. "É quase como", diz Stabler pensativo, "fossem cultivados do lado de dentro e com a intenção de tomarem forma juntos". Benson pisca. "É quase como se crescêssemos", diz ela. "No útero. E continuássemos crescendo." Stabler parece empolgado. "Exatamente!", diz ele. "E então morremos."

6ª TEMPORADA

"DIREITO DE NASCENÇA": Duas das filhas de Stabler brigam por causa de uma tigela de sopa. Quando Stabler chega em casa, a filha mais velha está com um saco de gelo na testa e a mais nova balança os pés acima dos ladrilhos do piso da cozinha. Stabler entra no quarto, onde sua esposa está deitada de barriga para cima na cama, olhando para o teto. "Elas são suas filhas", diz ela a Stabler. "Não minhas."

"DÍVIDA": Benson e Stabler não jogam mais Banco Imobiliário.

"OBSCENO": Benson compra duas vezes mais verduras e frutas do que o normal e nem mesmo espera que apodreçam. Ela joga um vegetal maduro em cada lata de lixo num raio de vinte quadras. É boa a sensação de espalhar o desperdício assim.

"CARNICEIRO": Após o corpo ser removido, Benson e Stabler permanecem em volta da poça de sangue seco. Uma policial entra no quarto. "O senhorio está lá fora", diz ela. "Ele quer saber quando pode começar a limpar o apartamento para colocar para alugar." Benson cutuca a mancha com o pé. "Sabe o que iria remover isso?" Stabler olha para ela com o cenho franzido. "OxiClean. Iria sumir com essa mancha", continua ela. "Daria pra colocar esse lugar pra alugar semana que vem." Stabler olha ao redor. "O senhorio ainda não chegou", diz ele, lentamente. "OxiClean iria sumir com essa mancha", diz ela de novo.

"PROTESTO": Somente após a sexta menininha negra desaparecer é que o comissário de polícia enfim faz um pronunciamento, interrompendo o final de temporada de uma novela popular. As cartas furiosas começam a chegar pouco tempo depois. "O *senhor* vai me dizer se o bebê de Susan é de David ou não, Senhor Comissário de Polícia??????", diz uma. Outra pessoa envia antraz.

"CONSCIÊNCIA": As batidas não param. Stabler cogita ser a sua consciência a responsável por fazer esse som tão horrível.

"CARISMA": Benson gosta demais do homem com quem saiu na terça-feira à noite para ir para casa com ele.

"DÚVIDA": Padre Jones prepara-se para entregar as hóstias. As primeiras pessoas se parecem com Stabler e Benson, mas de modo diferente. Erradas, de alguma forma. Quando coloca a hóstia na boca do primeiro, o homem fecha a boca e sorri. Padre Jones sente o perdão derretendo no fundo de sua própria garganta. A mulher, então, também aceita a hóstia e sorri. Padre Jones quase se engasga dessa vez. Ele pede desculpas e se retira. No banheiro, ele balança para a frente e para trás, agarrado à pia e chorando.

"FRACO": Stabler agora malha três vezes por dia. Ele insiste em correr até as cenas dos crimes em vez de usar a viatura. Sempre que ele parte da delegacia, a camisa e a gravata enfiadas no short de corrida vermelho brilhante, Benson sai e compra um café na mercearia, lê um jornal e depois dirige até a cena do crime. Stabler sempre chega alguns minutos depois, os dedos pressionados contra o pulso, os sapatos tocando a calçada em um ritmo regular. Ele corre sem sair do lugar enquanto questiona testemunhas.

"ASSOMBRADA": No metrô, Benson acha que vê Henson e Abler em um trem correndo na direção oposta. Eles passam uns pelos outros num lampejo de luz amarelada, as janelas piscando como os quadros em uma tira de filme, e Henson e Abler parecem estar em cada um deles, movendo-se espasmodicamente como se estivessem girando em um fenacistoscópio. Benson tenta ligar para Stabler, mas não há sinal debaixo da terra. À sua frente, do outro lado do vagão, uma garotinha que está jogando no celular da mãe perde uma de suas sandálias. Benson percebe, com absoluta certeza, que aquela garota morrerá em breve. Ela desce do trem e vomita em uma lata de lixo.

"CONTAGIOSA": Benson fica em casa com gripe suína. Sua febre chega a quarenta graus; ela tem alucinações de que é duas pessoas. Ela estende a mão para o outro travesseiro, há anos desocupado, e tateia em busca do próprio rosto. As garotas com sinos no lugar dos olhos tentam lhe preparar uma sopa, mas suas mãos atravessam os puxadores das gavetas.

"IDENTIDADE": Stabler se oferece para sair com os filhos no Halloween. Ele vai fantasiado de Batman, compra uma máscara de plástico duro. Os filhos reviram os olhos. Antes de saírem, sua esposa o encara. Ela estende o braço e arranca a máscara de seu rosto. Stabler pega a máscara de volta e a coloca. Sua esposa a puxa de novo, tão forte que o elástico arrebenta e acerta o rosto dele. "Ai", diz ele. "Por que você está fazendo isso?" Ela empurra a máscara com o peito dele. "A sensação não é das melhores, é?", sussurra ela por entre os dentes.

"PRESA": O homem pega o rifle, apoia-o no ombro bom e aperta o gatilho com toda a força sedutora de um chamado. A bala acerta o pescoço da mulher desaparecida e ela tomba, privada de sua vida, antes de cair sobre as folhas e levantá-las como cinzas.

"CAÇA": O homem solta outra mulher soluçante. Quando ela começa a correr para a mata, ele percebe que está cansado e quer preparar o jantar. O homem dá alguns passos em direção às árvores e a mulher se junta à sua irmã.

"ATRAÍDA": "Eu escolhi essa vida", diz a prostituta à assistente social com o olhar preocupado. "De verdade. Gaste sua energia ajudando garotas que não estão aqui de livre escolha, por favor." Ela está tão certa. É assassinada mesmo assim.

"FANTASMA": Uma prostituta é assassinada. Ela está cansada demais para se tornar um espírito.

"FÚRIA": Uma prostituta é assassinada. Ela está furiosa demais para se tornar um espírito.

"PURA": Uma prostituta é assassinada. Ela está triste demais para se tornar um espírito.

"INEBRIADA": A garota com sinos no lugar dos olhos – a primeira que buscou o hálito rançoso de sono e as pálpebras trêmulas de Benson tanto tempo atrás – entra no quarto de Benson. Ela se aproxima da cama. Coloca os dedos na boca de Benson. Benson não acorda. A garota vai entrando cada vez mais e, quando os olhos de Benson se abrem, não é Benson que os está abrindo. Benson está encolhida em um canto de sua mente e vê através de seus olhos ao longe, como se fossem janelas do lado oposto de uma sala de estar comprida. Benson-que-não-é-Benson anda pelo apartamento. Benson-que-não-é-Benson tira a camisola e toca o seu corpo de adulta, examinando cada centímetro. Benson-que-não-é-Benson veste uma roupa, chama um táxi e bate na porta de Stabler e, embora sejam duas e sete da manhã, Stabler não aparenta estar nem um pouco com sono, mas está confuso. "Benson", diz ele. "O que você está fazendo aqui?" Benson-que-não-é-Benson agarra a camiseta dele, o puxa na sua direção e o beija com mais força e desejo do que Stabler já sentiu em sua própria boca. Ela solta a camiseta. Benson grita dentro das paredes escurecidas de sua própria cabeça. Benson-que-não-é-Benson quer mais. Stabler limpa a boca com a mão e olha para os dedos, como se esperasse ver algo. Então ele fecha a porta. Benson-que-não-é-Benson volta para o seu apartamento. Benson ergue a cabeça dos joelhos e vê a garota com sinos no lugar dos olhos parada à sua frente. "Quem está dirigindo", pergunta ela com voz arrastada. Os sinos repicam. *Ninguém*. E, de fato, o corpo de Benson está deitado como um golem inanimado na cama. Os sinos repicam. *Desculpe*. A garota com sinos no lugar dos olhos enfia os dedos na cabeça de Benson e

"NOITE": Benson acorda. Sua cabeça está latejando. Ela rola para o lado frio do travesseiro, seu sonho lhe escapa como um pato de borracha balançando calmamente mar adentro.

"SANGUE": O açougueiro lava o chão com uma mangueira e o sangue espirala e escorre pelo ralo. Não era sangue animal, mas ele não tem como saber o que o seu assistente estava cortando. As provas são destruídas. As garotas permanecem perdidas para sempre.

"PARTES": "É impressão minha ou este bife está com um gosto engraçado?", pergunta o homem com quem Benson saiu. Ela encolhe os ombros e olha para os seus escalopes. Cutuca um com uma faca e ele se cede um pouco no meio, como uma boca se abrindo, ou algo pior. "É só... um sabor estranho", diz ele. Outra mordida. "Mas bom, acho. Bom." Benson não consegue se lembrar com o que ele trabalha. É o segundo encontro deles ou o terceiro? Ele mastiga de boca aberta. Ela se convida para o apartamento dele.

"GOLIAS": Stabler toma outro longo gole de uísque. Ele se afunda na poltrona. No andar de cima, sua esposa dorme, sonha, acorda, dorme mais, odeia-o, acorda, odeia-o, dorme. Ele pensa em Benson, no modo como ela estava parada lá, a maneira como sua roupa parecia ter sido vestida de um jeito estranho, a forma como bebeu dele como se estivesse morrendo de sede, o jeito displicente como passou a mão pela cerca de metal, pelo portão com pontas de ferro como se estivesse adormecida, como se estivesse chapada, como se fosse uma mulher apaixonada, apaixonada, apaixonada.

7ª TEMPORADA

"DEMÔNIOS": Sombras passam por sobre os salões marmóreos de justiça, pela delegacia, por ruas movimentadas e vazias. Sobem paredes, deslizam por entre grades e debaixo de portas e atravessam vidraças. Pegam o que querem, deixam o que querem. Vidas são criadas e destruídas. Principalmente destruídas.

"DESÍGNIO": "Se essa criança é parte do Plano, então o Plano era eu ser estuprada. Se essa criança não é parte do Plano, então o meu estupro foi uma violação do Plano, e nesse caso o Plano não é um Plano coisa nenhuma, mas uma Sugestão Educada de Merda." Benson tenta agarrar a mão da sobrevivente, mas a mulher olha para baixo, para a água, ajoelha para longe do parapeito e se vai.

"190": "Olha, é só que estou andando por aí sentindo como se fosse vomitar as minhas unhas do pé e quero morrer e quero matar alguém, às vezes, e tenho a sensação de que estou prestes a me dissolver numa poça de órgãos e lavagem. Lavagem de órgãos." Uma pausa. "Hã, isso... isso... desculpa. Olha, só liguei pra denunciar um vândalo na minha vizinhança."

"RASGADA": Eles encontram a atriz horas depois de seu desaparecimento, amarrada ao mastro de um navio na baía de Nova York, um mosquete falso amarrado entre os rolos de corda e enfiado entre os seios volumosos dela. O seu espartilho de feira renascentista está parcialmente desamarrado, a camisa rasgada. Ele queria que ela resistisse, a atriz conta a Stabler. Queria que ela lhe desse tapas, que o chamasse de salafrário e que então se casasse com ele. Ele disse que se chamava Reginald.

"ESFORÇO": Benson fica gripada. Ela vomita: espinafre, raspas de tinta, metade de um lápis pequeno e um sino do tamanho da unha de seu dedo mínimo.

"CRU": O restaurante de sushi favorito de Benson e Stabler parou de usar pratos e começou a usar modelos. Benson pega um pedaço vermelho de atum do osso do quadril de uma morena que parece estar fazendo o possível para não respirar. O proprietário vem até a mesa deles e, ao ver a cara fechada de Benson, diz, "É mais econômico". Stabler tenta pegar um pedaço de enguia e a modelo prende a respiração de repente. A carne escapa de seus pauzinhos, uma, duas vezes.

"NOME": Por toda a cidade, pedestres param de súbito, um pequeno peso é tirado de seus corpos, uma lembrança é apagada. Uma barista, com a caneta a postos sobre um copo, faz a mesma pergunta a um homem em dez segundos. Ele olha para ela, pisca. "Eu não sei", responde ele. Em túmulos e valas, em necrotérios e mortuários, em juncos e pântanos, pingando e rolando sobre a superfície de rios, nomes percorrem os corpos dos mortos como chamas ao longo de gravetos, como eletricidade. Durante quatro minutos, a cidade fica repleta dos nomes, com os nomes deles, e embora o homem não possa dizer à barista que Sam quer o seu *latte*, ele pode dizer que Samantha não vai voltar para casa, mas que está em algum lugar, apesar de não estar em lugar nenhum e de não saber nada e saber de tudo.

"FAMINTA": Stabler tenta convencer a sua filha mais velha a comer algo, qualquer coisa. Ela come o guardanapo de papel em sete pequenas mordidas.

"CANTIGA DE NINAR": Após as crianças dormirem, Stabler senta-se ao lado da esposa, que está aninhada debaixo das cobertas na cama.

Até mesmo o seu rosto está enrolado. Stabler cutuca gentilmente a abertura no edredom e em seguida a ponta do nariz de sua esposa aparece, um coração de pele em volta dos olhos dela. Ela está chorando. "Eu te amo", diz ela. "De verdade. Estou tão brava com você. Mas te amo de verdade." Stabler a abraça, todo o burrito de tecido, e a embala nos braços, sussurrando "desculpa, desculpa" em seu ouvido. Depois que Stabler desliga a luz, ela pede que ele cubra de novo o seu rosto. Ele ajeita a coberta sobre a esposa de novo, com delicadeza.

"TEMPESTADE": O tempo fecha. As nuvens avançam sobre a cidade como se estivessem à espera.

"FORASTEIRO": Um novo comissário de polícia chega à cidade. Ele faz grandes promessas. Seus dentes são da cor e forma de Chiclets, certinhos demais. Stabler fica tentando contar o número de dentes que aparecem quando o comissário sorri para a câmera, mas perde a conta todas as vezes.

"INFECTADA": As garotas com sinos no lugar dos olhos estão em silêncio ao chegarem na porta de Benson. Quando Benson enfim abre a porta para ir para a academia, elas estão lá, abarrotando o corredor. Seus sinos balançam, mas não se ouve nenhum som. Quando Benson se aproxima, ela nota que alguém desengatou os pêndulos. Os sinos balançam de um lado para o outro e estão mais silenciosos do que nunca.

"EXPLOSÃO": Stabler leva a sua esposa para dançar. Ele fica surpreso por ela concordar. No clube de salsa, ela é ágil e ardente, sua, rodopia. Stabler não a vê assim desde que eram jovens, desde antes de se casarem. O brilho do suor e o cheiro dela o deixam excitado, abrem as comportas do seu desejo de uma forma que ele havia esquecido que existia. Eles dançam próximos um do outro. Ela desliza a mão para baixo na frente da calça dele, morde o lábio e o beija. No fundo do corpo dele, algo bate. *Dum-dum. Dum-dum. Dum-dum.* É quase como um batimento cardíaco. Eles voltam de táxi para casa e no quarto ele rasga o vestido dela enquanto o tira, e há anos que eles não fazem isso, isso, isso, e ela crava as unhas nas costas dele e sussurra o seu nome, e eles não ficam assim desde aqueles anos antes, desde aquela época há muito tempo, antes, antes, mas depois. Ele diz o nome dela.

"TABU": Depois que goza, Benson sente uma câimbra violenta no braço, como se o músculo estivesse se dobrando no meio. Ela esfrega o antebraço e morde o lábio. Ela escuta a vibração distante da música de salsa que vem de um apartamento do outro lado da rua. Uma camada de suor sela a sua culpa feito filme plástico.

"MANIPULADOS": Os estagiários da delegacia sentem que algo mudou entre Benson e Stabler, mas não sabem o quê. Anotam os seus movimentos em um caderno reaproveitado de uma aula de bioquímica. Tiram fotos dos dois com os seus celulares. Colocam cantárida na máquina de café. Invocam um demônio com o sangue de seus próprios corpos, as cinzas de um papel votivo queimado em uma catedral, um osso de esquilo, giz branco e pacotes de sálvia seca. Eles imploram ao demônio que os ajude. Irritado, ele leva um deles consigo de volta para o inferno como punição por fazê-lo vir tão longe.

"DESAPARECIDO": "Lucy, você sabe onde Evan está?", pergunta Stabler. "Ele nunca se atrasa assim."

"AULA": "Lucy, você sabe onde Evan está? Ele nunca perdeu uma aula de bioquímica."

"VENENO": Benson bebe o seu café. Sua boca arde um pouco. Sente uma tontura. Ela se deita na sala dos fundos.

"FALHA": Benson escuta o batimento em seus sonhos. Ela está em uma rua vazia de Nova York. Não há nem uma brisa. Porém, o asfalto se move, como se algo estivesse respirando. Benson começa a seguir o som do batimento ao longo da rua. Ela avista uma porta escura, com uma placa acima onde se lê SHAHRYAR BAR & GRILL. Lá dentro, os balcões são polidos e de um vermelho-escuro. As garrafas e os copos cintilam como a superfície de um rio e toda vez que o batimento ressoa eles sacodem. Há uma porta em um canto, com um feixe de luz passando por baixo dela. Risadas. Benson acha que soa como quando ela era criança e sua mãe deu uma festa e Benson teve de ficar no seu quarto, com um prato de aperitivos e meio copo de suco de maçã em cima do criado-mudo. Ela mordiscou um cogumelo que era recheado com algo que derretia e então bebeu o suco, e podia ouvir risadas do outro lado da porta, copos batendo, vozes ficando altas e baixas e altas de novo. Ela tentou ler um livro, mas acabou na cama no escuro, escutando as vozes que estavam tão longe e tão perto, discernindo o zurro de sua mãe em meio à balbúrdia, como se estivesse puxando um elástico solto da calcinha, puxando, retesando, estragando-a. É o que ela sente agora, as vozes do outro lado da porta. Ela estende a mão na direção da maçaneta, a distância entre sua mão e ela diminuindo a cada nanossegundo, o metal frio antes mesmo de tocá-lo. Quando Benson acorda, ela está gritando.

"GORDURA": "Só mais uma mordida", implora Stabler à filha mais velha. "Só uma, querida. Só uma cenoura. Vamos começar com uma cenoura." Ele a vê sendo desbastada, do modo como o vento transforma uma duna em nada. "Uma. Só uma."

"REDE": Benson pesquisa. <<garotas mortas sinos olhos pêndulos faltando>> <<garotas olhos sinos>> <<garota fantasma olhos sinos>> <<fantasmas quebrados>> <<o que acontece se eu vir um fantasma?>> <<como surge um fantasma?>> <<conserto de fantasma>> Durante meses, os anúncios em seu navegador tentam lhe vender: conjuntos de sinos de latão, equipamentos para caçar fantasmas, câmeras de vídeo, CDs de coros de sinos, bonecas, pás.

"INFLUÊNCIA": O novo comissário de polícia ergue os olhos de seu mata-borrão. Do outro lado da mesa, Abler e Henson não estão tomando nota. Eles têm memórias perfeitas. "Façam isso", diz o novo comissário de polícia. "Façam isso."

8ª TEMPORADA

"INFORMADA": Benson tem certeza de que o seu smartphone é mais inteligente do que ela e ela acha isso incrivelmente perturbador. Quando o aparelho lhe dá alguma informação, ela o aproxima do rosto e diz, "NÃO", e faz o contrário.

"RELÓGIO": A promotora observa os ponteiros da hora e dos minutos marcarem o tempo entre eles. Quando o juiz pergunta se ela tem mais alguma pergunta para a testemunha, a promotora sacode a cabeça. Henson está esperando por ela em casa, deitada no sofá com um exemplar de *Madame Bovary*, mastigando uma ponta do cabelo, rindo em todos os pontos certos. Elas preparam o jantar juntas. Veem a chuva cair.

"DEVOLUÇÃO": Uma história é transmitida sem parar nos canais de notícias vinte e quatro horas. Hortifrútis estragados, anunciam. Repolho-chinês, brócolis, aipo, couve-de-bruxelas, todos sujos, ruins, errados. Benson pega o final de uma reportagem enquanto come com um garfo direto da frigideira com as frituras. "Devolvam os hortifrutigranjeiros aos seus mercados locais para o reembolso completo", diz o repórter, parecendo sério. Benson olha para a frigideira. Ela termina cada pedaço de verdura. Vai até a geladeira e começa a preparar mais.

"TIO": "Pai", diz a filha mais nova de Stabler, "quem é Tio E?". Ele tira os olhos do jornal. "Tio E?" "Sim", diz ela. "Um homem veio falar comigo depois da escola. Disse que se chamava Tio E e que era o meu tio." Stabler não fala com o seu irmão mais novo, Oliver, há dez anos.

Ele tem certeza de que Oliver ainda vive na Suíça. Não faz nem ideia se Oliver sabe que é um tio.

"CONFRONTO": No tribunal, Stabler ergue a cabeça da pia do banheiro e vê Abler parado às suas costas. Abler sorri maliciosamente. Stabler se vira com os punhos meio ensaboados erguidos. O banheiro está vazio.

"INFILTRADOS": "Olhe, Benson", diz Henson do outro lado da linha. A voz dela soa metálica e distante, como se estivesse parada sobre o corpo de Benson enquanto Benson morre. "O negócio é que você está sofrendo. Você não quer sofrer mais, quer?" Benson apoia o telefone com mais força no ombro e a superfície plástica escorrega ao longo da gordura de seu rosto não lavado. Ela não responde. "É que a gente podia fazer tudo isso parar, sabe", continua Henson. "As garotas. Os sons. A ânsia." Benson ergue a cabeça. Stabler está mexendo em uma pilha de arquivos, coçando distraidamente o queixo, cantarolando em voz baixa. "Tudo o que você precisa fazer é nos trazer ele. Trague-o e vamos poder dar uma trégua."

"PONTO FRACO": Benson rastreia a chamada a um armazém em Chelsea. Chegando lá, ela e Stabler usam um corta-vergalhão para entrar. O corredor está escuro. Uma única lâmpada, com o filamento lutando para acender, pende do teto. Benson e Stabler sacam suas pistolas. Tateiam ao longo das paredes com as mãos livres até chegarem à outra porta. Uma sala grande agora, grande como um hangar, vazia. Seus passos ecoam. Benson avista outra porta do outro lado da sala. Ela parece diferente. O vão embaixo dela brilha com uma luz vermelha. Ela pode sentir o coração martelando o seu peito. *Dum-dum. Dum-dum. Dum-dum.* Benson percebe que o som é maior do que ela, que está vindo de fora dela, ao seu redor. Ele olha Stabler, em pânico, e ele parece confuso. "Você está bem?", ele pergunta a Benson. Ela sacode a cabeça. "Temos que ir embora. Temos que ir embora *agora*." Ele gesticula para a porta do outro lado da sala. "Vamos checar aquela porta." "Não." "Mas, Benson…" "Não!" Ela agarra o braço dele e o puxa. Os dois saem para a claridade do lado de fora.

"JAULA": O estuprador é estuprado. Os estuprados são estupradores. "Alguns dias", diz o médico da prisão a um residente enquanto dão pontos em outro reto rasgado, "me pergunto se são as barras que criam os monstros e não o contrário".

"COREOGRAFADO": A sala do tribunal. Um corredor. Seis portas. Entrando e saindo de cada uma: detetives, policiais, advogados, juízes, os condenados. Pessoas entram por uma porta e saem por outra. Benson e Stabler não se encontram com Henson e Abler nenhuma vez.

"SHERAZADE": "Me deixe lhe contar uma história", sussurra Henson à promotora ao se aninharem na cama, o ar carregado com o cheiro de sexo. "Quando tiver terminado, vou lhe contar o que você quer saber sobre Benson, sobre Stabler, sobre tudo. Até mesmo sobre os sons." A promotora murmura o seu consentimento, sentindo-se sonolenta. "A primeira história", sussurra Henson, "é sobre uma rainha e o seu castelo. Uma rainha, o seu castelo e uma fera faminta que vive debaixo dele".

"QUEIMADO": Padre Jones sente o demônio, apesar de não conseguir enxergá-lo. Da cama, ele sente o cheiro de enxofre, sente o mal sentando em seu peito. "O que você quer?", pergunta ele. "Por que você está aqui?"

"ESTRANHO": O psicólogo forense é chamado para tomar parte em um caso que envolve um estuprador e assassino em série que desmembra as suas vítimas como se fossem dissecações de sapos em aulas de ciências. "Faz mais sentido para ele do que você imagina", diz ele calmamente enquanto observa o homem rir do outro lado do espelho de duas faces. Stabler franze o cenho. Ele não confia na opinião do psicólogo.

"BRECHA": Benson compra mil sinos e remove os pêndulos. Tenta dá-los às garotas com sinos no lugar dos olhos, mas os pêndulos não se prendem. Ela tenta desenhá-los em um papel, mas a tinta escorre quando é pressionado ao rosto delas. As garotas se juntam na cozinha, tantas delas e tão brilhantes que o vizinho que espiona Benson com o telescópio tem certeza de que o apartamento dela está pegando fogo e chama os bombeiros. Benson se senta na cadeira de vime e apoia as mãos nos joelhos. "Está bem", diz ela. "Entrem." E elas entram. Caminham para dentro dela, uma de cada vez, e uma vez dentro, Benson pode senti-las, ouvi-las. Elas se revezam com as suas cordas vocais. "Olá", diz Benson. "Olá!", diz Benson. "Que sensação boa", diz Benson. "O que devemos fazer primeiro?", pergunta Benson. "Esperem um pouco", diz Benson. "Eu ainda sou eu." "Sim", diz Benson, "mas você também é várias". Sirenes cortam a noite ao longe.

"DEPENDENTE": "Sabia que Evan foi sequestrado?", pergunta Benson ao capitão. Ele bate com a sua moeda de sobriedade na madeira envernizada. "Quem é Evan?" "O estagiário! O estagiário. O estagiário que costumava se sentar naquela mesa!" Ela aponta para Lucy, que está chorando baixinho em sua cadeira com rodinhas. Cada fungada a empurra para trás um milímetro até quase chegar ao corredor.

"PALHEIRO": Benson promete à Lucy que irá procurar Evan. Ela visita todos os locais que ele costumava frequentar. As garotas se amontoam em sua cabeça, falam com ela. "Ele não está aqui", dizem. "Está em Outro Lugar. Está engolido." Quando Benson conta a Stabler sobre sua busca, ele suspira fundo. "Ele vai acabar sendo cuspido em algum lugar", diz ele com segurança. "Só não vai ser aqui."

"FILADÉLFIA": Evan, o estagiário, estava incomodando todo mundo no inferno, de modo que o demônio o mandou de volta. Porém, ele errou o alvo e o depositou acidentalmente na Pensilvânia. Evan decide ficar. Ele nunca gostou mesmo de Nova York. Cara demais. Triste demais.

"PECADO": Padre Jones perdoa as árvores e as flores. Quando o pólen é carregado pelo vento e começa a entupir os pulmões das pessoas, Padre Jones sorri. As tosses da redenção.

"RESPONSÁVEL": Lucy, a estagiária, olha para o pedaço de papel na sua mão, onde Benson escreveu o endereço de Padre Jones. Quando olha de novo para cima, a porta da frente se abre e Padre Jones se encosta no batente, parecendo exausto. "Entre, criança", diz ele. "Parece que temos muito que conversar."

"FLÓRIDA": No período de três semanas, cinco pessoas diferentes capturam e abrem cinco jacarés nos Everglades. Dentro de cada barriga, um braço esquerdo idêntico – pulseira de silicone púrpura cintilante, esmalte verde descascado, cicatriz fina e branca onde o dedo mínimo se liga à palma da mão. Quando tiram as impressões digitais, rastreiam o braço até uma garota desaparecida de Nova York. A médica-legista olha para os cinco braços alinhados lado a lado. Assustada, ela descarta quatro deles. "Resto do corpo não recuperado", escreve ela em suas anotações. "Vítima presumivelmente morta."

"ANIQUILADA": Benson finalmente se senta e conta. Examina arquivos, em papel e no computador. Ela conta, faz marcas em grupos de cinco e preenche páginas e mais páginas. Benson vai para casa e abre o seu canivete assim que a porta se fecha às suas costas. Ela começa a escavar a mesa da cozinha, as beiradas dos armários, contando, contando, contando, perdendo a conta, encontrando-a de novo.

"FINGIMENTO": Stabler abre a porta de Benson. Ela está deitada no chão da cozinha, com os braços esticados, olhando para o teto. À sua volta, as cadeiras, as mesas e o banquinho estão despedaçados. "Há tantas delas", sussurra Benson. Stabler ajoelha ao seu lado. Alisa gentilmente o cabelo dela. "Vai ficar tudo bem", diz ele. "Vai ficar tudo bem."

"FERRADOS": A promotora liga para avisar que está doente, de novo. "A sexagésima quinta história", sussurra Henson em seu ouvido, "é sobre um mundo que observa você, eu e todo mundo. Assiste ao nosso sofrimento como se fosse um jogo. Não consegue parar. Não consegue se afastar. Se pudesse, poderíamos parar, mas não pode, então não podemos."

9ª TEMPORADA

"ALTERNATIVO": Em uma terça-feira, a esposa de Stabler volta do mercado e encontra um homem sentado nos degraus da entrada. Ele ergue as mãos pedindo desculpas. "Perdi minha chave", diz ele. Ela coloca a sacola de compras no chão e procura as suas próprias chaves. Ela o observa pelo canto do olho. Ele é idêntico a Stabler. O seu sorriso deixa a mesma covinha no lado direito da boca. Porém, algo em seu cérebro está gritando: ele não é o meu marido. A porta se abre. Lá dentro, a mais nova sai do quarto e esfrega o sono dos olhos. Ela aponta para o homem. "Esse é o Tio E!", grita ela. A esposa de Stabler agarra um vaso pesado de uma mesinha e gira o corpo, mas ele já está do lado de fora, descendo a rua, correndo a toda velocidade, e então desaparece.

"AVATAR": Na última fileira do cinema, o braço de Henson passa por cima dos ombros da promotora. A promotora olha para o rosto de Henson à meia-luz tremeluzente. Ali, mais do que em qualquer outro lugar, ela parece idêntica à Benson. Ela beija a sua boca.

"IMPULSIVA": Uma música de Wilson Phillips está tocando no bar dos tiras. Stabler parece incomodado, mas Benson sorri com a lembrança de uma adolescência. Sua boca forma as palavras em silêncio enquanto ela fixa o olhar na cerveja. Ela balança a cabeça a cada menção de "impulsiva" e "beijo".

"PRODÍGIO": O garoto compila listas e mais listas de desaparecidos, datando de antes de seu nascimento, cronologicamente pela data de seus desaparecimentos. Ele traça grossas linhas pretas na maioria, mas não em todas. Sua mãe não compreende os nomes, ou as linhas, e queima as listas na churrasqueira no quintal.

"DANO": Quando a esposa de Stabler lhe conta sobre Tio E, ele a manda pegar as crianças e ir para a casa da mãe dela em Nova Jersey. Stabler se senta nos degraus da entrada e espera Abler voltar. Ele fantasia que acerta um tijolo na cabeça de Abler. O seu celular toca. "Acha que eu visitaria o mesmo lugar duas vezes?", murmura Abler. Stabler tenta pensar, com afinco, onde Abler e Henson estariam. Mas ele não faz ideia.

"SVENGALI": A promotora beija Henson, sua décima segunda hora de sexo, sono, sexo, sono. Ela sussurra promessas em seu ouvido. Padre Jones mostra a Lucy como manter demônios afastados. Stabler anda por Nova York à procura de Abler, tenso como uma corda de piano, vibrando de fúria. Benson vai com as garotas dentro dela até a cidade para dançar, para garrafas de cerveja molhadas, para se divertir.

"CEGADA": Benson sonha que Henson e Abler agarram os seus olhos e os arrancam devagar, os emaranhados de nervos estendendo-se e pendendo feito geleca.

"LUTA": Stabler preferiria desafiá-los diretamente, mas não sabe nem mesmo onde jogar as luvas no chão.

"PATERNIDADE": A verdade nua e crua é que Benson não tem pai.

"INFORMANTE": Sem os estagiários para obedecerem a suas ordens nefárias, os deuses recorrem a outros truques.

"ESPERTA": Tudo o que Benson sabe é que ela tem certeza de que a rua está respirando. As garotas contam o que ela precisa saber. Ela tem razão de estar com medo.

"ASSINATURA": Repleta de garotas, Benson acha quase impossível escrever o próprio nome.

"HETERODOXO": "Não me importa o que as provas dizem", gargalha o juiz. "Você é obviamente inocente. Obviamente! Saia já daqui. Diga oi ao seu pai por mim."

"INCONCEBÍVEL": Stabler vai visitar a esposa e os filhos na casa de sua sogra. Eles assistem *A princesa prometida* e dormem antes do final. Juntos no sofá, cobertos de almofadas, no escuro, a não ser pelo brilho da tela, Stabler e sua esposa olham para o que criaram.

"INFILTRADOS": "O que vocês descobriram?", pergunta o novo comissário de polícia a Henson e Abler. Ele não é um homem religioso, mas as expressões nos rostos dos dois o perturbam tanto que ele faz o sinal da cruz, coisa que ele não fazia desde que era criança.

"ARMÁRIO": A promotora sai para o sol, piscando, protegendo o rosto com a mão. Ela quase se choca com Benson, que está caminhando na calçada. Benson sorri para ela. "Fazia algum tempo que eu não via você. Esteve doente?" A promotora pisca e limpa a boca por reflexo, encontrando a mancha de batom que não lhe pertence. "Sim", responde ela. "Não. Bem, sim, um pouco."

"AUTORIDADE": Sozinho na casa de sua família, Stabler bebe cinco *old-fashioneds*. Ele fica preocupado com a facilidade com que faz isso. Pensa nos filhos, na esposa. No irmão, de repente, seu irmão mais novo. Ele se esforça para se lembrar do irmão mais novo, que passa voando por suas sinapses como um esboço. Subitamente certo de algo, Stabler sai correndo para a rua e olha para o céu. "Pare", implora ele. "Pare de ler. Não gosto disso. Alguma coisa está errada. Não gosto disso."

"TROCA": Em um cemitério, Benson começa a cavar. Sua espinha dói e os seus músculos congelam, estremecem e ardem. Ela desenterra a primeira garota, depois a segunda, então a terceira, depois a quarta. Empurra um caixão para a esquerda, outro para a direita, outro para cima, outro para baixo. Ela os coloca sob os respectivos nomes. Dentro dela, quatro garotas falam. "Obrigada", diz Benson. "Sim, obrigada", diz Benson. Sua mente clareia um pouco. Ela respira. Está mais fácil.

"FRIA": Stabler encontra Benson no apartamento dela. Ela está sentada em uma pilha de pedaços de madeira que costumava ser a mesa da cozinha. Ela toma um longo e lânguido gole de cerveja e dá um sorriso amarelo. "A minha teoria", diz ela. "A nossa teoria. A nossa teoria é que existe um deus e que ele está faminto."

10ª TEMPORADA

"JULGAMENTOS": "Estou tão cansada", confessa a promotora ao seu chefe. "Estou cansada de perder casos. Estou cansada de devolver estupradores às ruas. Também estou cansada de vencer. Estou cansada da justiça. A justiça é cansativa. Sou uma máquina de justiça de uma mulher só. É pedir demais de mim. Podemos fingir a minha morte? Ou algo assim?" Ela não conta a verdade: ela quer ver o que Benson fará no seu funeral.

"CONFISSÃO": Stabler e sua esposa saem para dar uma volta em Nova Jersey. Eles caminham ao longo de uma praia suja – de sapatos, para não cortarem os pés em cacos de garrafas. "Ele me trancou no quarto", diz ela a Stabler. "Girou a chave e sorriu para mim. Não consegui me mexer. Ele não tinha me amarrado, mas não consegui me mexer. Essa é a pior parte. Não tem desculpa. Você luta para dar nomes a todos os seus mortos, mas nem toda vítima quer ser conhecida. Nem todas nós podemos lidar com a iluminação que vem com a justiça." Ela abaixa a cabeça e Stabler se lembra de quando a conheceu. "Além do mais", diz ela em voz baixa, "você deve saber que Benson te ama."

"balanço": Stabler empurra a filha mais nova cada vez mais alto. Ele pensa no que sua esposa disse. "Para, papai! Eu disse para!" Ele percebe que a filha está gritando a plenos pulmões. Ela, sua filha, não sua esposa. E com certeza não Benson. Definitivamente não Benson.

"lunática": Benson não pensa na lua com muita frequência, mas, quando pensa, ela sempre desabotoa os quatro botões de cima e vira a garganta para o céu.

"retrô": Uma idosa mata o dono de uma confeitaria. Ela conta a Benson e Stabler que ele a estuprou quando eram adolescentes. Eles não têm coragem de contar à mulher que o homem tinha um irmão gêmeo.

"gatas": Todas as garçonetes do Hooters ficam grávidas ao mesmo tempo. Nenhuma delas explica o porquê. "Não é realmente um caso", diz Benson, exasperada. Stabler rabisca no seu bloco – o desenho de uma árvore. Ou será um dente?

"vida selvagem": Veados, guaxinins, ratos, camundongos, baratas, moscas, esquilos, pássaros, aranhas, todos desaparecem. Os cientistas percebem de imediato. O estado investe dinheiro em pesquisas. Para onde foram os animais? O que significa o fato de terem sumido? O que seria preciso para voltarem?

"persona": Benson gosta do homem com quem saiu, mas as garotas dentro dela estragam tudo ao se referirem a si mesmas coletivamente. "É o *plural majestático*!", grita Benson enquanto o homem se afasta.

"tept": Benson sonha todas as noites com a morte das garotas. Ela entra e sai de esfaqueamentos e tiroteios e estrangulamentos e envenenamentos e mordaças e cordas e *Não, não, nãos*, todos vívidos e entremeados pelos sonhos normais de Benson: sexo com Stabler, apocalipses, dentes caindo, dentes caindo de Benson em cima de

Stabler enquanto trepam em um barco ao mesmo tempo em que o Dilúvio leva tudo embora.

"VULGARIDADES": A promotora assiste aos canais de notícias vinte e quatro horas durante vinte e quatro horas.

"DESCONHECIDO": "Como assim?", sussurra Stabler no telefone. "Três certidões de nascimento para Joanna Stabler naquele período de dez anos", diz a escrevente. "Oliver, você e um Eli." "Eu não tenho um irmão Eli", diz Stabler. "De acordo com isso, você tem", diz ela, chupando com barulho um chiclete grande. Stabler odeia quando as pessoas mascam chiclete.

"ESTUFA": Benson enche o seu apartamento de vasos e floreiras longas cheias de terra preta, colocando-as entre os destroços de seus móveis. Ela planta manjericão, tomilho, endro e orégano, beterrabas, espinafre, couve e acelga. O som da água caindo de um regador é tão lindo que ela tem vontade de chorar. Hora de fazer algo crescer.

"SEQUESTRADA": Uma menininha dominicana é pega na rua por um homem de sobretudo cinza. Ela nunca mais é vista.

"TRANSIÇÕES": Benson ouve o som toda vez que liga e desliga o interruptor de seu quarto. *Dum-dum.* Ela o sente nos dentes.

"COMANDO": Quando está cansada, Benson deixa as garotas assumirem o controle. Elas levam o seu corpo para todos os lados na cidade, compram limonadas com álcool e balançam os seios para seguranças de bares e, uma vez, antes de Benson recobrar o controle, beijaram um ajudante de garçom na boca, uma boca com gosto de metal e hortelã.

"BAILARINA": Ela dança quatro noites por semana durante dois anos. Ele compra um ingresso para cada apresentação, senta no mezanino, nunca vai até os bastidores atrás de um autógrafo. Ela tem sempre a sensação inquietante de que está sendo observada, agressivamente, mas nunca sabe quem é.

"INFERNO": Padre Jones envia Lucy, a estagiária, para o mundo, infectada tal como Stabler estava. Ele se ajoelha para fora do telhado de seu prédio e leva o demônio consigo.

"BAGAGEM": "Sim", diz a mãe de Stabler no telefone, com cautela. "Tive um filho mais velho, Eli. Mas não o vejo desde que você era criança." "Para onde ele foi?", pergunta Stabler. "Por que você nunca contou?" "Algumas coisas", diz ela, a voz embargada pelas lágrimas, "não devem ser contadas".

"EGOÍSTA": A médica-legista não consegue admitir que, às vezes, é *ela* que quer ser aberta, que alguém lhe conte todos os seus próprios segredos.

"QUEDA": "Eu realmente me importo com você", diz Stabler. "E sei como você se sente. Desculpa ter enganado você. Desculpa não ter sido direto. Mas amo a minha esposa. Estamos passando por problemas, mas amo. Eu devia ter dito isso depois que a gente se beijou. Devia ter dito que isso não daria em nada." "Nós nos beijamos?", pergunta Benson. Ela vasculha suas lembranças e só encontra sonhos.

"LIBERDADES": "Digo, não... não *todo mundo*", escarnece o estudioso constitucional, parecendo estar igualmente achando graça quanto escandalizado. "Pode imaginar se *todo mundo* tivesse esses direitos? Anarquia." Abler sorri e lhe serve outro drinque.

"ZEBRAS": Benson acorda de novo no zoológico. Ela escala o muro, sem se importar se irá disparar o alarme, sem se importar com o fato de que, enquanto corre, viaturas estão passando, usando holofotes, procurando por ela e somente ela. Ela está descalça, seus pés sangram, a rua respira, a rua esquenta, a rua está esperando, e o que mais está esperando? Debaixo, debaixo, debaixo.

11ª TEMPORADA

"INSTÁVEL": Stabler escuta Benson. Ela lhe conta tudo – as garotas e os seus sinos agora silenciados – e coisas que ele já sabe – os batimentos vindos do solo e sua respiração e o amor dela. Ele olha em volta do apartamento cheio de plantas, mais estufa do que lar. "Está dizendo que elas estão dentro de você agora." "Sim." "Neste exato minuto." "Sim." "Elas contam coisas pra você?" "Às vezes." "Como o quê?" "Elas dizem, 'Ai, sim, não, pare, aquele, nos ajude, lá, mas por quê, mas quando, estou com fome, estamos com fome, beije-o, beije-a, espere, certo...'. Além disso, comprei alguns sinos." Ela aponta para uma caixa de papelão destruída, transbordando de isopor de forrar e brilhos de latão. Stabler franze o cenho. "Benson, como eu posso ajudar?"

"AÇÚCAR": O belo senhor de mais idade dobra o guardanapo no meio antes de limpar a boca. "O que estou dizendo", diz ele a Benson, que não consegue parar de encará-lo, "é que, se isso continuar, espero que você se demita. Naturalmente, você será compensada com muito mais do que o valor do seu salário atual. Apenas esperarei que você esteja sempre disponível".

"SOLITÁRIA": Benson poda suas plantas e deixa de lado o arrependimento de ter dito não.

"PENDULAR": Benson acorda e vê Henson parada diante de sua cama. Ela está segurando um saco de lixo e sorrindo. Ela despeja o conteúdo na cama de Benson e eles caem feito lagostins espectrais. Os pêndulos roubados dos sinos das garotas. Eles não pesam nada e ainda assim Benson pode senti-los de alguma forma. As garotas explodem em falatório dentro de sua cabeça. Quando os pontos de luz param de piscar nos olhos de Benson, ela percebe que Henson foi embora. Ela tenta pegar os pêndulos e eles se dissolvem em seus dedos como névoa.

"LIGADAS": A promotora vai até o apartamento de Benson para falar sobre um caso. "Gosto da sua estufa", diz ela. Benson pisca, incrédula. Então sorri timidamente e se oferece para lhe mostrar as plantas. Ela mostra à promotora como reconectar os fios de uma lâmpada de aquecimento. As duas riem noite adentro.

"ASSUSTADA": "Você simplesmente precisa aprender a viver com isso", diz o policial entediado à mulher sentada na cadeira à sua frente, tremendo.

"USUÁRIOS": Todos os participantes do fórum on-line acordam e se deparam com uma rachadura denteada de cima a baixo nos espelhos de seus banheiros.

"TUMULTO": Abler e Henson invertem os semáforos, inundam banheiros e roubam os mecanismos de todas as fechaduras.

"PERVERTIDO": "Vocês não podem me deter", diz o bilhete, preso ao corpo. "Eu controlo tudo. – O LOBO." Benson e Stabler começam um novo arquivo. Stabler chora.

"ÂNCORA": Eles não conseguem provar que o oficial da marinha foi responsável, pois as evidências não são à prova d'água.

"RAPIDINHA": A promotora finalmente empurra Henson para fora de sua cama. "Você não é ela", diz ela, a voz carregada de tristeza. "Mais uma história", diz Henson, encostada no batente da porta. "Não quer ouvir só mais uma história? É boa. Realmente fantástica."

"SOMBRA": Se o dia estivesse ensolarado e não nublado, ela o teria visto chegando. Todos culpam o homem do tempo.

"**P.C.**": "É só que", diz o sujeito, balançando a cabeça com convicção, "o meu senso de humor é bastante subversivo, entende? Tipo, não me submeto à polícia do politicamente correto. Tipo, sou um rebelde. Um pensador independente. Entende?". Pela primeira vez em meses, Benson vai embora do seu encontro. Ela está desesperada, mas não tão desesperada assim.

"**SALVADOR**": Lucy bate na porta de Benson certa noite. "Sua pistola", diz ela. Benson franze a testa. "O quê?" Lucy agarra a pistola do coldre de Benson. Benson tenta pegá-la, mas não antes que Lucy esfregue algo no punho da arma. "Um presente do Padre Jones", diz ela, devolvendo a pistola.

"**CONFIDENCIAL**": "Tem sido bom ela vir aqui", diz Benson às suas plantas, referindo-se à promotora. Benson odeia diários. "Ela é uma ótima companhia. Realmente ótima." Ela imagina que as plantas estão se curvando na direção de sua voz.

"**TESTEMUNHA**": Não há uma. A promotora não pode levar o caso a julgamento.

"**INCAPACITADO**": Stabler vai visitar a esposa e os filhos. Ele se preocupa que Abler o esteja seguindo. Ele para o carro. Dirige de volta à Nova York. Pega um trem. Vai de carona até a casa.

"**HORA DE DORMIR**": A esposa de Stabler se aninha a ele. Ela sussurra em seu ouvido. "Quando você acha que vamos poder sair da casa da minha mãe?", pergunta ela. "Quando pegarmos o Tio E", ele responde. Stabler sente o rosto dela se abrir em um sorriso sonolento. "O que você acha que significa 'Tio E'?", pergunta ela com voz arrastada.

"**ENGANADO**": Stabler derruba Abler no chão. "Eu sei quem você é!", grita Stabler no ouvido dele. "Você é o meu irmão, Eli. Tio E, realmente." Abler gargalha debaixo dele. "Não", diz ele. "Não sou. Só usei esse nome pra mexer com você. Eli morreu na prisão, anos atrás. O seu irmão era um estuprador. O seu irmão era um monstro." Benson puxa Stabler de cima do outro. "Não dê ouvidos a ele", diz ela. "Não." Abler sorri. "Querem que eu diga quem é Henson? Ela é..."

"BIFE": O hambúrguer não dá a mínima para quem ele mata.

"TOCHA": Uma garota é estuprada e queimada viva. Ela entra na cabeça de Benson gritando, com a fumaça saindo em espirais de sua pele, sem compreender. É a noite mais longa da vida de Benson até então.

"ÁS": Abler e Henson sentem o que está por vir. Eles trepam, comem, bebem, fumam. Dançam tango nas cadeiras; deslizam pelo assoalho de nogueira encerado. Quando a família Beasley volta para casa, há marcas de salto na madeira macia da mesa da sala de jantar e metade dos pratos está quebrada.

"ASPIRANTES": Encrenqueiros imitadores invertem as placas de trânsito e amarram os cadarços das pessoas uns nos outros. Quando Stabler tropeça e cai pela quinta vez, ele esmurra o chão. "JÁ. CHEGA."

"DESTROÇADOS": "Vocês não entendem?", berra Abler enquanto Benson e Stabler levantam-se com dificuldade. Henson gargalha sem parar. "Vocês acham que tudo isso é alguma espécie de conspiração gigantesca, mas não é. É só o jeito como as coisas são." Benson saca a sua pistola e descarrega um pente nos dois. Abler tomba de imediato, uma expressão de surpresa no rosto. O sangue brota num gorgolejo da boca de Henson e escorre em abundância pelo seu queixo. "Como nos filmes", sussurra Benson.

12ª TEMPORADA

"SUBSTITUTOS": Sem Henson e Abler, Benson e Stabler não sabem o que fazer consigo mesmos. Eles retornam lentamente aos arquivos antigos. As garotas e mulheres desaparecidas. As mortas. "Vamos soltá-las", diz Stabler, com a confiança renovada. "Vamos libertá-las."

"NO ALVO": "Nós não o pegamos antes porque o seu álibi era impecável. Mas agora sabemos a verdade."

"COMPORTAR-SE": Eles começam a responder a "não".

"MERCADORIA": Eles prendem a cafetina que permitiu que tantas de suas garotas fossem afogadas. "Não pelas minhas mãos!", grita ela quando a arrastam para a viatura. "Não pelas minhas mãos!"

"MOLHADAS": Benson não sabe como sabe, mas ela sabe. Eles caminham ao longo do Hudson. Localizam oito corpos desaparecidos – assassinos diferentes, anos diferentes. Benson diz o nome de cada uma conforme as macas passam por ela.

"MARCADAS": Eles capturam o marcador em série. Suas vítimas o identificam em uma fila de suspeitos, sorrisos estranhos surgindo nos rostos queimados. "Como vocês o pegaram?", pergunta uma mulher a Benson. "Com o bom e velho trabalho policial", responde ela.

"TROFÉU": "Estou procurando uma esposa", diz o homem com quem Benson saiu. Ele é bonito. É inteligente. Ela se levanta, dobra o guardanapo na mesa e tira três notas de vinte da carteira. "Preciso ir. Só... preciso ir." Ela corre pela rua. Quebra o salto do sapato. Manca o resto do caminho.

"PENETRAÇÃO": "Não." "Sim." "Não." "Não?" "Não." "Ah."

"CINZENTO": Benson planta algumas flores.

"RESGATE": Benson e Stabler abatem o sequestrador antes mesmo de ele chegar ao seu destino.

"TIROS": Benson e Stabler acham que escutam tiros, mas ao saírem correndo da lanchonete são apenas fogos de artifício minúsculos iluminando janelas três andares acima deles.

"POSSUÍDA": "Não por muito mais tempo", diz Benson a si mesma durante o sono.

"MÁSCARA": Stabler e sua esposa dançam por toda a casa com máscaras de camundongos nos rostos. As crianças assistem à cena horrorizadas e correm para o quarto, onde uma se ocupa em esquecer e a outra em lembrar o que, um dia, será um capítulo de sua aclamada autobiografia. Padre Jones não apenas tocou Stabler e Lucy, sabe?

"SUJO": A promotora aparece e ajuda Benson a varrer as lascas de madeira do chão. Elas limpam as janelas. Pedem pizza e falam sobre primeiros amores.

"VOO": A cidade ainda está faminta. A cidade está sempre faminta. Mas, nesta noite, o batimento diminui. Eles voam, voam, voam.

"ESPETÁCULO": Na quarta-feira, eles capturam tantos bandidos que Benson vomita dezessete garotas em uma tarde. Ela gargalha enquanto as garotas deixam o seu corpo, escorrem pelo seu vômito feito manchas de óleo e se dissipam no ar.

"PERSEGUIÇÃO": Eles perseguem. Eles capturam. Ninguém escapa.

"AMEAÇADOR": A última garota se agarra ao lado de dentro da cabeça de Benson. "Não quero ficar sozinha", diz Benson. "Também não quero", diz Benson, "mas você precisa ir". Stabler entra no apartamento de Benson. "O nome dela é Allison Jones. Ela tinha doze anos. Foi estuprada pelo pai e a mãe não acreditou nela. Ele a matou e a enterrou em Brighton Beach." A garota sacode a cabeça dentro de Benson, como que para soltar a areia em seus cabelos. "Vá", diz Benson. "Vá."

A garota sorri e não vai, seus sinos mal balançando. "Obrigada", diz Benson. "De nada", diz Benson. Ouve-se um som, um novo som. Um suspiro. E, então, a garota se vai. Stabler abraça Benson. "Adeus", diz ele, e então também se vai.

"ESTARRECEDORA": A promotora aparece na porta de Benson. A cabeça de Benson, agora desanuviada, parece um hangar desocupado, um deserto. Vasto, mas vazio. Ela sabe que há mais – sempre haverá mais –, mas desfruta do espaço por ora. A promotora estende a mão até o rosto de Benson e passa delicadamente os dedos pela linha do seu maxilar. "Quero você", diz ela a Benson. "Quis você desde a primeira vez que a vi." Benson se inclina para a frente e a beija. O batimento é uma fome. Ela a puxa para dentro.

"TOTEM": "No início, antes da cidade, havia uma criatura. Sem sexo, eterna. A cidade está empoleirada em suas costas. Nós a ouvimos, todos nós, de um jeito ou de outro. Ela exige sacrifícios. Mas só pode comer o que lhe damos." Benson passa a mão no cabelo da promotora. "Onde você ouviu essa história?", pergunta ela. A promotora morde o lábio. "De alguém que parecia estar sempre certa", responde ela.

"REPARAÇÕES": Stabler e sua esposa conversam. Eles decidem levar as crianças para longe, muito longe. "Um novo lugar", diz ele, "onde podemos ter o nome que quisermos. Quaisquer histórias".

"ESTRONDO": Uma bomba explode no Central Park. Estava debaixo de um banco o tempo todo. Ninguém está sentado no banco quando ocorre a explosão e a única vítima é um pombo que passava pelo local. O assassino serial envia um bilhete para Benson e Stabler. Tudo o que está escrito no papel é "Ops".

"DELINQUENTE": Benson e a promotora se atrasam para o trabalho e estão com o cheiro uma da outra. Stabler envia a sua demissão por telegrama.

"DEFUMADO": A promotora e Benson tostam verduras e legumes na grelha, rindo. A fumaça sobe, paira sobre as árvores, serpenteia em volta de pássaros, coisas podres e flores. A cidade sente o cheiro. A cidade respira fundo.

5

MULHERES DE VERDADE TÊM CORPOS

Eu costumava achar que o meu local de trabalho, Glam, parecia com o interior de um caixão. Quando se atravessa a ala leste do shopping, a entrada recua como um buraco negro entre um estúdio fotográfico infantil e uma loja de paredes brancas.

A ausência de cor é para destacar os vestidos. Aterroriza as nossas clientes a ponto de causar uma crise existencial e, como consequência, uma compra. Pelo menos é isso que Gizzy me disse. "O preto nos lembra de que somos mortais e que a juventude é passageira", diz ela. "Além disso, nada destaca tafetá rosa como um vazio escuro."

Em uma ponta da loja há um espelho que tem facilmente o dobro da minha altura, com uma moldura barroca dourada. Gizzy é tão alta que ela consegue tirar o pó do alto do espelho gigantesco apenas com um banquinho. Ela tem a idade da minha mãe, talvez um pouco mais, mas o seu rosto é estranhamente jovem e sem rugas. Ela passa um batom pêssego fosco todos os dias, tão uniforme e sem borrar que se a pessoa olhar compenetrada para ela vai ficar tonta. Acho que o delineador é tatuado nas pálpebras dela.

A minha colega de trabalho, Natalie, acha que Gizzy tem aquela loja porque sente falta da juventude perdida, que é a resposta dela para o porquê de qualquer "adulto de verdade" fazer alguma coisa que ela considere estúpida. Natalie revira os olhos pelas costas de Gizzy e sempre pendura os vestidos sem muito cuidado, como se a culpa do salário mínimo, ou de diplomas inúteis, ou de dívidas estudantis fosse deles. Vou atrás dela, alisando as saias porque odeio vê-las mais amarrotadas do que precisam estar.

Sei qual é a verdade. Não porque sou particularmente perspicaz ou algo assim. Apenas escutei Gizzy falando no telefone uma vez. Vi o jeito como ela passa as mãos sobre os vestidos, o jeito como os seus dedos se demoram na pele de pessoas. A filha dela se foi, como as outras, e não há nada que ela possa fazer a respeito.

"Gostei bastante desse", diz a garota com o cabelo de foca. Ela parece ter acabado de sair do mar. O vestido é da cor dos sapatos de Dorothy e tem um decote cavado nas costas. "Mas não quero acabar falada", murmura ela, para ninguém em particular. Ela coloca as mãos na cintura, dá uma volta e abre um sorriso. Por um momento, ela parece Jane Russell de Os homens preferem as loiras, e em seguida é a garota-foca de novo, e então só uma garota.

Sua mãe lhe traz outro vestido, dourado com um brilho azul-escuro na superfície. É o primeiro dia da estação e ainda há muitas opções para escolher: alças verde-água brilhantes e mangas bufantes rosa-champanhe, a série *Bella*, a com cor de abelha. Vestidos tipo cauda de sereia brancos feito sal; vestidos trompete em vermelho coral; vestidos de princesa em púrpura. O Ofélia, que parece estar sempre molhado. Emma Quer uma Segunda Chance, no tom exato de uma pomba na sombra. O Banshee, com sua seda estrategicamente desfiada e cor de leite. As saias se curvam e amassam com as camadas de tafetá, exceto quando arrastam ou são colantes. Seus bustos são cobertos de paetês cor de coral costurados à mão, ou cravejados com contas, ou adornados com telado da cor de vidro marinho fosco ou de creme de manteiga neon ou de melão passado do ponto. Tem um que é somente milhares de contas pretas como breu em um fundo negro, que se movem com cada respiração. O vestido mais caro custa mais do que ganho em três meses. O mais barato custa duzentos, que baixou de quatrocentos porque uma tira está rasgada e a mãe de Petra tem estado ocupada demais para vir consertar.

Petra é quem entrega os vestidos na Glam. A mãe dela é uma das nossas maiores fornecedoras. Os funcionários da Sadie's Photo começaram a rondar a entrada da Glam para ficar de olho nas clientes e gritar comentários grosseiros, mas Chris, Casey e uma seleção rotativa de outros babacas deixam Petra em paz. Ela sempre usa um boné de beisebol no cabelo castanho curto e botinas amarradas com firmeza. Quando está carregando os vestidos finos enrolados em plástico, parece que ela está lutando contra um monstro gigantesco de baile de formatura – cheio de anáguas e tentáculos de strass – com as próprias mãos, e esse não é o tipo de mulher com que se mexe. Casey já a chamou uma vez de sapatão durante um intervalo para fumar, mas ele tem medo demais de Petra para dizer algo na cara dela.

Ela me deixa nervosa, de um jeito que faz você salivar em excesso. A gente se falou exatamente duas vezes desde que comecei a trabalhar na Glam. A primeira foi assim:

"Precisa de ajuda?"

"Não."

E três semanas mais tarde:

"Deve estar chovendo", falei, enquanto a criatura-vestido de formatura estremecia em suas mãos e a cobertura plástica pingava água.

"Talvez se chover bastante vamos todos nos afogar. Seria uma mudança bem-vinda."

Ela é uma graça quando sai debaixo de todos aqueles tecidos.

Os primeiros relatos começaram no auge da recessão. As primeiras vítimas – as primeiras mulheres – não eram vistas em público havia semanas. Muitos dos amigos e familiares preocupados que invadiram as suas casas e apartamentos esperavam encontrar cadáveres.

Acho que o que encontraram foi pior.

Teve um vídeo que viralizou há alguns anos: uma filmagem amadora de um senhorio em Cincinnati que levou uma câmera consigo para se precaver enquanto despejava uma mulher que atrasara o aluguel. Ele foi de cômodo em cômodo, chamando o nome dela, girando a câmera de um lado para o outro e dizendo gracinhas. O homem tinha muito a dizer sobre as ilustrações dela, os pratos sujos, o vibrador no criado-mudo. Era quase possível perder o clímax da coisa toda se você não estivesse prestando bastante atenção. Mas então a câmera girou e lá estava ela, no canto mais banhado de sol do quarto, oculta pela luz. Ela estava nua e tentava esconder o fato. Era possível ver os seios dela através do braço, a parede através do torso. Ela estava chorando. O som era tão baixo que a tagarelice inútil do senhorio o havia abafado até então. Mas agora dava para ouvir – infeliz, aterrorizado.

Ninguém sabe o que causa aquilo. Não é transmitido pelo ar. Não é sexualmente transmissível. Não é um vírus ou uma bactéria ou, se for, não é nada que os cientistas tenham sido capazes de encontrar. No início todo mundo culpou a indústria da moda, depois as millennials e, por fim, a água. Mas a água foi testada, as millennials não são as únicas ficando incorpóreas e não é nada bom para a indústria da moda que mulheres estejam desaparecendo. Não se pode vestir o ar. Não que não tenham tentado.

Chris passa o seu cigarro a Casey durante o nosso intervalo compartilhado de quinze minutos, atrás da saída de emergência. Eles ficam passando o cigarro um para o outro, a fumaça saindo das bocas em espirais feito peixinhos dourados.

"Quadril", diz Chris. "É o que você quer. Quadril e carne suficiente pra segurar, entende? O que daria pra fazer sem ter onde segurar? É como... como..."

"Como tentar beber água sem um copo", conclui Casey.

Sempre me espanta a poesia com que os garotos conseguem descrever uma trepada.

Eles me oferecem o cigarro, como sempre. Como sempre, recuso.

Casey o apaga na parede e joga a bituca no chão; as cinzas grudam no tijolo como uma tosse encatarrada.

"O que tô dizendo é que, se eu quiser foder névoa, vou só esperar uma noite nevoenta e colocar o meu pau pra fora."

Belisco o músculo entre o meu ombro e o pescoço. "Aparentemente alguns caras gostam disso."

"Quem? Ninguém que eu conheça", diz Chris. Ele estica a mão e pressiona o polegar depressa na minha clavícula. "Você parece de pedra."

"Obrigada?" Afasto a mão dele com um tapa.

"Tipo, você é sólida."

"Certo."

"Aquelas outras garotas…", começa Chris.

"Cara, já contei da vez em que tirei uma foto de uma mulher que tinha começado a desaparecer?", pergunta Casey. A Sadie's Photo é especializada principalmente em fotos de crianças, a quem entregam acessórios e as plantam nesses pequenos dioramas infernais – uma casa de fazenda, uma casa de árvore, um mirante na margem de um lago que na verdade é um pedaço de vidro cercado de feltro verde –, mas de vez em quando recebem adolescentes e até casais adultos.

Chris sacode a cabeça.

"Quando eu tava tentando limpar o retrato dela no computador, havia um monte de reflexos estranhos, como se a lente estivesse suja ou quebrada. Então percebi que eu só tava vendo o que tava atrás dela."

"Caralho, cara. Contou pra ela?"

"Nem a pau. Achei que ela ia descobrir logo."

"Ei, garota de pedra!", grita Casey por cima do barulho de uma empilhadeira. "Você vem?"

…

Quando volto do intervalo, Natalie está soltando fogo pelas ventas, batendo os pés pelo interior da Glam como um tigre andando de um lado para o outro na sua jaula. Gizzy revira os olhos quando bato o ponto.

"Não sei por que continuo com ela", diz ela com secura. "Petra vai chegar mais tarde com alguns vestidos novos. Não deixe Natalie arrancar a cabeça de ninguém."

Natalie desembrulha quatro chicletes e os dobra na boca um de cada vez, rolando a massa lá dentro enquanto mastiga, lentamente e sem nenhum prazer aparente. Chris e Casey aparecem, mas quando os encara, os dois vão embora como se ela estivesse cuspindo ácido.

"Aqueles merdas", murmura ela. "Tenho uma porra de um diploma em fotografia e não consigo sequer um emprego na Sadie's pra tirar fotos de bebês gritando. Como aqueles dois babacas trabalham lá?" Ela gira o cabide do primeiro vestido que vê. A saia azul-celeste estremece. Eu o coloco no lugar.

"Você acha que as garotas que entram aqui percebem que vão crescer exatamente tão fodidas quanto a gente?", ela pergunta. Dou de ombros e ela gira outro vestido. Depois disso, eu a deixo descontar a sua fúria na loja vazia. Fico perto de uma das araras, uma coleção que vai de espuma clara sedosa a musgo escuro, alisando as saias e cuidando da porta da frente. Os vestidos parecem ainda mais tristes do que o normal nesta noite, parecem ainda mais marionetes sem cordões. Cantarolo e arrumo paetês retorcidos. Uma das lantejoulas salta e flutua até o chão. Eu me abaixo e pressiono a ponta do meu dedo nela; então puxo as bainhas para que fiquem emparelhadas a três centímetros do carpete preto. Quando ergo a cabeça, vejo um par de botinas, um buquê de saias tecnicolor.

"Vai sair logo?", pergunta Petra. Olho para ela por um longo momento, meu dedo indicador dobrado segurando uma lantejoula brilhante, e sinto o calor de um rubor me subir pelo pescoço.

"Eu, hã, termino às nove."

"Já são nove agora."

Eu me levanto. Petra coloca com delicadeza os vestidos em cima do balcão. Natalie está de volta na registradora, observando a gente com curiosidade. "Tudo bem pra você fechar tudo?", pergunto a ela. Ela balança a cabeça com a sobrancelha esquerda tão erguida que corre o risco de tocar o seu cabelo.

Nos sentamos em uma mesa na praça de alimentação na frente da Glam e do rinque de patinação no gelo. O shopping acabou de fechar, então o lugar está vazio, a não ser pelos funcionários desligando as luzes e abaixando as grades barulhentas na frente das lojas.

"A gente podia tomar um café ou…"

Ela toca o meu braço e um choque de prazer vai da minha buceta até o meu peito. Ela está usando um colar que nunca vi: um quartzo esfumaçado encaixado em um emaranhado de vinhas de cobre. Os lábios dela estão um pouco rachados.

"Odeio café", diz ela.

"Que tal..."

"Odeio isso também."

A mãe de Petra tem um hotel lozalizado na saída da estrada que ela herdou do pai quando ele morreu há alguns anos. Os hóspedes são na maioria caminhoneiros, Petra explica enquanto dirige, que é o motivo de ficar tão afastado da estrada. Entre a entrada e o prédio distante há uma tundra de gelo espesso e cheio de calombos, sobre o qual a caminhonete velha de Petra sacode como uma canoa de encontro às ondas. Vamos nos aproximando lentamente do hotel, que surge como uma casa mal-assombrada. Uma placa no prédio dilapidado ao lado do hotel pisca um conjunto de letras, B-A-R, três vezes antes de acender de vez e depois se apagar. Petra dirige com uma mão no volante, a outra esfregando devagar um círculo na minha mão.

Petra estaciona em uma das vagas do estacionamento deserto. As portas numeradas estão fechadas contra o frio, silenciosas. "Preciso pegar uma chave", diz ela. Petra sai da caminhonete e caminha até o meu lado. Ela abre a porta. "Você vem?"

No saguão, uma mulher grande numa camisola cor de pêssego está usando uma máquina de costura atrás do balcão. Ela parece uma casquinha de sorvete derretido, solta. Um cabelo longo brota de sua cabeça e desaparece pelas costas. O ar está quente e agradável e tomado por um ronronar mecânico.

"Ei, mãe", diz Petra. A mulher não responde.

Petra bate no balcão com a mão. "Mãe!" A mulher atrás do balcão ergue rapidamente os olhos e depois volta a trabalhar. Ela sorri, mas não diz nada. Os seus dedos se movem como abelhas de uma colmeia em um dia de inverno quente demais: zonzos, determinados, atordoados. Ela passa um pedaço de algodão grosso pela máquina, criando uma bainha.

"Quem é essa?", pergunta a mulher. Ela não tira os olhos do trabalho.

"Ela trabalha na loja da Gizzy no shopping", responde Petra, revirando uma gaveta. Ela pega um cartão magnético branco e o passa por uma maquininha cinza, apertando alguns botões. "Vou mandar ela de volta com alguns dos vestidos novos."

"Parece uma boa ideia, querida."

Petra enfia o cartão no bolso.

"Vamos dar uma volta."

"Parece uma boa ideia, querida."

Petra trepa comigo no quarto 246, que fica nos fundos do prédio. Ela liga a luz e o ventilador de teto e tira a camiseta puxando pela parte de trás da gola. Eu deito na cama e ela monta em mim.

"Você é muito bonita", diz ela encostando a boca na minha pele. Ela esfrega com força a pélvis na minha e eu gemo, e em algum momento o pendente frio do colar dela entra na minha boca e bate nos meus dentes. Eu rio, ela ri. Petra tira o colar e o coloca no criado-mudo, a corrente deslizando feito areia. Quando ela se senta de novo, o ventilador de teto emoldura a sua cabeça como um halo luminoso, como se ela fosse uma madona em uma pintura medieval. Há um espelho do outro lado do quarto e vislumbro fragmentos do seu reflexo. "Posso…", começa Petra, e concordo com a cabeça antes que ela termine. Ela coloca a mão sobre a minha boca e morde o meu pescoço e enfia três dedos em mim. Rio-engasgo contra a palma da mão dela.

Gozo rápido e com vontade, como uma garrafa se quebrando contra uma parede de tijolos. Como se eu estivesse esperando por permissão.

Depois que terminamos, Petra me cobre com um cobertor e ficamos deitadas escutando o vento. "Como você tá?", pergunta ela depois de um tempo.

"OK", respondo. "Digo, bem. Queria que todo dia de trabalho terminasse assim. Eu nunca iria faltar."

"Você gosta de trabalhar lá?", pergunta Petra.

Dou uma bufada, mas não sei como continuar depois disso.

"É tão ruim assim?"

"Tipo, é legal, acho." Prendo o meu cabelo num coque. "Podia ser pior. É só que tô sem um puto no bolso e não é como se isso fosse o que eu queria estar fazendo da minha vida, mas muita gente tá pior."

"Você cuida bem dos vestidos", diz ela.

"Só não gosto quando a Natalie zoa com eles, mesmo que seja meio de brincadeira. Parece... sei lá. Que não é apropriado."

Petra me encara. "Eu sabia. Sabia que você entendia."

"O quê?"

"Vem." Ela se levanta e veste a camiseta, a calcinha, a calça. Petra leva um momento para amarrar as botinas do jeito apertado de antes. Procuro a minha camiseta por um minuto e a encontro presa entre o colchão e a cabeceira da cama.

Petra me leva pelo estacionamento até o saguão. Sua mãe não está lá. Ela dá a volta no balcão e abre uma porta.

À primeira vista, a sala parece ter uma iluminação estranha, repleta de pontos de um azul iridescente, como fogos-fátuos nos fazendo perder o caminho em um pântano. Há manequins em posição de sentido, um exército sem propósito, cercados por mesas longas cobertas de alfineteiras e carretéis de linha, cestas de paetês, contas e pendentes, uma fita métrica desenrolada que parece um caramujo, rolos de tecido. Petra segura a minha mão e me guia ao longo da parede.

Não estamos sozinhas na sala. A mãe de Petra está de pé perto de um vestido, com uma alfineteira presa em volta do pulso. Quando os meus olhos se acostumam com o escuro, as luzes se fundem em silhuetas e percebo que a sala está repleta de mulheres. Mulheres como a do vídeo que viralizou, transparentes e brilhando levemente, como um pensamento tardio. Elas flutuam, andam de um lado para o outro e ocasionalmente olham para baixo para os seus próprios corpos. Uma delas, com um rosto severo e triste, está parada bem próxima da mãe de Petra. Ela se move na direção da roupa pendurada no manequim – cor de manteiga, a saia erguida um pouco em alguns pontos como uma cortina de teatro. A mulher se encosta no manequim e não há resistência, somente uma sensação de um cubo de gelo derretendo no ar do verão. A agulha – de onde sai uma linha de puro dourado – tremula quando a mãe de Petra a enfia através da pele da garota. O tecido também recebe a agulha.

A garota não grita. A mãe de Petra dá pontos apertados e alinhados ao longo do braço e do torso da garota, pele e tecido se juntando tão firmemente quanto dois lados de uma incisão. Noto que estou cravando meus dedos no braço de Petra e que ela está deixando.

"Me deixa sair", digo, e Petra me puxa porta afora. Estamos no meio do vestíbulo bem iluminado. Uma placa apoiada em um cavalete anuncia CAFÉ DA MANHÃ CONTINENTAL, 6h-8h.

"O que…", aponto para a porta. "O que ela tá fazendo? O que elas tão fazendo?"

"A gente não sabe." Petra começa a mexer em uma fruteira. Ela pega uma laranja e a rola na mão. "Minha mãe sempre foi costureira. Quando Gizzy a procurou pra fazer vestidos pra Glam, ela concordou. As mulheres começaram a aparecer há alguns anos. Elas simplesmente se juntavam à costura, como se fosse o que queriam."

"Por que elas iriam querer isso?"

"Não sei."

"Sua mãe não mandou elas pararem?"

"Ela tentou, mas elas continuaram aparecendo. A gente nem mesmo sabe como elas conhecem esse lugar." A laranja começa a vazar e o ar é tomado pelo odor intenso de óleo cítrico.

"Você contou pra Gizzy?"

"É claro. Mas ela disse que, desde que elas nos procurem, não tem problema. E aqueles vestidos são tão populares… eles vendem mais do que qualquer outra coisa que minha mãe já fez. É como se as pessoas quisessem eles daquele jeito, mesmo que não percebam."

Saio a pé do hotel. Caminho devagar sobre o gelo e caio com frequência. Me viro uma vez para trás e vejo a silhueta de Petra na janela do saguão. Minhas mãos ficam dormentes de frio. A minha buceta lateja, a minha cabeça dói e ainda consigo sentir o colar dela na minha boca. Posso sentir o gosto do metal e da pedra. Na rua principal, chamo um táxi.

...

Vou cedo para a Glam na manhã seguinte. Minha chave sumiu – percebo que devo ter deixado na cômoda do hotel e xingo em voz baixa –, então espero Natalie chegar. Dentro da loja, eu a deixo cuidar das tarefas matutinas e vasculho os vestidos. Eles roçam nos meus dedos, rangem nos seus cabides. Pressiono o meu rosto nas saias, modelo os corpetes com as mãos para lhes dar espaço.

Ando pelo shopping na minha hora de almoço. Penso nas mercadorias pelas quais passo. Quem está nelas? Os porta-retratos de madeira arrumados em forma de *v* em uma vitrine com feltro parecem tortos, como se tivessem sido invadidos. O jogo de xadrez de vidro e aço na vitrine da loja de jogos – aqueles são os reflexos das pessoas que passam do lado de fora nas curvas redondas da rainha e dos peões ou são rostos espiando para fora? Há uma máquina antiga de Pac-Man que engole as moedas de todo mundo, aparentemente de propósito. Passo pelo quiosque de cosméticos muito perfumado de uma JCPenney e imagino clientes tirando as tampas dos batons e girando os bastões coloridos, e mulheres transparentes espremendo-se em volta da maquiagem, começando com os polegares.

Paro na frente de uma Auntie Anne e observo a massa ser esticada, pesada e úmida. Imagino crianças de colo, meninas dissipadas (elas estão se dissipando cada vez mais cedo, não? Foi o que disseram nos noticiários), pressionadas na massa e, sim, aquilo não é uma mão dobrada? Um beicinho? Uma garotinha parada na frente do quiosque pede para a mãe comprar um pretzel.

"Susan", repreende a mãe. "Pretzels são porcarias. Vão deixar você gorda." E ela arrasta a filha para longe.

Um grupo de adolescentes entra na Glam depois que volto. As garotas tiram vestidos dos cabides e os vestem descuidadamente, sem nem mesmo fechar direito as cortinas dos provadores para que não sejam vistas se vestindo e despindo. Quando saem dos provadores, posso ver as mulheres transparentes enroladas nelas, os dedos entrelaçados nos ilhós. Não sei dizer se estão se segurando para se salvarem ou se estão presas. O farfalhar e estremecimento dos tecidos poderiam ser choro ou risos. As garotas rodopiam, dão laços e os apertam. Chris e Casey estão mastigando canudos de raspadinhas na entrada da loja. Assoviam e gritam, mas não entram. Suas bocas estão manchadas de azul.

"Vão se foder!" Corro para a entrada, o peso confortante de um grampeador na palma da minha mão. Meu braço está pronto para arremessá-lo se for preciso. "Saiam daqui. Deem o fora."

"Jesus", diz Chris, piscando. Ele recua um passo. "Qual é o seu problema?"

"Ei, Lindsay, nada mal!", grita Casey para dentro da loja. Uma loira se vira e sorri, jogando a cintura para o lado como se estivesse prestes a equilibrar uma criança nela. Vejo olhos sem pálpebras no fundo das dobras grossas do cetim.

Vomito tudo no banheiro preto da Glam.

"Não posso ficar", digo a Gizzy. "Simplesmente não posso."

Ela suspira. "Olha, eu gosto muito de você", diz ela. "A economia está uma merda e sei que você não tem outro emprego em vista. Pode pelo menos ficar até o fim da temporada? Posso até dar a você um pequeno aumento."

"Não posso."

"Por que não?" Ela me entrega um lenço e assoo o nariz.

"Simplesmente não posso."

Ela parece genuinamente triste. Pega um pedaço de papel na sua mesa e começa a escrever nele. "Não sei quanto tempo a Natalie vai durar sem você", diz ela. "Gosto da Natalie."

Solto uma gargalhada.

"Qual é, a Natalie é ótima, mas é terrível."

"Ela não é terrível."

"Ela chamou uma cliente de 'vaca hipócrita' hoje. Na cara dela."

Gizzy olha para mim e suspira. "Ela me lembra a minha filha, cheia de pose. Não é besta? Que razão besta." Ela sorri com tristeza.

"Gizzy, a sua filha… está aqui? Na… na loja?"

Gizzy vira o rosto para o outro lado e termina de escrever. Ela me entrega o papel. "Assina isso?"

Eu assino.

"O seu último cheque vai chegar pelo correio", diz ela, e balanço a cabeça. "Tchau, menina. Se quiser o seu emprego de volta, você sabe onde me encontrar." Ela aperta de leve a minha mão e guarda a caneta em uma gaveta.

Através do vão cada vez mais estreito da porta do escritório que se fecha, vejo Gizzy olhando para a parede oposta.

Petra está esperando do lado do meu carro.

"Você esqueceu isso." Ela me entrega o cartão perdido. Eu o pego e enfio no bolso. Desvio o olhar dela.

"Me demiti", digo. "Tô indo embora." Abro a porta do motorista e me jogo no banco. Ela entra e senta no banco do carona. "Olha, o que você quer?", pergunto.

"Você gosta de mim, certo?"

Esfrego o meu pescoço. "Sim. Acho."

"Por que a gente não sai? De verdade, dessa vez." Ela apoia uma botina pesada no painel. "Sem mulheres transparentes. Sem vestidos. Só, sei lá, filmes, comida e trepada."

Hesito.

"Prometo", diz Petra.

Consigo um emprego de faxineira na fábrica de condimentos local, um turno de madrugada. O salário é uma merda, mas não é pior do que o da Glam. Um emprego é igual ao outro. Saio do meu apartamento e me mudo para o hotel, onde posso ficar de graça. Os quartos nunca ficam todos ocupados e Petra me garante que a sua mãe nunca vai perceber a diferença.

Passo a maior parte do meu tempo na fábrica varrendo, esfregando, passando por salas grandes onde rajadas quentes e pungentes de vinhos de cozinhar me deixam sem fôlego. Molho de churrasco está sendo fervido e o cheiro fica impregnado no meu cabelo e na minha roupa. Raramente vejo outro ser humano e gosto disso. Com frequência me pego vasculhando os cantos escuros, mas por que elas viriam aqui? Tenho um medo constante de que vou encontrar uma tentando se cozinhar na mostarda, mas nunca encontro.

Passam-se meses. Penso em entrar numa escola de pós-graduação, se o governo não fechar as universidades como tem ameaçado fazer. Fazemos maratonas de séries de médicos e comemos *noodle*, e nos beijamos, trepamos e dormimos a qualquer hora emaranhadas como cabides.

Certa noite, eu a encontro parada diante do espelho do banheiro, puxando o rosto à luz fluorescente. Chego por trás dela e beijo o seu ombro. "Ei", digo. "Desculpa, tô fedendo feito um bife hoje. Vou tomar banho."

Entro no chuveiro. A água aquece a minha pele e gemo com a sensação. A cortina do chuveiro se abre e Petra se junta mim, com a pele arrepiada. Ela coloca a mão atrás da minha cabeça, esquentando-a na água, e depois a enfia entre as minhas pernas. A outra se enrola no meu cabelo e me puxa contra os azulejos.

Ela sai do chuveiro depois que gozo. Quando saio do banheiro, secando o cabelo, ela está estirada na cama e eu sei.

"Eu tô desaparecendo", diz ela, e no mesmo instante posso ver que a pele dela é mais como leite desnatado do que integral, que ela parece estar menos ali. Petra respira e a impressão oscila, como se ela estivesse lutando contra ela. Sinto como se os meus pés fossem alçapões que se abriram e que minhas entranhas estão pulando para fora do meu corpo. Quero abraçá-la, mas tenho medo de que, se fizer isso, ela vai ceder nos meus braços. "Não quero morrer", diz ela.

"Eu não acho... elas não tão mortas", digo, mas as palavras soam como uma mentira e não ajudam nem um pouco.

Nunca vi Petra chorar, não até agora. Ela leva as mãos ao rosto, o contorno dos lábios visível, cada vez mais tênue, através dos tendões, músculos e ossos. O corpo dela estremece por inteiro. Eu a toco e ela ainda possui massa. Uma pedra.

"Alguns meses", diz Petra. "Ou algo assim. É o que os jornais dizem, né?" Ela aperta o alto do nariz, puxa as orelhas, aperta com força a barriga.

Naquela primeira noite, Petra só quer ser abraçada, então é o que faço. Emparelhamos os nossos corpos e apertamos um no outro, cada centímetro deles. Ela acorda faminta – por comida, por mim.

Alguns dias mais tarde, meus olhos se abrem ao amanhecer e Petra não está lá. Arranco as cobertas, entro no banheiro devagar, abro a cortina do chuveiro sem fazer muito barulho. Sinto um frio percorrer o meu corpo e vasculho as gavetas, o espaço debaixo da TV, o interior do aquecedor. Nada.

Quando o colchão range debaixo do meu corpo, ela atravessa a porta, a camiseta grudada nela pelas manchas de suor. Ela se curva e coloca as mãos nos joelhos, ainda tentando recuperar o fôlego. Somente quando Petra ergue a cabeça é que ela me vê, tremendo.

"Meu Deus, meu Deus, me desculpa." Ela se senta do meu lado e enterro o meu rosto no ombro dela, onde ela cheira à argila.

"Achei que já tinha acontecido", sussurro. "Achei que você tinha sumido."

"Eu só precisava sair de manhã", diz Petra. "Queria sentir o meu corpo correndo." Ela me beija. "Vamos fazer alguma coisa esta noite."

Vamos até o bar de caminhoneiros atrás do hotel quando o sol se põe. A cerveja é aguada e os copos, molhados. Sentamos em uma mesa com imagens de cabeças de raposas e nomes de pessoas entalhados na madeira riscada. Petra descobriu que consegue atravessar objetos pequenos com os dedos às vezes, então ela larga moedas na sua mão enquanto bebemos as nossas cervejas. Não consigo olhar.

"Vamos jogar dardos ou alguma outra coisa", digo.

Petra ergue os dedos e tenta agarrar a moeda na mesa. Seus dedos atravessam a moeda uma, duas vezes, mas na terceira tentativa sua mão parece piscar de volta ao universo físico e ela a pega. Ela enfia a moeda no jukebox. Peço os dardos ao barman e ele os entrega dentro de uma velha caixa de charutos.

Nos revezamos atirando os dardos no alvo. Nenhuma de nós é muito boa e cravo um na parede. A risada de Petra é sombria e líquida.

"A minha mira nunca foi boa", confesso. "Quando eu era criança, a gente tinha um jogo de saquinhos de feijões que minha tia comprou e eu literalmente nunca acertei um saquinho no buraco. Nem uma única vez. Tô falando literalmente de anos da minha vida. Meu irmão achava que era a coisa mais engraçada que já tinha visto."

Petra me encara. Um sorriso bonito surge no canto de sua boca e então desaparece, substituído por uma expressão séria. Então ela diz, "Sua família parece ser legal pra burro." A palavra *legal* é como uma punhalada de gelo.

Venho pegando meu telefone de tantos em tantos dias, pretendendo explicar para a minha família que mulheres são costuradas em vestidos e que estou trabalhando em uma fábrica e que estou morando num hotel com a filha de uma costureira que também está morrendo, mas não exatamente morrendo. Não consigo. Na última vez que falei com a minha mãe, garanti a ela que eu estava sólida e segura, embora tenha confessado que eu teria que atrasar de novo os meus pagamentos do empréstimo estudantil. Inventei histórias sobre as clientes do dia que devem ter soado verossímeis, pois ela pareceu aliviada.

"Ela é", digo. "Talvez você possa conhecê-la um dia."

"Não vale a pena. Eu tô de partida, certo?"

"Puta merda, Petra. Não fala assim. E não fala assim comigo."

Ela fica num silêncio emburrado; cutuca distraída uma espinha no queixo. Petra termina a cerveja, compra outra, os seus arremessos de dardos ficam menos precisos, passando cada vez mais longe do centro do alvo. Não gosto do jeito que ela está arrancando os dardos do alvo, como se estivesse puxando o rabo de cavalo de um adversário. Depois do quarto jogo, sua mão se apaga no meio de um gole e o copo cai, cerveja e estilhaços pontilhando o piso de madeira.

Petra caminha até o alvo. Posso vê-la abrindo e fechando o punho, tentando sentir a substância. No instante em que se torna física de novo, Petra apoia a mão na parede com a palma para baixo. Ela arranca o dardo do alvo e o crava fundo nas costas da mão, logo abaixo dos nós dos dedos.

Alguém grita "Puta merda" do fundo do bar.

Passo correndo pela mesa e agarro Petra, mas não antes de ela enfiar a ponta do dardo mais duas vezes na mão. Ela está gritando. O sangue escorre pelo seu braço como serpentina. Homens se levantam depressa de seus bancos e cadeiras, alguns dos quais caem com estrondo no chão. Petra se debate, berra. Seu sangue respinga na parede feito chuva. Um homem corpulento com boné de beisebol preto me ajuda a arrastá-la para fora. Eu meio que a carrego pelo estacionamento coberto de gelo. Ela parece amolecer nos meus braços depois de percorrermos algumas dezenas de metros. Fico aterrorizada por um momento pensando que ela está desaparecendo de novo, mas não, ela ainda está sólida, apenas mole de exaustão e teimosia. Um rastro escuro marca o caminho que tomamos.

Ela recusa o hospital. No nosso quarto, desinfeto a ferida e a enrolo em gaze.

Nunca trepamos com tanta urgência quanto nessas semanas, mas ela está desaparecendo mais e sentindo menos. Ela goza sem muita frequência. Petra se retrai por períodos cada vez mais longos – um minuto, quatro, sete. Cada episódio mostra um aspecto diferente dela: um esqueleto, músculos viscosos, as formas escuras dos seus órgãos, nada. Ela acorda chorando e passo o meu braço com força em volta dela, sussurrando com delicadeza em seu ouvido para que ela se acalme. Petra lê boatos na internet sobre como é possível retardar o desaparecimento. Um fórum fala sobre uma dieta rica em ferro, de modo que ela cozinha espinafre suficiente para alimentar uma família grande e o mastiga sem dizer nada. Outro recomenda banhos gelados e a encontro tremendo e arrepiada na banheira. Ela me deixa secá-la, como se fosse criança.

Petra quer sair para uma caminhada num domingo quente, então saímos. A primavera chega aos trancos e barrancos no vale e hoje os caminhos pela mata estão lamacentos. A neve derrete e pinga água nos nossos cabelos. Seguimos um córrego que é praticamente um ser vivo, brotando desordenado pelas suas próprias curvas.

Descansamos em uma clareira ensolarada e comemos laranjas e frango frio. Petra passou a tratar cada refeição como se fosse a última, de maneira que ela tira a pele dos pedaços de frango e mastiga-a de olhos fechados, e depois a própria carne, e então chupa com vontade cada osso antes de jogá-los fora em meio às árvores. Ela coloca cada fatia de laranja na boca com reverência, como se fosse uma hóstia, morde os gomos e tira as cascas como pele de cutícula. Esfrega as cascas na pele.

"Tenho lido umas coisas", diz Petra entre goles de água gelada. "Parece que acham que as mulheres transparentes tão fazendo esse tipo de... não sei, acho que dá pra chamar de terrorismo? Elas tão entrando em sistemas elétricos e zoando com servidores, caixas e urnas eletrônicas. Protestando." Petra ainda se refere a elas na terceira pessoa. "Gosto disso."

Fora o zumbido dos insetos e o canto dos pássaros, a mata está silenciosa. Tiramos as nossas roupas e nos banhamos no sol. Examino as pontas dos meus dedos contra os halos claros cor de âmbar e rosados em volta das sombras dos meus ossos.

Me debruço sobre Petra e beijo o seu lábio inferior, o superior. Beijo a sua garganta. Enfio a minha mão entre suas coxas.

À nossa volta, os minutos se estendem pela terra como formigas: caem no córrego cheio e são levados pela correnteza.

Encontramos uma capela entre as árvores. Os bancos nivelados e rígidos e janelas de vitrais cobrem as paredes. Nossos passos ecoam pelo chão de pedra. O ar está quente e levantamos uma poeira que dança pela luz.

Nos sentamos em um banco que range sob o nosso peso. Petra encosta a cabeça no meu ombro. "Você acha que as mulheres transparentes morrem algum dia?"

"Acho que não sei."

"Ou envelhecem?"

Encolho os ombros e pressiono o meu nariz contra o cabelo dela.

"Então eu posso ter vinte e nove por toda a eternidade."

"Talvez. Você vai estar me assombrando quando eu tiver cem anos e vai estar fantástica e eu acabada."

"Nem, você vai ser uma velha bonita. Vai ter um chalé na floresta e vão dizer por aí que você é uma bruxa, mas as crianças que tiverem coragem de se aproximar vão ouvir as suas histórias." Ela estremece com tanta força que sinto no meu esqueleto.

Vejo um movimento pelo canto do olho e me levanto. Na janela que retrata Santa Rita de Cássia, uma mulher transparente está agarrada ao chumbo, seus dedos dobrados em volta dos rejuntes como se fossem barras de um trepa-trepa. Ela está nos observando, balançando nos calcanhares, entrando e saindo do vidro como se estivesse tentando boiar na água. Petra a nota e se levanta ao meu lado. Vejo uma vela votiva na sua mão.

"Petra, não."

Posso ver os seus músculos se contraindo. "Posso libertar ela", diz Petra. "Se eu quebrar a janela, posso libertar ela."

"A gente não sabe se isso é verdade."

"Não me diga o que fazer. Você não é a porra da minha mãe."

Passo o dedo devagar em círculos no seu pulso e me encosto no seu cabelo. "Eu te amo", digo. É a primeira vez que digo e me deixa um gosto estranho na boca – real, mas não pronto, como uma pera dura demais. Tiro a vela de sua mão e a guardo no bolso do meu casaco. Beijo a têmpora dela, o maxilar. Ela se vira e se aninha no meu corpo. Acho que ela vai chorar, mas não chora.

"Já sinto saudade de você", diz ela.

Passo a mão ao longo de suas costas e quando faço isso tenho certeza de ver um lampejo do meu próprio músculo. Sinto um aperto na barriga. O frango e as laranjas protestam, pressionam o meu esôfago. "É melhor a gente voltar", digo. "Acho que vai escurecer logo."

A mulher transparente não desvia o olhar. Ela sorri. Ou talvez esteja fazendo uma careta.

Saímos da mata como se estivéssemos nascendo.

...

No nosso quarto assistimos ao noticiário, nossos corpos entrelaçados no brilho azul suave da televisão. Especialistas acusam uns aos outros, gritando enquanto uma das apresentadoras entre eles cintila e oscila sob as luzes do estúdio. Estão falando sobre como não podemos confiar nas mulheres transparentes, mulheres que não podem ser tocadas, mas que pisam na terra, o que significa que elas devem estar mentindo sobre algo, devem estar nos enganando de alguma forma.

"Não confio em nada que pode ser incorpóreo e que não está morto", diz um deles.

A mulher desaparece no meio da transmissão, um microfone cai no chão. A câmera é desviada com dificuldade.

Antes de irmos deitar, coloco a vela da capela no criado-mudo e a acendo. O bruxuleio é reconfortante, projetando os móveis na parede como bonecos de sombra.

Sonho que vamos até um restaurante que serve apenas sopa. Não consigo decidir o que pedir e Petra ri e mexe a colher na tigela que já recebeu. Quando ela remove a colher, há uma mão espectral gelatinosa enrolada no cabo, e ela puxa a mulher transparente cada vez mais para cima. A boca da mulher está aberta como se estivesse gritando, mas não consigo ouvir nada.

Quando acordo, tenho certeza de que Petra saiu para correr antes de perceber que minha mão havia afundado na caverna luminosa do seu peito.

Caio dentro dela por completo, engasgo como se estivesse sendo afogada. Ela acorda e grita enquanto me debato dentro dela.

Nos acalmamos depois de um minuto. Ela se afasta de mim até a beira da cama. Esperamos. Sete minutos se passam. Dez. Meia hora.

"Então é isso?", pergunto a ela. "Então é isso?"

Não quero ir embora, mas ela me deu as costas. Eu me levanto. Ela só olha para as próprias mãos.

"É hora de ir", diz ela depois de um longo tempo.

Eu choro. Calço as botas, os saltos mastigados pelos meus passos irregulares. Olho para Petra lá, transparente, e ela enfim se vira e sei que ela pode ver o meu corpo, ainda sólido o suficiente para ser delineado pela luz, movendo-se no pós-parto aquoso do nascer do sol.

Fecho a porta atrás de mim e sinto meus nervos ficando à flor da pele e voltando ao normal. Logo eu também não serei mais nada. Nenhuma de nós vai durar até o fim.

Somente metade dos manequins nas vitrines da Glam está vestida. É o fim da temporada. Em breve a loja vai se renovar. O estoque irá… para algum lugar. As luzes se apagam, a grade desce fazendo barulho até a metade. Natalie passa por baixo dela e a empurra até o chão.

Ela se levanta e me vê. Parece mais magra do que me lembro. Ela faz um leve aceno de cabeça e então parte para o interior cavernoso do shopping. Seguro minha velha chave com força na mão. Ela se encaixa na fechadura – Gizzy nunca se incomodou em trocá-la. A grade sobe com estardalhaço. A tesoura de picote está enfiada na minha calça atrás, onde eu poderia levar uma arma, se quisesse.

Corto os lugares onde uma coisa está costurada na outra. Desamarro corpetes. Posso vê-las, as mulheres, soltas de suas amarras, piscando para mim. "Saiam", digo a elas. Rasgo bainhas e costuras. Os vestidos estão se desfazendo, parecendo mais vivos do que jamais os vi, o tecido se desprendendo como muitas cascas de banana, abas douradas, cor de pêssego e vinho. "Saiam", digo de novo. Elas estão piscando, imóveis.

"Por que vocês não estão indo?", grito. "Digam alguma coisa!" Elas não dizem.

Arranco o forro de um corpete. Uma mulher me encara. Ela poderia ser a filha de Gizzy. Poderia ser Petra ou Natalie, ou a minha mãe, ou até mesmo eu. "Não, foda-se. Não precisam nem dizer nada. Só saiam daqui. A grade tá levantada. Por favor."

A luz de uma lanterna dança na parede oposta. Escuto uma voz grossa. "Oi? Quem está aí? Chamei a polícia."

"Vão, por favor!", grito no momento em que o segurança me derruba no chão. Da escuridão do chão, vejo todas elas, vagamente luminosas, movendo-se em suas cascas. Mas elas não vão embora. Elas não se mexem, nunca se mexem.

6

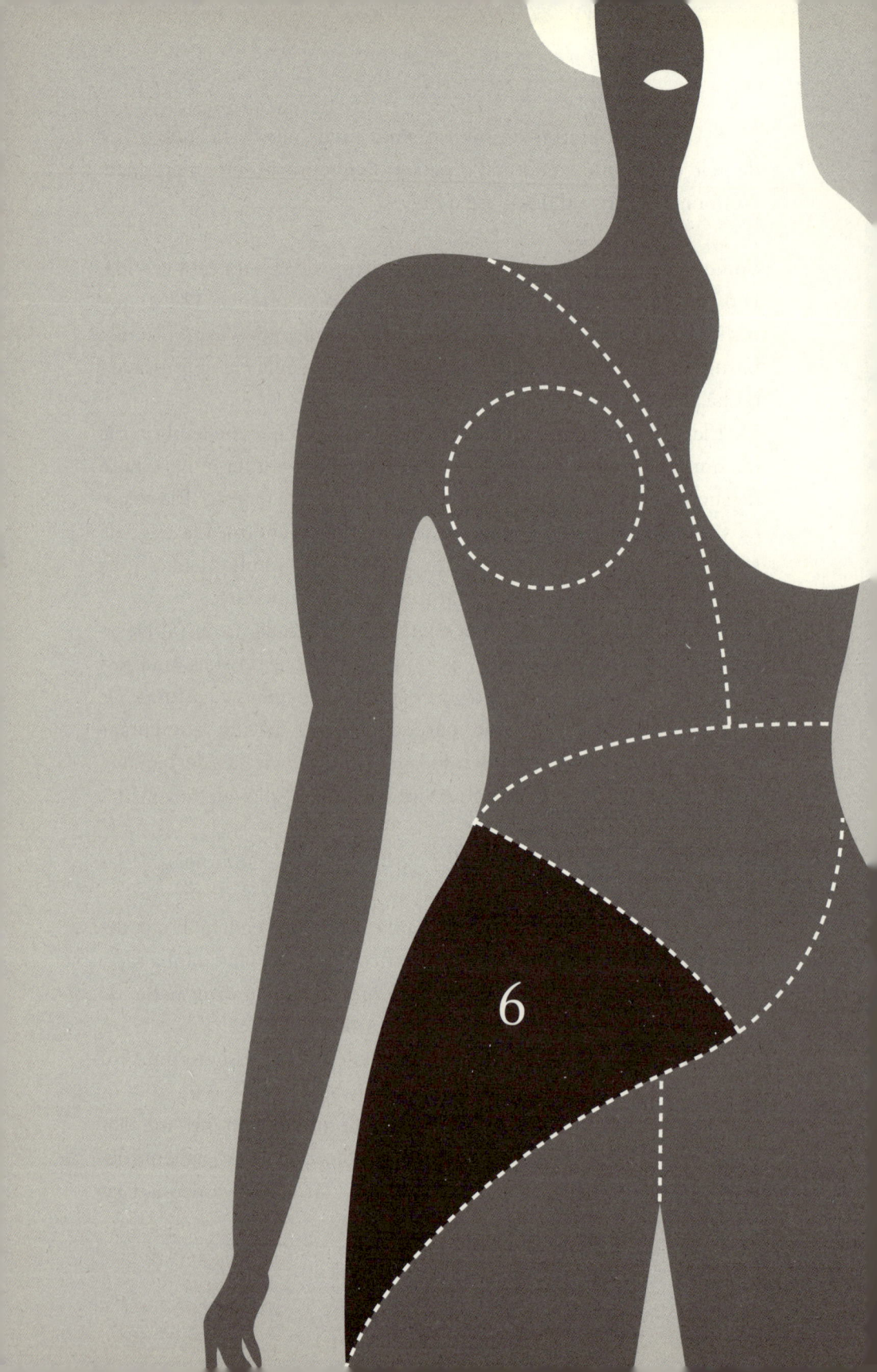

OITO BOCADOS

Quando me colocam para dormir, minha boca se enche com a poeira da lua. Presumo que vou sufocar com o sedimento, mas ele entra e sai, entra e sai e, impossivelmente, estou respirando.

Sonhei que inalava água quando estava submersa e é esta a sensação: pânico, e depois aceitação, e então júbilo. Vou morrer, não estou morrendo, estou fazendo algo que jamais pensei que pudesse fazer.

De volta à Terra, a Dra. U está dentro de mim. Suas mãos estão no meu torso, seus dedos procuram alguma coisa. Ela está soltando a carne de seu revestimento, passando por onde é bem-vinda, falando com uma enfermeira sobre suas férias no Chile. "Íamos voar para a Antártica", diz ela, "mas era caro demais".

"Mas os pinguins...", diz a enfermeira.

"Da próxima vez", responde a Dra. U.

Antes disso era janeiro, um novo ano. Atravessei custosamente sessenta centímetros de neve em uma rua silenciosa e cheguei a uma loja onde sinos de vento pendiam silenciosamente do outro lado da vitrine, bugigangas em forma de sereia e pedaços de madeira recuperados da água e conchas brilhantes demais entremeados por linha de pesca e não tocados por qualquer vento.

A cidade estava morta, uma diferença gritante do punhado de lojas abertas em fim de estação que atendem os viajantes de um dia só e os que não querem gastar muito. Os proprietários fugiram para Boston ou Nova York, ou, se tiveram sorte, ainda mais para o sul. O comércio fechou pelo resto da estação, deixando suas mercadorias nas vitrines como uma provocação. Por trás dessa fachada, uma segunda cidade se abriu, familiar e estranha ao mesmo tempo. É a mesma coisa todos os anos. Bares e restaurantes funcionavam em horas secretas para os moradores locais, os *cape codders* de raiz que passaram por dezenas de invernos. Em qualquer noite seria possível tirar os olhos do prato e ver fardos redondos entrarem pisando firme nos locais; somente quando removessem as camadas exteriores seria possível ver quem estava por baixo. Até mesmo aqueles conhecidos do verão eram mais ou menos estranhos a essa luz do dia perfunctória; todos estavam sozinhos mesmo quando estavam acompanhados.

Porém, naquela rua, eu poderia muito bem estar em outro planeta. *Os ratos de praia e os negociantes de arte jamais veriam a cidade daquela forma*, pensei, *quando as ruas estão escuras e um frio líquido percorre as fendas e vielas*. O silêncio e o som se chocavam, mas nunca se misturavam; o caos alegre das noites quentes de verão não poderia estar mais distante. Era difícil ficar parada no meio da rua com aquele tempo, mas, se fizesse isso, era possível ouvir a vida rompendo o silêncio: um ruído de vozes vindo de um bar local, o vento animando os prédios, às vezes até mesmo um encontro animal abafado em um beco: prazer ou medo, era tudo o mesmo som.

Raposas percorriam as ruas à noite. Havia uma branca entre elas, de pelo lustroso e rápida, e parecia o fantasma das outras.

Não sou a primeira da minha família a passar por isso. Minhas três irmãs fizeram a operação ao longo dos anos, embora não tivessem dito nada antes de aparecerem para uma visita. Vê-las esbeltas de repente após anos acompanhando-as crescer organicamente, como fiz, foi como levar a palma de uma mão no nariz, mais doloroso do que seria de se esperar. A minha primeira irmã, bem, achei que ela estava morrendo. Por sermos irmãs, achei que todas nós estávamos morrendo, enforcadas pela genética. Quando confrontada pela minha ansiedade – "Que doença está serrando esse ramo da árvore genealógica?", perguntei, minha voz subindo uma oitava –, minha primeira irmã confessou: uma cirurgia.

Depois todas elas, minhas irmãs, um coro de crentes. Cirurgia. Uma cirurgia. Tão fácil como quando você quebrou o braço quando era criança e teve que colocar pinos – talvez até mais fácil. Um aro, um plugue, uma tripa redirecionada. *Redirecionada?* Mas suas histórias – *derrete, simplesmente desaparece* – acalentavam como manhãs de primavera, quando o sol faz a diferença entre a felicidade e estremecer em uma sombra.

Quando saímos, elas pediam refeições grandes e então diziam, "Eu não poderia de modo algum". Elas sempre diziam isso, sempre, aquela insistência decorosa de que *não poderiam de modo algum*, mas então passaram a dizer isso falando sério – aquela mentira acanhada fora convertida em verdade *vis-à-vis* uma intervenção cirúrgica. Minhas irmãs inclinavam os garfos e cortavam porções impossivelmente minúsculas de comida – cubos de melancia apropriados para bonecas, um caule fino de broto de ervilha, um canto de sanduíche como se precisassem alimentar uma multidão com uma única porção de salada de frango – e as engoliam como uma grande decadência.

"Me sinto tão bem", diziam todas elas. Sempre que eu falava com elas era isso que sempre saía de suas bocas, ou, na verdade, era uma boca, uma única boca que antes comia e que agora diz apenas "Me sinto muito, muito bem".

Mas sabe-se lá onde os conseguimos, os corpos que precisavam de cirurgia. Não foi de nossa mãe, que sempre pareceu normal, não com um grande apetite, ou cheio de curvas, ou rubenesca, ou do Meio-Oeste, ou voluptuosa, apenas normal. Ela sempre dizia que oito bocados são tudo o que você precisa para ter noção do que está comendo. Embora ela nunca tenha contado em voz alta, eu podia ouvir os oito bocados tão claramente quanto se uma plateia de um programa de televisão estivesse fazendo uma contagem regressiva, ruidosa e triunfante, e depois do *um* ela largava o garfo, mesmo se ainda restasse comida no prato. Ela não brincava no ponto, a minha mãe. Nada de empurrar a comida em círculos no prato ou fingir. Vontade de ferro, cintura fina. Oito bocados a permitiam elogiar a garçonete. Oito bocados forravam o seu estômago como material isolante colocado nas paredes de casas. Queria que ela ainda estivesse viva para ver as mulheres que suas filhas se tornaram.

E então, um dia, não muito tempo depois que a minha terceira irmã saiu da minha casa com o passo mais leve que já teve, comi oito bocados e então parei. Larguei o garfo do lado do prato com mais força do que pretendia e lasquei a cerâmica da beirada. Pressionei a lasca com o meu dedo e a levei até a lata de lixo. Me virei e olhei para o prato, que estava tão cheio antes e que continuava cheio, quase sem uma mudança visível na massa e na salada.

Sentei de novo, peguei meu garfo e comi mais oito bocados. Não muito mais, ainda quase não dava para notar a diferença, mas já era duas vezes mais do que o necessário. Porém, as folhas da salada estavam pingando vinagre e azeite e tinha limão e farelos de pimenta e estava tudo tão lindo, e eu ainda estava com fome, então dei mais oito mordidas. Depois acabei com o que havia na panela no fogão e fiquei tão brava que comecei a chorar.

Não me lembro de engordar. Não fui uma criança ou adolescente gorda; as fotos daquelas versões mais jovens de mim não são embaraçosas ou, caso sejam, são do jeito certo. Olhem como eu era jovem! Olhem as minhas roupas estranhas! Sapatos bicolores – quem pensou em criar isso? Calça *fuseau* – é sério? Presilhas de esquilo? Olhem aqueles óculos, olhem aquele rosto: fazendo careta para a câmera. Olhem aquela expressão, fazendo caretas para uma versão futura dela que está segurando aquelas fotos, toda nostálgica. Mesmo quando achava que estava gorda, eu não estava; a adolescente naquelas fotos é muito bonita, de um jeito melancólico.

Mas então tive uma filha. Então tive Cal – difícil e perspicaz Cal, que nunca me deu metade do que nunca lhe dei – e de repente tudo ficou detonado, como se ela fosse uma metaleira que destrói um quarto de hotel antes de ir embora. Minha barriga foi a televisão voando pela janela. Ela agora era adulta e tão distante de mim em todos os sentidos, mas as evidências ainda estavam presas ao meu corpo. Ele nunca mais teria uma aparência boa.

Diante da panela vazia, eu estava cansada. Cansada das mulheres magérrimas da igreja que arrulhavam e tocavam nos braços umas das outras e me diziam que eu tinha pele bonita e de ter que virar o quadril de lado para atravessar salas como se estivesse passando por cima de alguém no cinema. Cansada das luzes implacáveis dos provadores; cansada de olhar no espelho e agarrar as coisas que eu odiava e erguê-las, cravando os dedos, e depois deixar que despenquem e de tudo doer. Minhas irmãs foram para algum outro lugar e me deixaram para trás e, como sempre, tudo o que eu queria era segui-las.

Eu não conseguia fazer com que oito bocados funcionassem para o meu corpo, então eu faria o meu corpo funcionar para oito bocados.

A Dr. U dava consultas duas vezes por semana em um consultório no Cabo a meia hora de carro para o sul. Fiz um caminho lento e tortuoso para chegar lá. Vinha nevando e parando havia dias e os montes de neve se acumulavam em cada tronco de árvore e cerca como roupas que voaram do varal. Eu conhecia o caminho porque já tinha passado de carro pelo consultório dela antes – geralmente depois que uma irmã ia embora – e assim, conforme eu dirigia dessa vez, sonhava acordada com fazer compras em lojas locais, gastar demais em um vestido de verão tirado de um manequim, colocá-lo na frente do meu corpo ao sol da tarde enquanto o manequim permanecia no lugar, mais azarado do que eu.

Então eu estava no consultório, pisando no carpete neutro, e uma recepcionista estava abrindo uma porta. A médica não era o que eu esperava. Suponho que eu tenha imaginado que, devido à profundidade de suas convicções, conforme ilustradas pela profissão que escolhera, ela seria uma mulher mais esbelta: alguém com autocontrole em excesso ou uma alma solidária cujas entranhas também haviam sido reorganizadas para se adequarem melhor à visão que tinha de si mesma. No entanto, ela era graciosamente rechonchuda – por que eu havia pulado a fase em que era redonda e inofensiva como um panda, mas ainda assim adorável? Ela sorriu com todos os dentes. O que ela estava fazendo, me mandando naquela jornada que ela mesma não fez?

Ela gesticulou e me sentei.

Havia dois lulus-da-pomerânia correndo pelo consultório. Quando estavam separados – quando um estava encolhido aos pés da Dr. U e o outro estava tendo a educação de cagar no corredor –, eles pareciam idênticos, porém inofensivos, mas quando um chegava perto do outro eram assustadores, as cabeças se tocavam em sincronia, como se fossem duas metades de um todo. A médica notou o monte do lado de fora e chamou a recepcionista. A porta se fechou.

"Sei por que você está aqui", disse ela, antes que eu pudesse abrir a boca. "Já pesquisou a respeito da cirurgia bariátrica?"

"Sim", respondi. "Quero o tipo que não dá pra reverter."

"Admiro uma mulher de convicção", disse a médica. Ela começou tirando pastas de uma gaveta. "Há alguns procedimentos pelos quais você terá de passar. Ir a um psiquiatra, consultar outro médico, grupos de apoio – baboseira administrativa, que consome muito tempo. Mas tudo vai mudar para você", prometeu ela, sacudindo um dedo na minha direção com um adorável sorriso acusador. "Vai doer. Não será fácil. Mas, quando acabar, você será a mulher mais feliz do mundo."

As minhas irmãs chegaram alguns dias antes da cirurgia. Elas ocuparam os vários quartos vazios da casa, enchendo os criados-mudos de loções e palavras-cruzadas. Eu podia ouvi-las no andar de cima e elas soavam como passarinhos, distintas e claramente como um coral ao mesmo tempo.

Avisei que ia sair para uma última refeição.

"Vamos com você", disse minha primeira irmã.

"Pra fazer companhia", disse minha segunda irmã.

"Pra dar apoio", disse minha terceira irmã.

"Não, vou sozinha. Preciso ficar sozinha."

Fui a pé até o meu restaurante favorito: Salt. Nem sempre foi Salt, em nome ou espírito. Durante um tempo foi Linda's, depois Family Diner, depois The Table. O prédio continua o mesmo, mas é sempre novo e sempre melhor do que antes.

Pensei nas pessoas no corredor da morte e em suas últimas refeições sentada numa mesa de canto, e pela terceira vez naquela semana me preocupei com o meu discernimento moral ou a falta dele. Não são a mesma coisa, lembrei a mim mesma ao desdobrar o guardanapo no meu colo. Essas coisas não são comparáveis. A última refeição deles vem antes da morte; a minha vem antes não só da vida, mas de uma nova vida. *Você é horrível*, pensei, enquanto erguia o cardápio até o meu rosto, mais alto do que o necessário.

Pedi uma montanha de ostras. A maioria havia sido aberta da maneira que seria de se esperar e desciam como água, como o mar, como nada, mas uma me enfrentou: ancorada à sua concha, uma ponta teimosa de carne. Ela resistiu. Era a resistência encarnada. Ostras estão vivas, percebi. Elas são apenas músculo; não têm cérebro ou entranhas, estritamente falando, mas ainda assim estão vivas. Se houvesse alguma justiça nesse mundo, essa ostra iria agarrar a minha língua e me mataria engasgada.

Quase engasguei, mas depois engoli.

A minha terceira irmã sentou-se na minha frente. O seu cabelo escuro me lembrava o da nossa mãe: quase brilhante e homogêneo demais para ser real, embora fosse. Ela sorriu com ternura para mim, como se estivesse prestes a me contar uma notícia ruim.

"Por que você está aqui?", perguntei.

"Você parecia preocupada", respondeu ela. Ela ergueu as mãos de um jeito que deixava as unhas vermelhas à mostra, que estavam pintadas com tanto esmalte que possuíam profundidade horizontal, como uma rosa presa em vidro. Ela as batia nas maçãs do rosto, raspando para baixo com um leve toque. Estremeci. Então ela pegou minha água e bebeu em goles longos, até a água ter passado pelo gelo e o gelo virar apenas uma treliça frágil e em seguida a construção inteira deslizou de encontro ao seu rosto quando ela emborcava o copo cada vez mais alto e mastigava os pedaços que entravam na boca.

"Não desperdice o espaço do estômago com água", diz ela, mastigando ruidosamente. "Vamos lá. O que você está comendo?"

"Ostras", respondi, apesar de ela poder ver a pilha precária de conchas à minha frente.

Ela assentiu. "Estão boas?", perguntou.

"Estão."

"Me fale sobre elas."

"São a soma de todas as coisas saudáveis: água salgada, músculo e osso. Proteína irracional. Não sentem dor, não têm pensamentos verificáveis. Pouquíssimas calorias. Um mimo sem ser um mimo. Quer uma?"

Eu não queria que ela estivesse ali – queria dizer para ela ir embora –, mas seus olhos estão brilhando como se estivesse febril. Ela passou uma unha com carinho ao longo da concha de uma ostra. A pilha inteira se moveu, curvando-se sob o próprio peso.

"Não", respondeu ela. Em seguida, "Contou pra Cal? Sobre a cirurgia?".

Mordi o lábio. "Não", respondi. "Você contou pra sua filha antes de fazer?"

"Contei. Ela ficou tão empolgada por mim. Ela me mandou flores."

"Cal não vai ficar empolgada", falei. "Há muitos deveres de filha que Cal não cumpre e esse vai ser mais um."

"Você acha que ela também precisa da cirurgia? É por isso?"

"Não sei", respondi. "Nunca compreendi as necessidades da Cal."

"Acha que é porque ela vai pensar mal de você?"

"Também nunca compreendi as opiniões dela."

Minha irmã balançou a cabeça.

"Ela não vai me mandar flores", concluí, apesar de provavelmente não ser necessário.

Pedi uma pilha de batatas fritas com trufas apimentadas, que fizeram o céu da minha boca arder. Foi só depois da ardida que pensei como ia sentir tanta falta de tudo aquilo. Comecei a chorar e minha irmã colocou a mão sobre a minha. Eu estava com inveja das ostras. Elas nunca precisavam pensar em si mesmas.

Em casa, liguei para Cal para lhe contar sobre a cirurgia. Eu estava apertando tanto o maxilar que ele estalou quando ela atendeu ao telefone. Pude ouvir a voz de outra mulher do outro lado da linha, interrompida por um dedo invisível levado aos lábios; depois um cachorro ganiu.

"Cirurgia", repetiu Cal.

"Sim", respondi.

"Jesus Cristo", disse ela.

"Não pragueje", disse a ela, mesmo eu não sendo religiosa.

"O quê? Não é nem a porra de um palavrão!", gritou ela. "*Isso* foi a porra de um palavrão. E isso. *Jesus Cristo* não é um palavrão. É um nome próprio. E se existe um momento de praguejar é quando sua mãe lhe conta que vai cortar fora metade de um de seus órgãos mais importantes sem qualquer razão..."

Ela ainda estava falando, mas estava se transformando num grito. Espantei as palavras como abelhas.

"... já lhe ocorreu que você nunca vai conseguir comer como um ser humano normal..."

"Qual é o seu problema?", perguntei a ela por fim.

"Mãe, eu só não entendo por que você não pode ser feliz consigo mesma. Você nunca foi..."

Ela continuou falando. Olhei para o telefone. Quando minha filha ficou azeda? Eu não me lembrava do processo, da descida ladeira abaixo da doçura à raiva amargurada. Ela estava constantemente furiosa, era só acusações. Arrancou de mim a superioridade moral à força inúmeras vezes. Eu havia cometido vários pecados: por que não lhe ensinei sobre feminismo? Por que eu insistia em não entender nada? E *isso*, isso é a cereja do bolo, não, *não* perdoe o trocadilho; a língua está repleta de comida como tudo mais, ou pelo menos como tudo mais deveria estar. Ela estava tão brava que fiquei feliz por não conseguir ler a sua mente. Eu sabia que os pensamentos me partiriam o coração.

A linha ficou muda. Ela desligou na minha cara. Coloquei o telefone no gancho e notei que minhas irmãs estavam observando da porta, duas parecendo solidárias, a outra convencida.

Dei as costas a elas. Por que Cal não entendia? O corpo dela era imperfeito, mas também era novo, flexível. Ela podia evitar os meus erros. Podia sentir a libertação de um novo começo. Eu não possuía autocontrole, mas no dia seguinte iria abrir mão do controle e tudo ficaria certo de novo.

O telefone tocou. Cal, ligando de volta? Mas era a minha sobrinha. Ela estava vendendo conjuntos de facas para poder voltar a estudar e se tornar uma... bem, não entendi essa parte, mas ela seria paga só por me contar sobre as facas, então a deixei explicar, passo a passo, e comprei uma faca de queijo especial com centro vazado – "Assim o queijo não gruda na lâmina, entende?", disse ela.

Eu estava aberta ao mundo na sala de operação. Não aberta assim, ainda não, tudo ainda estava fechado dentro de mim, mas eu estava nua, tirando uma camisola com desenhos vagos que não envolvia completamente o meu corpo.

"Espere", falei. Coloquei a mão no meu quadril e apertei um pouco. Tremi, embora não soubesse por quê. Havia uma intravenosa que iria me deixar relaxada; logo eu estaria bem longe.

A Dr. U olhou para mim por sobre a máscara. A doçura do seu consultório desaparecera; os seus olhos pareciam transformados. Gélidos.

"Já leu aquele livro sobre Ping, o pato?", perguntei.

"Não", respondeu ela.

"Ping, o pato, era sempre castigado por ser o último pato a chegar em casa. Ele apanhava nas costas com uma vara. Ele odiava isso. Então fugiu. Depois de fugir, encontrou alguns pássaros pescadores pretos com aros de metal em volta do pescoço. Eles apanhavam peixes para os seus senhores, mas não podiam engolir os peixes inteiros, por causa dos aros. Quando levavam os peixes de volta, eram recompensados com pedacinhos que podiam engolir. Eram obedientes, porque tinham que ser. Ping, sem aro, era sempre o último e agora estava perdido. Não me lembro como acaba. Parece ser um livro que você deveria ler."

A médica ajustou um pouco a máscara. "Não me faça cortar fora a sua língua", disse ela.

"Estou pronta", falei.

A máscara desceu sobre mim e eu estava na lua.

Mais tarde, durmo sem parar. Fazia muito tempo que eu não ficava tão parada. Fico no sofá porque a escada... a escada é impossível. Na luz aquosa da manhã, a poeira flutua pelo ar como plâncton. Nunca vi a sala de estar tão cedo. Um novo mundo.

Tomo golinhos trêmulos de caldo ralo, trazido pela minha primeira irmã, cuja silhueta, diante da janela, parece um galho desfolhado pelo vento. Minha segunda irmã vem ver como estou de tempos em tempos e abre uma fresta nas janelas apesar do frio – para deixar entrar um pouco de ar, diz ela em voz baixa. Ela não diz que a casa tem um ar viciado e cheira à morte, mas posso ver em seus olhos quando ela abre e fecha a porta várias vezes para ventilar como uma mãe cujo filho vomitou. Posso ver as maçãs de seu rosto, altas e firmes feito cerejas, e sorrio para ela da melhor forma que posso.

Minha terceira irmã me vigia à noite, sentada em uma cadeira perto do sofá, de onde ela olha para mim por sobre o livro que está lendo, sua testa se franzindo e relaxando de preocupação. Ela conversa com a filha – que a ama sem julgar, tenho certeza – na cozinha, tão baixo que mal posso ouvi-la, mas então ela esquece de controlar a voz e ri alto de alguma piada compartilhada entre elas. Fico pensando se minha sobrinha vendeu mais facas.

Estou transformada, mas ainda não, exatamente. A transformação começou — essa dor, essa dor lancinante, é parte do processo — e não vai terminar até... bem, suponho que eu não saiba até quando. Será que algum dia estarei pronta, transformada no pretérito, ou sempre estarei me transformando, melhorando cada vez mais até morrer?

Cal não me liga. Quando ligar, vou lembrá-la da minha recordação favorita dela: quando a peguei com um produto para depilação no banheiro nas primeiras horas da manhã, passando creme nos pequenos braços e pernas bronzeados e no lábio superior de modo que os pelos se dissolvessem feito neve ao sol. Vou lhe contar, quando ela ligar.

No início a mudança é imperceptível, tão pequena a ponto de ser uma peça pregada pela imaginação. Mas então, um dia abotoo uma calça e ela cai sobre os meus pés. Fico maravilhada com o que está ali embaixo. Um corpo pré-Cal. Um corpo pré-eu. Está surgindo, como a mentira da neve recuando diante da verdade da paisagem. Minhas irmãs finalmente vão para casa. Elas me beijam e dizem que estou linda.

Enfim estou bem o bastante para caminhar pela praia. O clima tem estado tão frio que a água está cheia de gelo e as ondas se quebram cremosamente, como um sorvete pastoso. Tiro uma foto e mando para Cal, mas ela não vai responder.

Em casa, cozinho um peito de frango muito pequeno e o corto em cubos brancos. Conto os bocados e quando chego a oito jogo o resto da comida no lixo. Permaneço muito tempo diante da lixeira, respirando o aroma de sal e pimenta do frango misturado com os grãos de café e algo mais velho e perto da decomposição. Borrifo limpa-vidro na lata de lixo para que a comida não possa ser recuperada. Me sinto um pouco tonta, mas bem; até mesmo virtuosa. Antes eu estaria rosnando, subindo pelas paredes de vontade. Agora me sinto apenas levemente vazia e completamente satisfeita.

Naquela noite acordo porque alguma coisa está parada de pé ao lado da cama, algo pequeno, e antes de acordar de vez penso que é a minha filha, que acordou por causa de um pesadelo, ou que talvez seja de manhã e eu tenha dormido demais, exceto pelo fato de que, quando minhas mãos trocam o calor do cobertor pelo ar frio e estar tão escuro, me lembro de que a minha filha tem quase trinta anos e mora em Portland com uma colega de quarto que não é realmente sua colega de quarto e ela não me conta e não sei por quê.

Mas há alguma coisa ali, a escuridão encobrindo a escuridão, a silhueta de uma pessoa. Senta-se na cama e sinto o peso, as molas do colchão rangem e sibilam. Está olhando para mim? Para outro lado? Chega realmente a olhar?

E então não há nada e me sento sozinha.

À medida que aprendo a minha nova dieta – minha dieta eterna, a que vai chegar ao fim somente quando eu chegar –, algo se move na casa. A princípio acho que são camundongos, mas é maior, mais autônomo. Camundongos nas paredes correm e caem em buracos inesperados, e é possível ouvi-los raspando aterrorizados ao desabarem atrás dos retratos de família. Mas essa coisa ocupa os espaços ocultos da casa com um propósito, e se coloco o ouvido no papel de parede ela respira de maneira audível.

Depois de uma semana disso, tento falar com a coisa.

"Seja lá o que você for, saia, por favor", digo. "Quero ver você."

Nada. Não tenho certeza se estou com medo ou curiosa, ou ambas as coisas.

Ligo para as minhas irmãs. "Pode ser a minha imaginação", explico, "mas vocês também ouviram alguma coisa depois das cirurgias? Na casa? Uma presença?".

"Sim", diz a minha primeira irmã. "A minha felicidade dançou pela minha casa, feito uma criança, e dancei com ela. Quase quebramos dois vasos assim!"

"Sim", diz a minha segunda irmã. "A minha beleza interior foi libertada e deitava onde o sol batia feito um gato e se esticava toda."

"Sim", diz a minha terceira irmã. "A minha vergonha antiga esgueirava-se de sombra em sombra, como devia. Vai sumir depois de um tempo. Você não vai nem notar e então um dia terá sumido."

Depois que desligo o telefone, tento abrir uma toranja com as mãos, mas é uma tarefa impossível. A casca fica grudada na fruta e entre elas há uma película intermediária, grossa e impossível de separar do miolo. Acabo pegando uma faca e elimino os topos da casca e corto a toranja num cubo antes de arregaçá-la com os dedos. Sinto como se estivesse despedaçando um coração humano. A fruta é deliciosa, macia. Engulo oito vezes e, quando o nono bocado toca meus lábios, eu o afasto e o esmago na minha mão como se estivesse amassando uma receita antiga. Coloco a metade que restou da toranja em um Tupperware. Fecho a geladeira. Mesmo agora posso ouvi-la. Atrás de mim. Acima de mim. Grande demais para se perceber. Pequena demais para se ver.

Quando eu tinha vinte e poucos anos, morei num lugar com insetos e eu tinha a mesma sensação de saber que coisas invisíveis se moviam, coordenadas, na escuridão. Mesmo se eu ligasse a luz da cozinha no meio da madrugada e não visse nada, eu simplesmente esperava. Então meus olhos se acostumavam à luz e eu via: uma barata que, em vez de correr bidimensionalmente pelo vão de uma parede branca, estava empoleirada na beira de um armário, sondando sem cessar o ar com suas antenas. Ela desejava e temia em três dimensões. A barata estava menos vulnerável lá e, ainda assim, de algum modo estava mais, percebi enquanto limpava os restos dela do compensado.

Da mesma forma, agora, a casa está repleta de outra coisa. Ela se move, agitada. Não diz palavras, mas respira. Eu quero conhecê-la, e não sei por quê.

"Andei fazendo umas pesquisas", diz Cal. A linha chia como se ela estivesse em algum lugar com sinal ruim, de modo que ela não está ligando de sua casa. Fico prestando atenção para ouvir a voz da outra mulher que está sempre ao fundo, cujo nome nunca descobri.

"Ah, você voltou?", pergunto. Estou no controle dessa vez.

A voz dela está cortada, mas depois fica suavizada. Posso praticamente ouvir a terapeuta sussurrando no seu ouvido. Ela provavelmente está passando pelos itens de uma lista que ela e a terapeuta criaram juntas. Sinto um espasmo de raiva.

"Tô preocupada porque...", diz ela, e então faz uma pausa.

"Porque...?"

"Às vezes pode haver esse monte de complicações..."

"Está feita, Cal. Está feita há meses. Não tem sentido ficar batendo nessa tecla."

"Você odeia o meu corpo, mãe?", pergunta ela. Sua voz é dolorida, como se estivesse prestes a chorar. "Você odiava o seu, óbvio, mas o meu se parece com o que o seu costumava ser, então..."

"Pare."

"Você acha que vai ficar feliz, mas isso não vai lhe fazer feliz", diz Cal.

"Eu te amo", digo.

"Você ama cada parte de mim?"

É a minha vez de desligar e então, após pensar por um momento, de tirar o telefone da tomada. Cal provavelmente está ligando de novo nesse instante, mas ela não vai conseguir completar a ligação. Vou atender, quando eu estiver pronta.

Acordo porque posso ouvir um som como o de um vaso se quebrando ao contrário: milhares de estilhaços de cerâmica sussurrando sobre uma madeira dura para reassumirem uma forma. Do meu quarto, o som parece vir do corredor. Do corredor, o som parece vir da escada. Descendo, descendo, vestíbulo, sala de jantar, sala de estar, descendo mais, e então estou parada no alto dos degraus do porão.

Lá embaixo, na escuridão, algo se arrasta. Enrolo os meus dedos em volta da corrente que pende da lâmpada e puxo.

A coisa está lá embaixo. Na luz, a coisa desaba no chão de cimento, encolhe-se para longe de mim.

Ela se parece com a minha filha, como uma garota. É o meu primeiro pensamento. Tem a forma de um corpo. Pré-pubescente, sem ossos. São quarenta e cinco quilos, pingando no chão.

E pinga. Pinga.

Desço até lá embaixo e de perto a coisa tem um cheiro quente, como torrada. Ela se parece com roupas forradas com palha na varanda de alguém no Halloween – o monte feito de travesseiros que lembra vagamente uma pessoa para ajudar num plano de fuga à meia-noite. Tenho medo de passar por cima dela. Dou a volta nela, admirando o meu rosto estranho no reflexo no aquecedor de água ao mesmo tempo em que escuto os sons da coisa: um soluço sufocado e arrastado.

Me ajoelho ao seu lado. É um corpo sem nada do que precisa: sem estômago ou ossos ou boca. Apenas leves reentrâncias. Me agacho e esfrego o seu ombro, ou o que acho ser o seu ombro.

A coisa se vira e olha para mim. Não possui olhos, mas ainda assim olha para mim. *Ela* olha pra mim. Ela é horrível, mas honesta. É grotesca, mas é real.

Sacudo a cabeça. "Não sei por que eu queria encontrar você", digo. "Eu deveria saber."

Ela se encolhe ainda mais. Me inclino sobre ela e sussurro onde pode haver um ouvido.

"Você é indesejável", digo. Um tremor percorre a forma dela.

Não percebo que a estou chutando até a estar chutando. Ela não tem nada e não sinto nada, exceto que ela parece se solidificar antes de meu pé tocar nela, de modo que cada chute é mais satisfatório do que o anterior. Pego uma vassoura e sinto um puxão num músculo ao golpeá-la várias vezes e o cabo se quebra nela e me ajoelho e arranco punhados macios de seu corpo e os jogo na parede e não percebo que estou gritando até que enfim paro.

Me pego desejando que ela revidasse, mas não revida. Ela soa como se estivesse esvaziando. Um silvo, um chiado ensurdecedor.

Me levanto e vou embora. Fecho a porta do porão. Eu a deixo lá até não conseguir mais ouvi-la.

...

A primavera chegou, marcando o fim da longa contração do inverno.

Todos estão acordando. No primeiro dia quente, quando cardigãs leves são suficientes, as ruas começam a ficar ruidosas. Corpos se movem de um lado para o outro. Não depressa, mas ainda assim: sorrisos. Vizinhos repentinamente reconhecíveis após uma estação vendo as suas silhuetas volumosas passando na escuridão.

"Você está ótima", diz um.

"Perdeu peso?", pergunta outro.

Sorrio. Faço as unhas e bato as minhas novas unhas no meu rosto, para exibi-las. Vou até o Salt, que agora se chama The Peppercorn, e como três ostras.

Sou uma nova mulher. Uma nova mulher se torna a melhor amiga de sua filha. Uma nova mulher ri com todos os dentes à mostra. Uma nova mulher não apenas deixa para trás o seu antigo eu; ela o joga fora com força.

O verão chegará em seguida. O verão chegará e as ondas serão imensas, o tipo de onda que dá a sensação de mudança. Se for corajosa, você vai entrar na água espumante num dia bem quente, indo até onde as ondas se quebram e talvez possam quebrá-la. Se for corajosa, entregará o seu corpo a essa água que é praticamente um animal e muito maior do que você.

Às vezes, se fico sentada sem fazer nenhum barulho, posso ouvi-la murmurando debaixo do assoalho. Ela dorme na minha cama quando vou ao mercado e, quando volto e bato a porta, com força, escuto passos leves lá em cima. Sei que ela está por perto, mas ela nunca cruza o meu caminho. Ela deixa oferendas na mesa de centro: alfinetes de segurança, rolhas de garrafas de champanhe, balas enroladas em celofane com desenhos de morangos. Ela revira as minhas roupas sujas e deixa um rastro de meias e sutiãs até a janela aberta. As gavetas são vasculhadas. Ela vira todas as latas de sopa para deixar os rótulos para a frente e limpa as constelações de respingos de café nos azulejos da cozinha. O seu perfume fica nos lençóis. Ela está por perto, mesmo quando não está.

Eu a verei só mais uma vez depois disso.

Irei morrer no dia em que eu fizer setenta e nove anos. Vou acordar cedo porque lá fora uma vizinha está falando em voz alta sobre suas flores e porque Cal está vindo hoje com sua filha para a nossa visita anual e porque estou com um pouco de fome e porque estou sentindo uma pressão grande no peito. Enquanto sinto o retesamento e o aperto, vou notar o que está lá fora pela janela: um ciclista caindo no concreto, uma raposa branca correndo pelos arbustos, o barulho distante do mar. Irei pensar, *é como as minhas irmãs profetizaram*. Irei pensar, *ainda sinto saudades delas*. Irei pensar, *é aqui que descubro se tudo valeu a pena*. A dor vai ser insuportável até não ser mais; até a pressão diminuir e eu me sentir melhor do que me senti em muito tempo.

Então vai haver um silêncio imenso, rompido somente pelas batidas suaves de asas de uma abelha na tela e o rangido de uma tábua do assoalho.

Braços vão me levantar da minha cama – os braços dela. Vão ser macios como os de uma mãe, como massa de pão e limo. Vou reconhecer o cheiro. Vou me encher de tristeza e vergonha.

Vou olhar para onde os olhos dela estariam. Vou abrir a boca para perguntar, mas então vou perceber que a pergunta já se respondeu sozinha: ao me amar quando não a amei, ao ser abandonada por mim, ela se tornou imortal. Ela vai viver mais do que eu cem milhões de anos; até mais. Vai viver mais do que a minha filha e a filha da minha filha, e o mundo vai ser tomado por ela e a sua espécie, suas formas inescrutáveis e seus destinos incompreensíveis.

Ela vai tocar no meu rosto como toquei no de Cal tantos anos antes e não vai haver acusações no gesto. Vou chorar quando ela me arrastar para longe de mim mesma, na direção de uma porta aberta para a manhã salgada. Vou me encolher no seu corpo, que já foi o meu corpo, mas fui uma péssima cuidadora e ela foi tirada dos meus cuidados.

"Me desculpa", vou sussurrar enquanto ela me leva até a porta da frente.

"Me desculpa", vou repetir. "Eu não sabia."

7

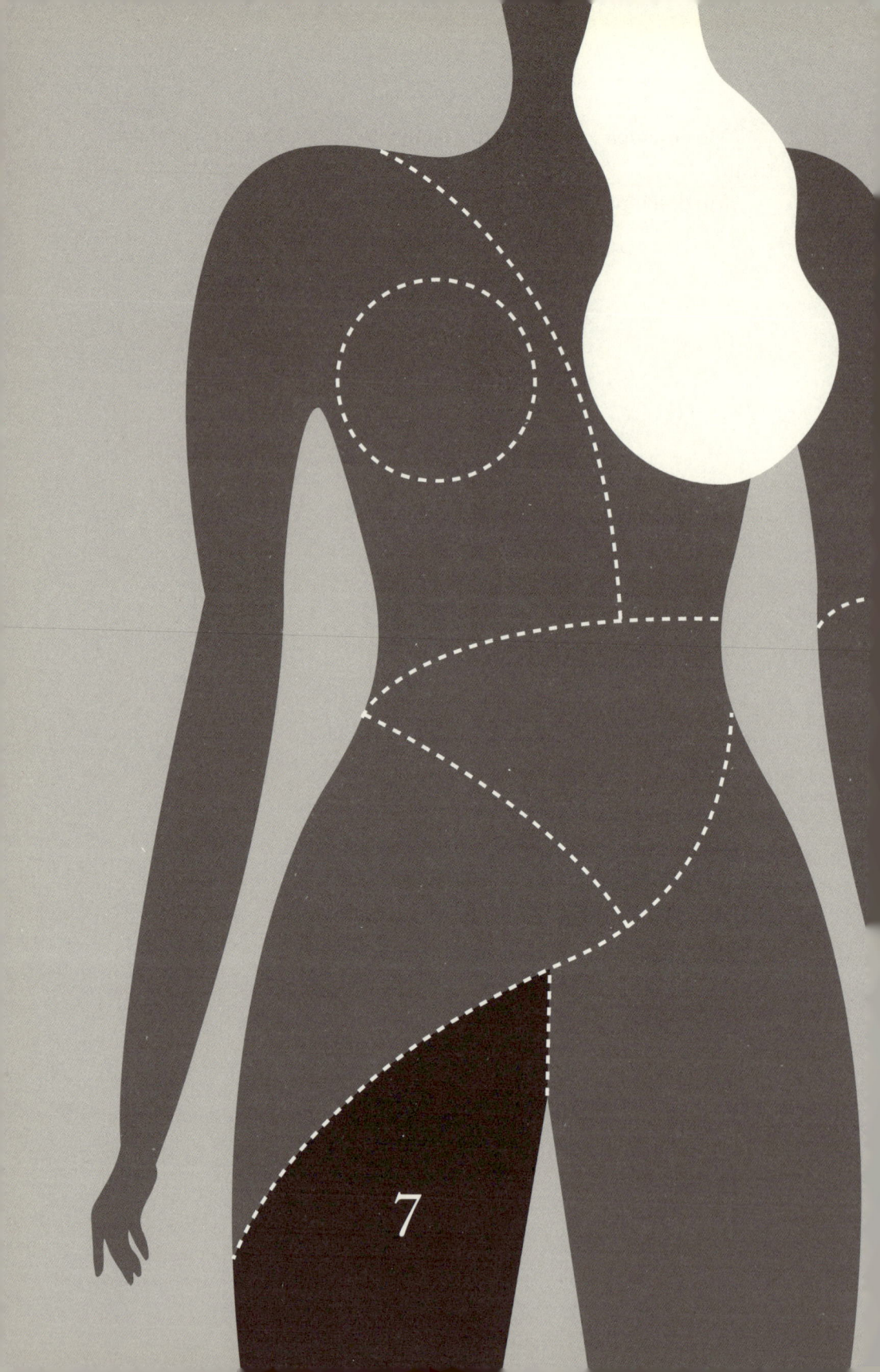

A RESIDENTE

Dois meses depois de receber a minha carta de aceitação na Garganta do Diabo, dei um beijo de despedida na minha esposa. Saí da cidade e dirigi para o norte, em direção às Montanhas P——, onde participei de um acampamento de bandeirantes quando era jovem.

A carta estava do meu lado no banco do passageiro, presa pela minha caderneta. Quase tão grosso quanto tecido, o papel não tremulava como aconteceria com um tipo mais barato e leve; de vez em quando ele vibrava com o vento. O brasão no alto era gravado em folha de ouro, a silhueta de um gavião que acabara de fisgar da água o corpo contorcido de um peixe. "Prezada Sra. M——", dizia a carta.

"Prezada Sra. M——", murmurei enquanto dirigia.

A paisagem mudou. Não demorei para passar por subúrbios e shoppings e depois por trechos com árvores e colinas baixas, e então entrei em um túnel iluminado por lâmpadas incandescentes e comecei uma subida lenta e sinuosa. Aquelas montanhas ficavam tão perto, a apenas duas horas e quinze minutos de nossa casa, mas eu raramente as via atualmente.

As árvores rareavam na beira da estrada e passei por uma placa: BEM-VINDO A Y——! ESTAMOS FELIZES EM TER VOCÊ AQUI. A cidade era decrépita e cinzenta, como tantas das antigas cidades carvoeiras e mineradoras espalhadas pelo estado. Eu descreveria as casas ao longo da avenida principal como dilapidadas, mas *dilapidadas* sugere um charme que faltava a essas construções. Havia um semáforo acima do único cruzamento e, exceto por um gato que correu para trás de uma lata de lixo, não se via movimento.

Parei em um posto de gasolina onde os preços estavam oitenta centavos acima da média do estado – eu havia consultado o preço antes de partir. Entrei na loja de conveniência para pagar pela gasolina e peguei uma garrafa d'água.

"Duas pelo preço de uma", disse um adolescente emburrado atrás do balcão. Havia uma televisão minúscula pendurada no teto passando um programa que não reconheci.

"O quê?", perguntei.

"Você leva mais uma garrafa, de graça", disse ele. Uma constelação de pústulas apinhava o seu maxilar na forma elíptica da galáxia de Andrômeda. Suas pontas eram verde-amareladas. Como ele aguentava não estourá-las era uma incógnita.

"Não quero outra garrafa", falei, empurrando o meu dinheiro sobre o balcão.

Ele pareceu confuso, mas pegou as notas. "Tá subindo a montanha?", perguntou ele.

"Sim", respondi, aliviada por ele ter perguntado. "Para a residência na Garganta do Diabo."

O seu dedo vacilou sobre os botões da registradora, sua mão se encrespou como se estivesse sentindo dor. O adolescente esfregou o queixo e me olhou com uma expressão indecifrável; uma de suas espinhas havia estourado e deixou um rastro de cometa de pus pela sua pele.

Eu estava prestes a perguntar se ele já tinha estado naquela parte da montanha quando uma música começou a tocar na televisão acima de nós. Na tela, uma jovem de camisola estava descalça em meio a algumas árvores. Ela ergueu lentamente os braços para o lado, agarrando o ar, e depois se debateu como um pássaro atordoado que acabara de atingir uma janela. Ela abriu a boca, como que para pedir ajuda, mas então a fechou sem emitir um som sequer e a abriu de novo, como uma paciente com um segredo em seu leito de morte.

A câmera cortou para trás das árvores, onde um grupo de garotas observava a jovem desafortunada dar um tropeço após o outro. Uma delas, chegando perto do ouvido de outra, sussurrou: "Acho que nem todo mundo nasceu pra isso".

Então a risada gravada de uma plateia atravessou o áudio e o adolescente gargalhou ao digitar os números na registradora. "O que é isso?", sussurrei, perturbada.

"Reprise", grunhiu ele. O troco que ele me devolveu estava úmido de suor. Já fora da loja, toquei o meu rosto e fiquei surpresa ao descobrir lágrimas da temperatura do sangue.

Em pouco tempo meu carro estava virado para o alto e eu estava subindo a montanha de novo.

Na minha adolescência, eu tinha uma obrigação permanente de ir para um acampamento de bandeirantes por um longo fim de semana todo outono com o resto da minha tropa. Uma vez que partíamos depois da escola, e no fim de outubro, quando chegávamos nessas montanhas éramos acossadas por uma escuridão total. As garotas ficavam em silêncio e dormiam no banco de trás da minivan da Sra. Z—— depois de tanto tempo de estrada e por terem esgotado as conversas muito antes de deixarem a civilização para trás. Depois do incidente, eu sempre sentava no banco do passageiro. Não tinha problema, já que eu preferia a companhia de adultos à das minhas colegas.

No carro, a única luz vinha do brilho luminoso do painel. A Sra. Z—— olhava sempre para a frente e a sua filha – uma inimiga minha, mas uma garota bonita muito alta e de cabelo castanho – inevitavelmente estava dormindo no banco de trás, sua cabeça batendo no vidro da janela toda vez que o veículo passava por uma saliência, apesar de isso nunca a acordar. Ao lado dela, as outras garotas olhavam ao longe ou também descansavam os olhos. Lá fora, os faróis do carro cortavam a noite, iluminando uma faixa de asfalto em constante rotação, galhos caídos e folhas sopradas pelo vento, e a ocasional mistura pastosa de vermelho e carne onde um veado havia morrido desde a última chuva.

De vez em quando a Srta. Z—— olhava para mim, respirava fundo pelo nariz e então murmurava algo genérico. ("Como vai a escola?"

era uma das perguntas favoritas.) Eu sabia que ela mantinha a voz baixa para não acordar a filha ou deixar que a filha soubesse que ela estava falando comigo, então eu fazia o mesmo e dizia algo genérico em resposta. ("Bem. Gosto da aula de inglês.") Não havia uma maneira adequada de explicar àquela mulher em particular que a escola era adequada para o aprendizado e terrível para todo o resto e que a sua própria filha de fala mansa (a quem ela havia dado à luz, segurado, alimentado e amado por tantos anos) era uma porcentagem específica dessa penúria. E então ficávamos em silêncio de novo e a floresta se estendia indefinidamente.

Os troncos brancos das árvores eram iluminados até certo ponto de ambos os lados da estrada, o tipo de visibilidade passageira fornecida pelo flash de uma câmera à meia-noite. Eu via uma ou duas camadas de árvores e para além delas um negrume opaco que me incomodava. Pensava comigo mesma que o outono era a pior época de se ir para as montanhas. Parecia estupidez dirigir para o meio da mata quando ela se contorcia e ofegava.

Desliguei o ar-condicionado. Se aquelas garotas pudessem me ver agora: uma adulta, casada, magnífica em minhas realizações.

O rádio estava sintonizado em uma estação de música clássica, que estava tocando algo grandioso e animado que prosseguia de modo irregular, diminuindo e aumentando à medida que eu fazia as curvas. Era como o início de um filme antigo, um veículo percorrendo estradas sinuosas para chegar ao seu destino por trás de créditos com letras brancas. Quando os créditos terminassem, o carro pararia em uma antiga casa de fazenda, onde eu sairia do veículo, desamarraria o lenço branco do meu cabelo e chamaria o nome de minha velha amiga. Ela apareceria acenando e as risadas e a conexão que dividiríamos ao levar as malas para dentro da casa de modo algum pressagiariam a trama terrível que já estaria em andamento.

"Esse foi Isaac Albéniz", entoou o locutor, "e sua 'Rapsódia espanhola'". Depois de algum tempo, os picos começaram a mastigar a música, acabando por reduzi-la a estática. Desliguei o rádio e abaixei o vidro da janela, apoiei o cotovelo na borracha da porta e me senti bastante satisfeita.

Então notei o carro atrás de mim: um gigante branco e rebaixado que estava perto demais. Senti uma espiral estranha por trás do umbigo, o redemoinho para baixo que pode preceder o medo ou a excitação. Houve uma mudança, que percebi antes de compreender. Luzes vermelhas e azuis inundaram o meu carro.

O policial ficou sentado atrás de mim durante dois minutos antes de abrir a porta da viatura e vir pisando firme na minha direção.

"Boa tarde", disse ele. Seus olhos eram pequenos, mas estranhamente gentis. Ele tinha uma mancha avermelhada no canto do lábio: uma ferida de herpes pronta para brotar.

"Boa tarde."

"Sabe por que a parei?", perguntou ele.

"Eu certamente não faço ideia."

"Você estava correndo. Estava indo a noventa em uma zona de setenta."

"Ah."

"Para onde você está indo?", perguntou ele.

Conforme falávamos, a mancha vermelha parecia sentir a minha presença e se espalhar, como uma ameba se preparando para a reprodução. O policial tinha uma aliança de casamento e assim, tirando qualquer tragédia recente, havia uma esposa que vira aquela mancha naquela mesma manhã. Eu a imaginei (você pode me achar presunçosa por supor que o cônjuge dele era uma mulher, dadas as minhas próprias circunstâncias particulares, mas havia algo em seu comportamento que me sugeria que ele jamais havia tocado em um homem sem raiva, força ou ansiedade, e mesmo naquele momento ele tocava a aliança de maneira inconsciente com o polegar, sugerindo afeição, talvez até mesmo uma lembrança erótica) como uma mulher completamente diferente de mim; isto é, ela era uma mulher sem medo de ser contagiada. Eu a imaginei beijando a boca dele, talvez até mesmo pegando um tubo pequeno de creme de uma cesta com muitos tipos de cremes e passando na mancha, dizendo algo tranquilizador ao marido ("Tenho certeza de que ninguém vai notar") e apertando o seu ombro. Talvez eles tivessem uma única ferida de herpes que trocavam entre si, como um bebê que eles se revezavam para cuidar.

Quando saí do meu devaneio, o seu carro já havia desaparecido de vista. Olhei para o papel que ele me entregara: uma notificação. "Dirija devagar, chegue com segurança. Policial M——", dizia a nota em uma letra triste e quadrada no alto do papel.

Logo cheguei a uma bifurcação onde, como a placa indicava, eu devia virar à esquerda para ir à Garganta do Diabo. A outra direção me levaria de volta ao passado, para aquele local do acampamento decrépito onde tantas coisas haviam dado errado e certo.

Este último trecho foi a parte mais bonita da viagem. As árvores se curvavam sobre a estrada como serviçais, aceitando tacitamente o calor matinal. As folhas lustrosas eram espessas e ocultavam o céu. Eu podia ouvir os gritos de cigarras, mas achei aquilo reconfortante. Me senti renovada dirigindo por aquela estrada – ao paraíso! A um romance terminado! Eu passara a vida imaginando uma época em que, em vez de depender da generosidade de outros, eu seria capaz de me manter como uma artista – falar do meu romance publicado (lançado com resenhas modestas, mas positivas – eu não era tão arrogante a ponto de pensar que o livro deixaria o mundo em polvorosa), ensinar onde eu quisesse, dar palestras pequenas, porém respeitáveis, por quantias pequenas, porém respeitáveis. Tudo isso agora parecia ao alcance.

Uma criatura correu para baixo do meu carro.

Girei o volante e freei com tanta força que pude sentir o carro rangendo em protesto e o baque de metal em um corpo. Se estivesse nevando ou chovendo eu sem dúvida teria morrido, teria entrado direto na árvore mais próxima. Parei de forma abrupta no meio da pista.

Olhei pelo retrovisor, apavorada para ver o que estava caído na estrada.

Não havia nada.

Saí do carro e olhei embaixo do chassi. Ali, os olhos negros e sem vida de um coelho se depararam com os meus. A parte de baixo do seu corpo havia sumido, tão precisamente como se o animal fosse uma folha de papel rasgada em duas. Me levantei e dei a volta no carro, procurando a outra metade. Até me ajoelhei de novo e examinei o labirinto da estrutura inferior do carro. Nada.

"Desculpa", falei para os olhos inexpressivos. "Você merecia algo melhor. Algo melhor do que eu."

Me larguei no banco do motorista com duas manchas de terra na minha calça jeans pelo esforço. Fui inundada por uma aflição como uma onda de náusea. Eu esperava que aquilo não fosse alguma espécie de mau presságio.

Adiante havia uma placa azul com uma seta, apontando para a direita. GARGANTA DO DIABO, dizia. Nada de eufemismos aqui.

Quando o meu carro fez a curva na extremidade da propriedade, compreendi que eu só veria uma pequena fração dela durante a minha estada. Tinha centenas de acres, a maioria inexplorada. A Garganta do Diabo já fora uma estância à beira de um lago para milionários de Nova York, mas os proprietários administraram mal as suas finanças e o empreendimento inteiro ruiu durante a Grande Depressão. A atual proprietária era uma organização que financiava bolsas as quais forneciam tempo e espaço para escritores e artistas realizarem os seus trabalhos. A residência, descobri pelo mapa que chegara pelo correio pouco depois da minha carta de aceitação, ocupava o canto mais ao sul da estância: um aglomerado de estúdios e ateliês e um prédio principal que já fora um hotel suntuoso. Os estúdios e ateliês ficavam na periferia de um lago, onde os residentes mais ricos haviam passado verões inteiros, descansando no mormaço.

Segui a estrada até as árvores finalmente se afastarem. O antigo hotel se erguia do solo como uma infecção, uma perturbação na mata. Era evidente que já havia sido uma estrutura grandiosa, com um projeto radical, o tipo de obra realizada por jovens arquitetos ambiciosos ainda não abatidos por anos de anonimato e plantas inacabadas.

Dois carros – um antigo e de um azul sujo, o outro vermelho e reluzindo ao sol – estavam estacionados de qualquer jeito ao lado do hotel. Parei do lado do carro vermelho e então, nervosa, dei ré e estacionei do lado do carro azul. De repente me senti pouco à vontade com a quantidade de coisas no meu porta-malas e no banco de trás. Eu precisaria descarregar e levaria meia dúzia de viagens.

Saí do carro e deixei tudo para trás.

O andar térreo do hotel era comum, mas elegante, com pedras cinza-escuras e argamassa preta, janelas estreitas que revelavam partes seletas do interior: veludo vermelho, paredes com lambris de madeira, uma caneca de café abandonada soltando fumaça em uma mesinha. Porém, o primeiro andar fazia com que o prédio se assemelhasse mais a um pedaço grande de caramelo esticado e puxado a dimensões desproporcionais. As janelas e as paredes se curvavam em ângulos com relação às suas primas do térreo, inclinando-se de um lado para o outro. De uma janela talvez fosse possível enxergar mais do chão do que do céu; de outra, mais do céu do que do chão. Um dos quartos se curvava para tão perto das árvores ao redor que um galho estava arqueado na direção da janela; sem dúvida uma brisa mais forte instigaria os seus avanços. No topo, o telhado se inclinava cada vez mais para o alto até chegar a uma extremidade espiralada, como a ponta de um sorvete de creme em uma casquinha. Havia um globo grande de vidro apoiado nela.

Os degraus que levavam até a porta da frente eram compridos, tão compridos que, se alguém ficasse no meio deles, os corrimãos estariam inacessíveis. Subi pelo lado direito, deslizando a mão ao longo do corrimão, até entrar uma farpa na minha palma. Ergui a mão e examinei a lasca de madeira entre a linha do coração e a linha da cabeça. Apertei a madeira exposta e puxei; minha mão se contraiu em volta da ferida, que não sangrou. Subi os últimos degraus até o pórtico.

Hesitei diante da entrada opulenta, com certa aversão pelo modo como a madeira se retorcia em gavinhas orgânicas onde as portas se encontravam, como um polvo colocando os tentáculos para fora ao sair de um esconderijo. Minha esposa sempre me importunou pelos meus sentimentos e sensações, as coisas que eu amava ou odiava de imediato por razões que precisavam de meses de consideração para serem articuladas. Hesitei por uns bons dez minutos na escadaria até a porta ser aberta por um homem bonito usando mocassins. Ele parecia surpreso em me ver.

"Olá", disse o homem. Ele soava como alguém que bebia e possivelmente um homossexual. Gostei dele de imediato. "Você vai... entrar?" Ele deu um passo para o lado e quase desapareceu atrás da porta.

"Eu... sim", respondi, atravessando a soleira. Disse o meu nome ao homem.

"Ah, sim! Acho que..." Ele se virou para o espaço vazio às suas costas. "Acho que a gente pensou que você chegaria amanhã, não? Talvez tenha sido uma falha de comunicação."

Era possível ouvir um alvoroço da entrada da sala adjacente e percebi que ele estava falando com um trio de mulheres que estavam fora de vista: uma mulher magra e pálida num vestido sem forma cuja estampa em fractal criava dezenas de buracos espiralados em seu torso que me causaram ansiedade na mesma hora; uma mulher alta com *dreadlocks* enrolados no alto da cabeça e um sorriso generoso; e uma terceira mulher que reconheci, embora eu também tivesse certeza de que jamais a tinha visto antes.

A mulher com o vestido causador de ansiedade se apresentou como Lydia, uma "poetisa-compositora". Seus pés estavam descalços e sujos, como se ela estivesse tentando provar a todos que era uma boêmia incorrigível. A mulher alta disse que se chamava Anele e que era fotógrafa. A mulher que reconheci e não reconheci disse que se chamava um nome que esqueci imediatamente. Não quero dizer que eu não estava prestando atenção; ela disse o seu nome e no momento em que a minha mente se fechou em volta dele, o nome me escapou como mercúrio por entre os dedos.

"Ela é pintora", disse o homem que abrira a porta. Ele se chamava Benjamin e disse que era escultor.

"Por que vocês não estão nos seus ateliês?", perguntei, me arrependendo da pergunta imprudente assim que ela saiu da minha boca.

"Tédio de meio-dia", disse Anele.

"Tédio de meio da residência", esclareceu Lydia. "Os mais sociáveis dentre nós", ela gesticulou para as pessoas à sua volta, "às vezes almoçam aqui no salão principal, para não enlouquecermos."

"Acabamos de almoçar", disse Benjamin. "Eu estava voltando para o meu ateliê. Mas, se se você enfiar a cabeça na cozinha, ainda pode pegar a Edna e ela pode preparar algo para você comer."

"Eu levo você até lá", disse Anele. Ela passou o braço pelo meu e me levou para longe dos outros.

Ao atravessarmos o vestíbulo, senti uma nova onda de medo com relação à mulher cujo nome eu parecia não ser capaz de guardar. "A pintora…", falei, esperando que Anele fornecesse as informações relevantes.

"Sim?"

"Ela é… adorável."

"Ela é adorável", concordou Anele. Ela empurrou uma porta dupla. "Edna!"

Uma mulher magra estava curvada sobre a pia, onde parecia estar olhando para as suas profundezas ensaboadas. Ela se empertigou e olhou para mim. O seu cabelo era de um ruivo flamejante e estava amarrado atrás da cabeça com uma fita de veludo negro.

"Ah!", disse ela, ao me ver. "Você chegou!"

"Che… cheguei", confirmei.

"O meu nome é Edna", disse ela. "Sou a diretora da residência." Ela tirou as luvas amarelas de borracha e estendeu uma mão, que apertei. Estava fria e úmida, como uma esponja recém-espremida. "Você está adiantada", continuou Edna. "Um dia inteiro."

"Devo ter lido errado a minha carta", sussurrei. Fiquei vermelha de vergonha e eu podia ouvir a risada suave de minha esposa com a minha aflição completamente à mostra.

"Tudo bem", disse ela. "Não tem problema. Eu a levo até o seu quarto. A sua cama pode estar sem lençóis…"

De volta ao vestíbulo, Benjamin estava de pé no meio de todas as minhas coisas – minhas malas, o cesto, até mesmo a mochila de suprimentos de emergência do meu carro, que não deveria sair do porta-malas.

"Eu deixei o meu carro destrancado?", perguntei.

"Por que você o trancaria aqui?", perguntou ele animado. "Vamos lá." Ele se abaixou e ergueu as minhas malas. Eu peguei o cesto. Edna se curvou na direção da mochila, mas eu disse, "Não precisa", e ela levantou de novo. Subimos a escada.

Acordei depois do pôr do sol, quando os últimos resquícios de luz estavam desaparecendo do céu. Me senti desorientada, como uma criança que adormeceu em uma festa e acordou vestida em um quarto de hóspedes. Estendi a mão por instinto procurando minha esposa e encontrei apenas lençóis de muitos fios e um travesseiro perfeitamente afofado.

Me sentei. O papel de parede era escuro e com desenhos de hortênsias. Eu podia ouvir sons vindos do térreo: murmúrios, o beijo entre prataria e porcelana. Minha boca estava com um gosto horrível e minha bexiga cheia. Se eu podia me sentar, eu podia usar a privada. Se eu usasse a privada, eu poderia então ligar a luz. Se eu ligasse a luz, eu poderia localizar o enxaguante bucal na minha mala e me livrar daquela sensação de mofo. Se eu pudesse me livrar da sensação de mofo, eu poderia descer e jantar com os outros.

Ao tirar uma perna da cama, tive uma visão monstruosa de uma mão saindo debaixo da saia da cama, agarrando o meu tornozelo e me arrastando para baixo enquanto o som de conversas animadas na sala de jantar abafava os meus gritos horrorizados, mas passou. Coloquei a outra perna no chão, me levantei e fui aos tropeços até o banheiro no escuro.

Enquanto esvaziava minha bexiga, pensei no meu romance, ou no que existia dele – isto é, pilhas de anotações e papéis enfiados em um caderno. Pensei bastante em Lucille e em seus dilemas. Eram muitos.

Desci, com o resíduo do enxaguante bucal ardendo entre os meus dentes. Uma longa mesa de madeira escura – talvez cerejeira, ou castanheira; de qualquer forma, estava manchada com um tom escarlate forte – estava posta para sete pessoas. Meus colegas residentes estavam aglomerados nos cantos da sala, batendo papo e segurando taças de vinho.

Benjamin chamou o meu nome e gesticulou na minha direção com a sua taça. Anele ergueu os olhos e sorriu. Lydia permaneceu conversando com um homem esbelto e bonito cujos dedos estavam manchados com algo escuro – tinta, imaginei. Ele sorriu timidamente para mim, mas não disse nada.

Benjamin me entregou uma taça de vinho tinto antes que eu pudesse dizer que não bebo.

"Obrigada", falei, em vez de "Não, obrigada". Ouvi a voz afetuosa da minha esposa como se ela estivesse ao meu lado, sussurrando no meu ouvido. *Entre no clima.* Eu acreditava que minha esposa me amava como eu era, mas também tinha certeza de que ela amaria ainda mais uma versão mais relaxada de mim.

"Já se acomodou?", perguntou Benjamin. "Ou estava descansando?"

"Descansando", respondi, e tomei um gole do vinho. Ficou azedo misturado com a hortelã e engoli depressa. "Acho que fiquei cansada da viagem."

"Aquela viagem é horrível, não importa de onde você vem", concordou Anele.

A porta da cozinha se abriu e Edna apareceu, carregando uma travessa de pernil fatiado. Ela colocou a comida na mesa e, aproveitando a deixa, todos interromperam as suas conversas e começaram a se reunir em volta de suas cadeiras.

"Já se acomodou?", perguntou Edna.

Fiz que sim com a cabeça. Nos sentamos. O homem de dedos manchados estendeu a mão por cima da mesa e apertou minha mão de leve.

"Meu nome é Diego."

"Como vai o trabalho de vocês?", perguntou Lydia.

Todas as cabeças se abaixaram como que para evitar ter de responder. Peguei um pedaço de pernil, uma colher de batatas.

"Vou sair amanhã de manhã e volto no fim da semana", disse Edna. "As comidas estão na geladeira, claro. Alguém precisa de alguma coisa da civilização?"

Vários *nãos* foram ditos ao redor da mesa. Enfiei a mão no bolso de trás e tirei uma carta já com selo, endereçada e escrita para ser enviada à minha esposa, confirmando que eu havia chegado bem. "Pode colocar no correio pra mim?", perguntei. Edna assentiu e levou a carta para a sua bolsa no saguão.

Lydia mastigava de boca aberta. Ela desencavou algo do meio de seus molares – uma cartilagem –, passou a língua pelos dentes e tomou outro gole de vinho.

Benjamin encheu minha taça de novo. Não me lembro de ter terminado a primeira, mas de alguma forma terminei. Meus dentes pareciam macios nas gengivas, como se tivessem sido cobertos com veludo.

Todos começaram a falar daquele jeito solto e mole que o vinho encoraja. Descobri que Diego era um ilustrador profissional de livros infantis e que atualmente estava trabalhando em uma *graphic novel*. Ele disse que era da Espanha, embora tivesse vivido na África do Sul e nos Estados Unidos a maior parte de sua vida adulta. Depois ele flertou um pouco com Lydia, o que fez com que os dois caíssem no meu conceito. Anele contou uma história engraçada sobre um encontro embaraçoso com um romancista premiado cujo nome não reconheci. Benjamin descreveu a sua escultura mais recente: Ícaro com asas feitas de cacos de vidro. Lydia disse que passara o dia inteiro "batendo no piano". "Não incomodei nenhum de vocês, não é?", perguntou ela numa voz que sugeria que não dava a mínima se tinha incomodado ou não. Ela continuou explicando que estava compondo uma "canção-poema" e que atualmente estava na parte da "canção" do processo.

Edna lhe assegurou que as paredes eram à prova de som. Era possível ser assassinada lá dentro que ninguém jamais saberia.

Lydia se inclinou na minha direção com uma expressão de extrema satisfação. "Sabe do que os ricaços costumavam chamar este lugar antes de perdê-lo?"

"Boca do Anjo", respondi. "Eu fui bandeirante quando era pequena e vinha aqui todos os anos. Sempre me lembro de ver a placa."

"Boca do Anjo!", disse ela meio que gritando, como se eu não tivesse falado. Ela bateu na mesa e gargalhou alto. Os seus dentes pareciam podres – manchados de cor de ameixa. Eu a odiava, percebi, tendo um sobressalto. Nunca odiei ninguém antes. Pessoas sem dúvida já haviam me incomodado, me fizeram desejar poder sumir num piscar de olhos, mas o ódio era uma sensação nova e ácida. Dava raiva. Além disso, eu estava bêbada.

"O que se faz num acampamento de bandeirantes?", perguntou Benjamin. "Nadam, fazem trilhas?"

"Trepam umas com as outras?", sugeriu Diego. Lydia deu um tapinha no braço dele.

Tomei um gole de vinho, do qual eu não podia mais sentir o gosto. "Fazíamos artesanato e ganhávamos medalhas. Cozinhávamos sobre uma fogueira. Contávamos histórias." Essa tinha sido a minha parte favorita. "Geralmente íamos lá no outono, então era frio demais para nadar. Mas a gente caminhava pela margem e às vezes brincava de propor desafios uns para os outros."

"É por isso que você está fazendo esta residência em particular?", perguntou Anele. "Porque você conhece a área?"

"Não", respondi. "É só uma coincidência." Larguei a minha taça e quase errei a mesa.

Então Lydia soltou aquela gargalhada medonha. O rosto de Diego estava enfiado nos cabelos longos dela, sussurrando alguma observação secreta em seu ouvido. Ela olhou para mim e gargalhou de novo. Corei e me ocupei com a minha comida.

Anele terminou o seu vinho e colocou uma mão sobre a boca da taça quando Diego ergueu a garrafa. Ela se virou para mim. "Estou trabalhando em um projeto que chamo de *Os artistas* enquanto estou aqui", disse ela. "Estaria disposta a passar uma tarde fazendo uma sessão de retratos comigo? Sem pressão, é claro."

A pressão parecia real, mas eu estava letárgica e também já havia gostado de Anele do jeito que eu gostava de algumas pessoas – ela parecia extremamente bem intencionada e, não dava para negar, era linda. Notei que ela estava me olhando esperançosa e percebi que eu estava sorrindo por nenhum motivo aparente. Esfreguei o meu rosto entorpecido com as mãos.

"Com o maior prazer", falei, mordendo a minha bochecha por dentro. Minha boca ficou com gosto de metal.

Na manhã seguinte, um frio havia descido sobre as Montanhas P—— e o terreno visto da janela da cozinha estava coberto de neblina.

"Você bebe café?", perguntou Anele atrás de mim. Eu mal havia assentido e ela já colocou na minha mão uma caneca quente e pesada, de onde beberiquei sem examiná-la.

"Posso caminhar com você até os ateliês", disse ela. "Sem problema algum. É difícil de chegar lá se você não conhece o caminho, mesmo quando tudo não está tomado de neblina. Dormiu bem?"

Balancei de novo a cabeça. Um animalzinho no meu cérebro se mexeu com vontade – para usar palavras e agradecer Anele por suas muitas gentilezas –, mas eu não conseguia tirar os olhos da brancura do outro lado da janela, do modo como ela apagava tudo com facilidade.

Quando a porta da frente se fechou atrás de nós, dei um pulo. Dos degraus, era possível ver vagamente as silhuetas de árvores, pelas quais tínhamos que passar para chegar à margem do lago. Anele partiu na direção delas e encontrou o caminho. Ela saltou sem dificuldade sobre um tronco caído e desviou de cogumelos grossos e lustrosos. Em determinado momento passamos por um banco branco e estreito, cujo formato e dimensões sugeriam que não era feito para descanso. Sem se virar, Anele gesticulou na direção do banco. "Só como referência, o banco fica mais ou menos no meio do caminho entre o lago e o hotel."

Quando deixamos as árvores para trás, avistei os contornos tênues de construções. Uma se erguia diretamente à minha frente. Parei de seguir Anele pela primeira vez e fui na direção da construção, esperando que ficasse mais nítida com a proximidade.

"Meu Deus!" Anele agarrou a alça da minha mochila e me puxou para trás. "Tome cuidado. Você quase entrou no lago." O ar era como leite diante de mim – não havia nenhuma construção à vista.

Ela apontou para a direita, para uma série de degraus que subiam para as sombras. "Aqui é você. Pomba, certo?"

"Sim", respondi enfática. "Obrigada por me mostrar o caminho."

"Tome cuidado", disse Anele. "E se você precisar voltar..." Ela apontou para a direção de onde viemos. Uma esfera de luz reluziu, mesmo em meio à neblina. "Aquele é o hotel. Aquela luz é ligada à noite e com tempo ruim. Assim você pode sempre encontrar o caminho pra casa. Boa escrita!"

Anele desapareceu na neblina, mas ouvi os seus pés deslocando cascalhos por muito tempo depois que ela foi embora.

A minha cabana era uma construção de tamanho considerável com um escritório que dava para a margem do lago – ou daria, quando a neblina levantasse. Havia até mesmo um pequeno terraço, onde daria para trabalhar em dias sem muito sol ou chuva, ou para relaxar e ficar contemplando a natureza. Apesar da idade, a cabana passava uma firmeza tranquilizadora. Dei a volta nela por fora, agarrando várias junções e grades, sacudindo-as para ver se algo estava apodrecendo ou saía na minha mão como um membro leproso. Tudo parecia sólido.

No interior, havia várias tabuletas em uma prateleira acima da minha escrivaninha. À primeira vista lembravam as tábuas de Moisés, mas quando subi em uma cadeira e as examinei vi que eram listas e mais listas de nomes – alguns nítidos, outros ilegíveis – de residentes anteriores. Os nomes, as datas e as piadas se ligavam como um poema dadaísta.

Solomon Sayer – Autor de ficção. Undine Le Forge, Pintor, 19 de junho–. Ella Smythe "Verão do Amor!" C——

Franzi o cenho. Alguém com o meu nome – outra residente – ocupara aquela cabana, há muito anos. Passei o dedo sobre o meu nome – sobre o nome dela – e depois o esfreguei no meu jeans.

Um termo curioso, *residente*. À primeira vista parecia casual, como uma pedra, mas, se você a virasse de ponta-cabeça, ela fervilhava de vida. Uma residente vivia em algum lugar. Uma pessoa era residente de uma cidade ou de uma casa. Ali, a pessoa era residente daquele espaço, sim – na verdade, não, é claro; a pessoa era uma visitante, mas enquanto *visitante* sugere uma partida quando a noite acaba e dirigir escuridão adentro, *residente* significa que a pessoa instalou a sua chaleira elétrica e ficará por algum tempo –, mas também que se era residente de seus próprios pensamentos. Era preciso encontrá-los, ter consciência deles, mas, uma vez localizados os pensamentos, não era preciso ir embora.

Uma carta em cima da minha escrivaninha me dava as boas-vindas à Cabana da Pomba e me encorajava a acrescentar o meu nome à tabuleta mais nova. Da minha escrivaninha eu podia ver metade da minha varanda, e então a opacidade da neblina consumia o parapeito e tudo para além dele.

Tirei as coisas da mochila e coloquei o meu caderno ao lado do computador, onde ele zuniu com propósito. O romance. O *meu* romance.

Comecei a trabalhar. Decidi esboçar o meu romance em fichas, pois seria fácil movê-las de um lado para o outro. A parede inteira era feita de placas de cortiça, então prendi as fichas com tachinhas em um quadrado, fixando os dilemas e triunfos de Lucille de um jeito que pudessem ser manipulados com facilidade.

Uma centopeia se arrastou pela parede e a matei com a ficha que *dizia* "Lucille percebe que sua infância inteira foi uma terrível mentira, da primeira à última frase". Suas pernas ainda se mexiam depois que pintei o gesso com suas entranhas. Fiz uma nova ficha e joguei aquela fora. A que dizia "Lucille descobre sua sexualidade na beira de um lago no outono" estava presa no meio, que era onde a minha trama parava de repente. Passei os olhos pelas fichas. "Baxter escapa e é atropelado por um carro. A namorada de Lucille termina com ela porque ela é 'difícil em festas'. Lucille se inscreve no festival de arte." Me senti satisfeita com o meu progresso, apesar de estar um pouco preocupada por não ter certeza absoluta de como eu iria maximizar o sofrimento de Lucille. Perder o grande prêmio do festival de arte provavelmente não era suficiente. Preparei uma xícara de chá e me sentei, onde permaneci olhando para as fichas até a hora do jantar.

Acordei pouco antes do amanhecer com um gosto de sabão em volta dos meus molares. O meu corpo caiu da cama. Caí de joelhos diante da privada, ainda afastando os resquícios de sonhos quando um arroto quente anunciou o que estava por vir.

Já passei mal antes, mas nunca assim. Vomitei tão forte que arranquei o assento da privada das dobradiças com um estalo terrível e apoiei a cabeça no ladrilho gelado até ele parecer limpo e a melhor das coisas. Me sentei de novo e ainda mais coisas, impossivelmente mais coisas brotaram do meu corpo. Me arrastei para dentro da banheira para me resfriar. Quando ergui a cabeça e olhei para o chuveiro nos segundos antes de ele botar para fora um alívio gélido, ele estava escuro e com cal calcificada em volta do bocal, como a boca parasítica de uma lampreia. Vomitei de novo. Quando tive certeza de que não havia mais nada dentro de mim, me arrastei de volta para a cama, onde puxei um edredom pesado sobre o meu corpo e me encolhi dentro de mim mesma.

A minha doença continuou por algum tempo. A minha febre ficou mais alta e o ar à minha volta tremeluzia como calor no asfalto. Pensei comigo mesma que devia ir para um hospital, que minha mente, assim como o resto do meu corpo, estava cozinhando, mas o pensamento era um graveto sendo levado pelo dilúvio de Noé. Eu estava morrendo de frio e afundei debaixo dos cobertores; eu estava assando viva e nua, o suor se cristalizava na minha pele. No pior momento, estendi o braço até o outro lado da cama para sentir os contornos do meu próprio rosto. Creio que gritei por minha esposa muitas vezes, se bem que nunca saberei o quão alto (ou se de fato gritei). Acho que choveu, porque do lado de fora da janela algo molhado batia em ondas contra o vidro. No auge da minha febre, acreditei que aquele era o som da maré e que eu estava afundando no mar, sumindo de vista do calor, da luz e do ar. Eu estava com sede, mas quando tentei beber água na palma da minha mão vomitei de novo, meus músculos doendo pelo esforço. Estou morrendo, pensei comigo mesma, e era isso.

Acordei com os primeiros raios da manhã, com uma pessoa batendo de leve na minha porta, chamando o meu nome. Anele.

"Você está bem?", perguntou ela através da madeira. "Estamos muito preocupados com você. Você perdeu o jantar duas noites seguidas."

Eu não podia me mexer. "Entre", falei.

A porta se abriu e ouvi Anele arquejar de repente. Mais tarde compreendi o que causara isso: o quarto estava quente e rançoso. Cheirava a febre e suor azedo, a vômito e choro.

"Estou doente", falei.

Ela se aproximou da cama, o que achei gentil, levando em consideração as nuances do contágio. "Você... quer que eu chame a Edna?", perguntou Anele.

"Eu agradeceria se você pudesse me trazer um copo d'água", falei.

A sensação era de que ela tinha se dissolvido, mas Anele voltou com um copo. Tomei um gole, mas pela primeira vez em dias o meu estômago não se moveu, a não ser para roncar de fome. Bebi toda a água e, apesar de não ter matado minha sede, senti minha humanidade retornando para dentro de mim.

"Outro, por favor", falei, e ela encheu de novo o copo.

Terminei de beber e me senti renovada.

"Não precisa chamar a Edna", falei.

"Se você tem certeza", disse Anele. "Me avisa se precisar de algo?"

"Chegou alguma correspondência pra mim?", perguntei. Uma carta da minha esposa seria reconfortante.

"Não, nada."

Comecei a escrever naquela tarde. Minhas pernas estavam bambas e eu tinha uma sensação estranha de algo arranhando o meu peito, mas escrevi em espaços curtos de tempo e no geral me senti bem. A Pintora veio até a minha cabana e bateu na porta. Levei um susto com a intrusão, mas ela disse algo e me ofereceu uma caixinha de remédios. Não tentei pegar a caixa. O que era que a minha mente mantinha afastado de mim quando eu esquecia as palavras dela?

Ela disse mais alguma coisa e sacudiu de novo a caixa na minha frente. Aceitei os remédios. Então ela estendeu a mão e tocou o meu rosto; me retraí, mas os seus dedos estavam frios e secos. Ela desceu a escada e foi até a beira do lago, onde se abaixou, pegou algo na grama e jogou na água.

Tirei um dos comprimidos da cartela e o examinei. Era alongado, sem número ou letra, e tinha uma cor laranja-avermelhada, mas também um pouco de púrpura e azul, e verde se o virasse, e se o erguesse contra a luz ficava branco feito uma aspirina. Joguei a caixa no lixo e os comprimidos na privada; eles boiaram na água feito girinos antes de desaparecerem de vista quando dei a descarga.

Como eu me sentia mais forte, comecei a fazer caminhadas em volta do lago. Ele era maior do que parecia e mesmo quando eu caminhava por uma hora eu cobria apenas uma fração do seu perímetro. No terceiro dia desses percursos, caminhei por duas horas e descobri uma praia com uma canoa parcialmente afundada à deriva na maré. Os movimentos suaves da água faziam a canoa oscilar levemente, me lembrando do modo como as copas das árvores balançavam ao vento durante o acampamento. *Tum-tum-tum-tum.*

O acampamento de bandeirantes da minha juventude também ficava em um lago. Podia ser do outro lado desse mesmo lago? Se eu caminhasse bastante por muito tempo eu chegaria àquela doca onde as minhas próprias predileções se consolidaram e foram zombadas naquela noite fresca de outono? Eu localizaria aquele romântico e terrível lugar idílico? A ideia não me ocorrera antes – sempre supus que era outro lago, aqui nas montanhas –, mas o ritmo da água e a lembrança das árvores pareciam confirmar que eu havia retornado a um lugar do meu passado.

Foi então que me lembrei de que uma vez fiquei doente em um acampamento. Como eu tinha esquecido? Aquele era o prazer inaudito da residência: a permissão súbita de uma lembrança lhe vir à mente. Me lembrei de uma das líderes tirando a minha temperatura e estalando a língua ao ver o número. Me lembrei de uma sensação de desespero. Ali na praia, o desespero parecia nítido, como se eu estivesse procurando pelo seu sinal durante décadas e só agora ficara ao alcance de uma torre de celular.

Caminhei um pouco mais adiante e notei algo vermelho nas pedras da praia. Me ajoelhei e peguei uma pequena conta de vidro. Parecia ter vindo da pulseira de um campista. Talvez tivesse estado na água por muito tempo e tenha sido levada para aquela praia só para mim.

Coloquei a conta no bolso e voltei para a minha cabana.

Naquela noite, quando me despi para dormir, notei uma bolota no lado de dentro da minha coxa. Eu a apertei. Uma dor intensa percorreu a minha perna e, quando passou, percebi que a bolota era macia, como se estivesse cheia de líquido ou gelatina. Senti os dedos formigarem com o desejo de espremê-la, mas resisti. Porém, no dia seguinte, havia outra, e depois mais outra. Estavam aglomeradas nas minhas coxas, brotavam debaixo dos meus seios. Fiquei alarmada. Talvez houvesse algum tipo de inseto no lugar que eu não conhecia – não carrapatos ou mosquitos. Algum tipo de aranha venenosa? Mas pensei em como eu dormia e com que tipo de roupa e não pude imaginar como fui mordida. As bolotas não coçavam, mas elas davam a sensação de estarem cheias, e eu me sentia cheia, como se eu precisasse me esvaziar.

Me sentei na beirada da banheira, esquentando um alfinete com um isqueiro. O metal escureceu levemente, soprei o cabo e encostei o dedo para ver o quanto estava quente. Satisfeita por ele estar frio e esterilizado, enfiei o alfinete na pústula original. Ela resistiu por pouco tempo – uma fração de segundo de punhos se debatendo antes de cederem – e então se esvaziou. Um membro de pus e sangue subiu pelo cabo do alfinete antes de cair com o próprio peso e escorrer pela minha perna como uma menstruação sem absorvente. Encharquei metade de um rolo de papel higiênico – papel higiênico barato, mas mesmo assim... – com o meu sangue, estourando uma após a outra. Me senti agradavelmente dolorida depois, mas purificada. Cobri cada uma com um pouco de pomada e uma gaze fina.

Anele veio até a minha cabana num fim de tarde para cobrar a sua sessão prometida de retratos. Ela parecia suada e triunfante, e alças de bolsas grandes de câmeras estavam atravessadas no seu torso. Olhei atrás dela e vi nuvens escuras ao longe. Uma tempestade?

"Ainda está longe", disse ela, como se lesse a minha mente. "Pelo menos algumas horas. Isso não vai demorar muito, prometo." Andamos de volta na direção do hotel e então seguimos para uma campina cerca de oitocentos metros dali. O mato ficava cada vez mais alto até uma hora bater nas nossas cinturas, e mais de uma vez me abaixei para coçar a coxa e a panturrilha com a palma das minhas mãos, para evitar mordidas de carrapatos. Na terceira vez que fiz isso, me levantei e notei que Anele havia parado e que estava me observando. Ela sorriu e então continuou a caminhar.

"Você gostava de ser bandeirante?", perguntou ela. "Por quanto tempo foi?"

"De Brownies até Seniors. Quase toda a minha infância e adolescência." A palavra *Brownies* saiu da minha boca como algo nauseante, rançoso, e cuspi no chão.

"Você não parece uma bandeirante", disse ela.

"Como assim?", perguntei.

"É que você parece muito... etérea. Acho que penso em bandeirantes como sendo cheias de energia e acostumadas ao ar livre."

"É possível ser as duas coisas." Parei e olhei para as minhas pernas, onde a ponta de um Band-Aid estava saindo do meu short. Anele não parara de caminhar e corri para alcançá-la. O mato terminou de repente e nos encontramos diante de um olmo enorme. Na frente do tronco havia uma cadeira de ferro batido, pintada de branco.

"Ah, na hora certa", disse Anele. "A luz." Eu não era fotógrafa – nunca profissionalizei as minhas observações visuais, somente as minhas teorias, problemas de perspectiva e impulsos narrativos –, mas ela não precisava explicar mais. O sol estava baixo e tudo estava banhado em uma luz cor de mel, inclusive a minha pele. Atrás da árvore, a tempestade iminente escurecia o céu. Se estivéssemos indo de carro na direção da tempestade, uma fotografia do espelho retrovisor lateral mostraria luz no passado e escuridão no futuro.

Anele me entregou um lençol branco.

"Pode vestir isso?", perguntou ela. "Só isso. Apenas enrole no corpo, do jeito que você se sentir confortável." Ela deu meia-volta e começou a preparar a câmera. "Me fale sobre as Brownies."

"Ah. As Brownies eram garotinhas. Com idade de jardim de infância. O nome vem daqueles pequenos elfos domésticos que supostamente viviam na casa das pessoas e trabalhavam em troca de presentes. Existe toda uma história sobre um irmão e uma irmã levados que sempre queriam brincar, mas nunca queriam ajudar o pai a limpar a casa." Desabotoei a blusa e soltei o sutiã. "Então a vó diz para irem consultar essa velha coruja que vivia por perto sobre esses diabretes. E apesar de tecnicamente ela contar isso para as duas crianças, é a garotinha que vai encontrar a coruja..."

Enrolei o lençol com firmeza em volta do peito, como uma namorada recatada em um programa de televisão exibido antes da meia-noite. "Estou pronta", falei.

Anele se virou. Ela se aproximou e começou a mexer no meu cabelo. "Ela encontra a coruja?"

Tentei franzir um pouco a testa, mas Anele estava passando um batom na minha boca, duro como um polegar. "Sim", respondi.

"Ela encontra. A coruja lhe conta uma charada para encontrar o Brownie."

"Droga", murmurou ela. Anele esfregou o contorno da minha boca, deslizando o dedo pela cera cosmética. "Desculpa, passei da beira do seu lábio." Ela começou a aplicar o batom de novo. "Qual é a charada do Brownie?"

Senti o chão se abrir abaixo de mim e por um segundo muito breve tive certeza de que o raio distante havia me acertado, como o dedo de um deus.

"Não me lembro", sussurrei. Anele tirou os olhos da minha boca e me encarou por um longo segundo antes de girar e fechar o bastão.

"Você é muito bonita", disse ela, embora fosse difícil dizer se a voz dela era de admiração ou meramente tranquilizadora. Ela me fez sentar na cadeira e voltou para a câmera. Minha pele reluzia pelo calor e um mosquito passou zunindo pelo meu ouvido e me picou antes que eu pudesse espantá-lo. Notei pela primeira vez a câmera, que ela deve ter montado enquanto eu me trocava. Parecia antiquada; a impressão era que Anele ia se curvar e cobrir a cabeça com um pano pesado e tirar a foto apertando um botão na ponta de um cordão. Eu não sabia que ainda existiam câmeras assim.

Anele me viu olhando. "É chamada de câmera de grande formato. O negativo tem mais ou menos o tamanho da sua mão." Ela ergueu o meu queixo.

"Agora o que preciso que você faça é cair."

"Perdão?", perguntei. Senti a vibração de um trovão pelo corpo da cadeira. Eu tinha certeza de que esse detalhe não estava no seu pedido original.

"Preciso que você caia da cadeira", disse ela. "Qualquer que seja o jeito que você caia, permaneça na posição. Mantenha os olhos abertos e o corpo imóvel."

"Eu..."

"Quanto mais depressa fizermos isso, menor vai ser a chance de tomarmos chuva", disse Anele, sua voz firme e amigável. Ela deu um sorriso largo e desapareceu por trás do pano da câmera.

Hesitei. Olhei para o chão. A grama estava brilhando com a luz do pôr do sol, mas eu podia ver a terra e pedras. Eu não queria me machucar. Para falar a verdade, eu não queria nem me sujar.

Anele saiu debaixo do pano. "Está tudo bem?", perguntou.

Olhei para o rosto dela e depois para o chão. Me joguei para o lado.

As surpresas vieram todas de uma vez: primeiro, a terra não era tão dura quanto eu imaginara; ela cedeu como se fosse argila. O sol, que estivera escondido atrás do corpo de Anele, agora estava descoberto e brilhava por entre suas pernas como uma súplica mítica. Ouvi o clique seco do obturador, o som de algum inseto mordendo. Surgiu então um raio, distinto, dispersando-se pelo céu e sobre o hotel distante. Tantos presságios. Me senti estranhamente contente ali, no chão, como se pudesse ficar naquele lugar durante horas, escutando as cigarras e observando a luz mudar e depois desaparecer.

E então Anele estava se ajoelhando na minha frente e me ajudando a levantar. "Temos que correr, temos que correr!", gritou ela, e se eu estava sentindo alguma raiva ou estranheza, o sentimento foi esmagado debaixo daquele apelo juvenil. Ela me jogou as minhas roupas e desmontou a câmera. Naquele momento o que restava do calor do dia desapareceu, como se tivesse sido sugado por um ralo, substituído pelo frio da chuva imediata. Anele começou a correr e eu a segui, agarrando as minhas roupas junto ao peito, o lençol esvoaçando atrás de mim. Me senti leve, etérea. Gargalhei. Não olhei para trás para ver o céu, mas eu podia visualizá-lo nitidamente como se tivesse olhado: nuvens se assomando sobre nós como homens num bar, sufocantes, e nós rindo sem parar, juntas. Ouvi a chuva, o som de algo se rasgando e subimos até o pórtico em questão de segundos. Quando me virei, as árvores distantes, o céu e até mesmo os nossos carros haviam sido obliterados visualmente pelo aguaceiro. Eu estava encharcada. O lençol agora estava imundo, sujo, meio translúcido e grudado em mim como uma camisinha. Me senti alegre, mais feliz do que me sentia há meses. Talvez há anos.

Aquilo era amizade? Era assim que as coisas deveriam ser? Era essa a sensação, de que eu havia topado extasiada com a felicidade, e tudo parecia bem e correto. Anele estava linda, com o fôlego quase intacto. Ela sorriu para mim. "Obrigada pela ajuda", disse ela, e desapareceu dentro do hotel.

Fiz algum progresso com o meu romance. Descobri que as fichas atrasavam o meu processo, de modo que simplesmente sentei diante do computador e escrevi até sair do meu transe. Às vezes eu sentava na varanda e dava entrevistas imaginárias a personalidades da NPR.

"Quando escrevo, sinto como se estivesse hipnotizada", contei a Terry Gross.

"Foi naquele momento que eu soube que tudo iria mudar", contei a Ira Glass.

"Coisas em conserva e camarão", contei a Lynne Rossetto Kasper.

De vez em quando eu cruzava com os outros durante o café da manhã. Certa manhã, Diego me contou sobre os compromissos sociais do dia anterior – que eu ignorara em favor dos compromissos sociais de Lucille próximos do clímax do meu romance – e nisso ele disse uma palavra curiosa: *colono*.

"Colono?", perguntei.

"Estamos em uma colônia de artistas", disse ele. "Então somos colonos, certo? Como Colombo." Ele terminou o seu suco de laranja e levantou da mesa.

Imagino que a intenção dele era ser engraçado, mas fiquei horrorizada. *Residente* parecia um termo tão rico e apropriado, um bastão que eu carregaria a vida toda com o maior prazer. Mas agora a palavra *colono* se acomodou ao meu lado, com dentes. O que estávamos colonizando? O espaço um do outro? A mata? Nossas próprias mentes? Esse último pensamento era preocupante, embora não fosse muito diferente da minha concepção de poder ser uma residente na minha própria mente. *Residente* sugere uma escotilha diante do seu cérebro, aberta para tornar a introspecção possível e, ao entrar, você se depara com objetos que havia esquecido. "Eu me lembro disso!", você pode dizer, erguendo um pequeno sapo de madeira, ou uma boneca de pano molenga sem rosto, ou um livro ilustrado cujas impressões sensoriais tomam conta de você novamente ao virar as páginas – um cogumelo com um pedaço faltando no seu chapéu; um monte de folhas brilhantes de outono levadas pelo vento; uma brisa de verão dançando com as flores. Por sua vez, *colono* soa monstruoso, como se você tivesse aberto com um chute a escotilha de sua mente e encontrasse lá dentro uma família estranha jantando.

Agora, quando eu trabalhava, eu me sentia estranha perto da entrada para a minha própria interioridade. Eu era apenas uma invasora, trazendo cobertores cheios de varíola e mentiras? Que segredos e mistérios continuavam escondidos lá?

Eu ainda me sentia fraca. Cogitei ter morrido naquele quarto com suas cortinas e puxadores e que aquela curvada sobre o teclado dia após dia era um fantasma que estava preso ao seu trabalho independente dos detalhes insignificantes de seu corpo físico.

Acordei ouvindo gemidos. Eu estava no pé da escada, descalça e de pijama. O meu coque afrouxado estava caído no meu pescoço. Notei os lambris do corredor, o luar entrando pelas janelas ao redor da porta. Há anos eu não tinha um ataque de sonambulismo, e ainda assim ali estava eu, de pé e em outro lugar.

Ouvi o gemido de novo. Eu já tinha ouvido sons como aquele, quando eu era criança e o nosso gato comeu um pão de forma inteiro. Era um som de gula arrependida, de ter chafurdado nossos próprios exageros. Meus pés não fizeram nenhum barulho quando pisei no assoalho duro de madeira.

O corredor estava escuro. O luar atravessava uma janela, entalhando três barras prateadas nas paredes com lambris. No fim do corredor, desci a escada e segui o som na direção da sala de jantar. Da entrada, pude ver Diego deitado de barriga para cima na mesa. Lydia estava montada na pélvis dele, com sua camisola da cor de espuma do mar, erguida em volta do quadril. As solas dos pés dela estavam voltadas para mim, sujas de terra.

Conforme Lydia ondulava, notei pontos enluarados que apareciam e desapareciam debaixo dela, cortados pela escuridão. A minha mente adormecida se revirou uma, depois duas vezes, como um motor querendo pegar no tranco, e então despertou. Diego agarrava o quadril dela para puxá-la sobre si e depois a empurrava. O ritmo era orgânico, como vento passando sobre a água.

Parecia que não haviam me notado. Lydia estava de costas para mim e os olhos de Diego estavam fechados com força, como se abri-los fosse deixar escapar um pouco do seu prazer.

O luar estava intenso, iluminando detalhes que pareciam impossíveis: a esbelteza dele, o tecido fino que cercava a carne dela como uma aura. Eu sabia que devia me mexer – eu devia voltar para o meu quarto, talvez apagar essa onda crescente de prazer e horror e então dormir –, mas não conseguia. O sexo deles parecia não ter fim, mas aparentemente nenhum dos dois estava perto do orgasmo, apenas trepavam com um ritmo de consistência impossível.

Eu os deixei ali depois de algum tempo. De volta ao meu quarto, eu me masturbei – quanto tempo fazia! – e minha cabeça virou pura estática. Pensei na minha esposa, no tom escuro de seus mamilos, na sua boca aberta e nos sons que saíam dela.

A neblina retornou no dia seguinte. Quando acordei, ela pairava na minha janela aberta, como um espírito solícito com algo para me contar. Fechei a janela com tanta força que a armação balançou. Me sentia desorientada por causa da noite anterior. Eu devia falar alguma coisa para eles? Talvez pedir que fossem mais discretos? Ou talvez a minha observação inadvertida fosse apenas problema meu e não deles? Na cozinha, Lydia estava passando café, mas não a olhei nos olhos.

Tentei me concentrar bastante quando voltei para a minha cabana. Fui para a sacada e apertei os olhos para ver o lago, mas não consegui. Exausta pelo clima, me deitei no chão. Daquela posição, o quarto mudava completamente. Me senti presa ao teto por uma força equivalente à gravidade, embora oposta, e dali eu podia ver os espaços ocultos debaixo dos móveis: um ninho de camundongo, a ficha de um estranho, um botão branco feito osso dobrado no meio.

Me lembrei, pela milionésima vez, da ideia de desfamiliarização de Viktor Shklovsky; de se aproximar tanto de algo, e observá-lo tão lentamente, que ele começa a se deformar, e mudar, e adquire novo significado. Quando comecei a experimentar esse fenômeno pela primeira vez, eu era nova demais para compreender o que era; sem dúvida nova demais para consultar uma obra de referência. Na primeira vez, deitei no chão para examinar o pé de metal e borracha da geladeira da minha família, coberto de poeira e cabelo humano, e a partir daquele ponto de referência todos os outros objetos começaram a mudar. O pé, em vez de ser insignificante, um de quatro, etc., de repente se tornou tudo: uma casinha estoica no sopé de uma montanha imensa, de onde eu podia ver uma pequena espiral de fumaça e janelas iluminadas e cintilantes, um lar de onde um herói eventualmente surgiria. Cada marca no pé era uma sacada ou uma porta. Os detritos debaixo da geladeira se tornaram uma paisagem destruída e desolada, os ladrilhos da cozinha, um reino sinuoso à espera da salvação. Foi assim que minha mãe me encontrou: olhando para o pé da geladeira tão intensamente que meus olhos estavam um pouco vesgos, meu corpo, encolhido, meus lábios, se movendo de maneira quase imperceptível. Não vale a pena explicar a segunda vez em detalhes, embora tenha sido o motivo de a filha da Sra. Z—— ter sido transferida da aula de inglês que fazíamos juntas no ensino médio, e na terceira vez – eu já era adulta – acabei compreendendo o que estava fazendo e comecei a fazer de modo mais consciente. Esse processo tem sido útil quando escrevo – na verdade, acredito que qualquer talento que eu tenha venha não de alguma espécie de musa ou espírito criativo, mas da minha capacidade de manipular proporções e o tempo –, mas tem complicado os meus relacionamentos. Ainda é um mistério para mim como consegui me casar com a minha esposa.

...

Terminei a minha meta de trabalho diária muito tempo depois de ter escurecido. A neblina se dissipara por volta do meio-dia e agora tudo estava nítido e evidente. A lua estava quase cheia e se refletia nas ondas do lago, agitado pelo vento. Saí caminhando por entre as árvores, pisando em pedras. Tudo brilhava com uma luz tênue e prateada. Me imaginei como uma gata cuja visão noturna iluminava o que costumava estar escondido. O hotel reluzia ao longe: um farol me guiando para casa.

Porém, naquele momento uma sombra líquida se espalhou pelo caminho à minha frente, mais escura do que a escuridão. Tentei olhar para além dela. Se eu pudesse chegar até o banco, eu poderia chegar ao outro lado das árvores. Mas a opacidade do escuro na mata que levava até esses pontos era horrenda. Segurei a minha bolsa com firmeza no lado do meu corpo.

Você é uma idiota, pensei comigo mesma. *Você tem lido demais e a sua mente está muito fechada. Tem se afogado em lembranças. Sua esposa teria vergonha se soubesse que você chegou a esse ponto.*

Mas eu não conseguia tirar os olhos do banco. A brancura parecia transformada, como se não fosse mais madeira pintada, mas osso. Como se há mil anos alguma criatura tivesse saído do lago e morrido naquele exato local em antecipação à minha chegada. Arbustos negros farfalhavam ao vento ao meu redor e não vi espinhos antes de tocar em um. Ele entrou no meu dedo indicador e chupei o machucado enquanto andava. Talvez aquela oferenda de sangue detivesse o que quer que estivesse por perto. Continuei chupando e então, do outro lado das sombras, o luar reapareceu. Não olhei para trás.

Anele sugeriu certa noite durante o jantar que nos reuníssemos para compartilhar o trabalho que vínhamos fazendo. Hesitei, mas os outros pareceram animados. "Depois do jantar?", sugeriu Lydia. Empurrei meu frango pelo prato, esperando que alguém percebesse o meu desagrado, mas ninguém pareceu notar.

Assim, enquanto fazíamos a digestão, olhamos os desenhos de Diego, vários painéis de um mundo distópico dominado por zumbis sedentos por conhecimento. Depois a Pintora nos levou até o seu ateliê, mas não nos disse nada sobre o seu trabalho. As paredes estavam cobertas do chão até o teto com telas quadradas minúsculas com o mesmo padrão vermelho inquietante pintado em cada uma. Lembravam marcas de mãos, mas tinham um dedo extra e eram pequenas demais para serem mãos humanas. Eu estava muito receosa para examiná-las com mais atenção, para ver se eram tão idênticas quanto pareciam ser.

Quando entramos no ateliê de Benjamin, ele estava varrendo um espaço onde pudéssemos ficar. "Cuidado, tem bastante vidro no chão", disse ele. Permaneci perto da parede. Suas esculturas eram imensas, feitas de argila e cerâmica ou vidraças quebradas. A maioria era figuras míticas, mas também havia uma bonita de um homem nu com um pedaço denteado de vidro entre as pernas. "Eu chamo esta de 'William'", disse Benjamin quando me viu olhando.

No estúdio de Anele, havia as fotografias. "Essa é a minha nova série, *Os artistas*", disse ela. Cada um foi até as suas respectivas imagens, absorvendo-as antes de olhar as do vizinho. Lydia riu, como se estivesse se lembrando de algum sonho alegre de infância. "Adorei", murmurou. "São de poses, mas sem ser de poses."

Cada grupo de fotos havia sido tirado em um lugar diferente da propriedade. Benjamin estava deitado perto do lago, enlameado e amarrado com tiras de linho sujas, sem membros como uma mosca enrolada em teia. Seus olhos estavam abertos, fixos no céu, mas vidrados, refletindo um pássaro. Diego estava atirado na base dos degraus do hotel com o corpo todo retorcido, suas íris escuras estavam inchadas com as pupilas dilatadas. Nas de Lydia, ela estava de pé com o pescoço em um nó corrediço em cima de um toco de árvore e inclinada para a frente, com os braços abertos e um sorriso sereno no rosto. E as minhas, bem...

Anele se aproximou de mim. "O que você acha?", perguntou ela.

Eu não me lembrava daquela tarde com muita clareza – toda a ação que ocorrera antes da nossa corrida aflita pela campina era indistinta, como uma aquarela –, mas ali eu parecia completa e irrevogavelmente morta. O meu corpo estava atirado como o de Diego, como se eu estivesse modestamente sentada na cadeira e tivesse levado um tiro no coração. Várias das minhas gazes estavam visíveis. Meu peito havia saído debaixo do lençol – disso eu não me lembrava – e não havia coisa alguma em meus olhos. Ou ainda pior – havia um *nada*. Não a ausência de algo, mas a presença de um não algo. Tive a sensação de estar vendo uma premonição da minha própria morte, ou uma lembrança terrível esquecida há muito tempo.

Assim como as outras fotos, a composição era linda. As cores estavam perfeitamente saturadas.

Eu não sabia o que dizer a Anele. Que ela sabia perfeitamente bem que traíra a minha confiança, que a nossa bela tarde fora arruinada? Que eu havia sido exposta de um modo que eu não pretendia e que ela devia se sentir culpada por me expor daquela forma, mesmo sendo evidente que ela não se sentia assim? Não consegui olhar para ela. Fui atrás do grupo quando eles foram para o estúdio de Lydia, onde ela tocou algo para nós. Era enfurecedoramente belo, uma canção em vários movimentos que evocavam uma imagem de uma garota aterrorizada sendo expulsa de uma mansão, correndo para dentro de uma floresta e quase morrendo às margens de um rio turbulento e então se transformando em um falcão. Depois ela narrou a parte do "poema", onde uma jovem flutuava pelo espaço e meditava sobre os planetas e sua própria vida antes do acidente que a arrancara de órbita.

Quando foi a minha vez, li com afetação uma passagem breve da cena em que Lucille rejeita o presente de sua antiga professora de piano e depois invade a casa dela para pegá-lo.

"Parada diante das labaredas", concluí, "Lucille percebeu dois terríveis fatos: que a sua infância fora incrivelmente solitária e que a sua velhice possivelmente seria ainda pior".

Todos bateram palmas educadamente e se levantaram. Fomos para a mesa, onde abrimos várias garrafas de vinho.

Lydia encheu a minha taça até a boca. "Você tem receio de que seja a louca no sótão?", perguntou ela.

"O quê?", falei.

"Você tem receio de que esteja escrevendo a história da louca no sótão?"

"Acho que não sei o que você está querendo dizer."

"Você sabe. Aquele velho clichê. Escrever uma história em que a protagonista é completamente doida. É meio cansativa, regressiva e, bem, batida" – aqui ela gesticulou com tanta veemência que algumas gotas de vinho respingaram na toalha –, "não acha? E a lésbica louca, isso também não é um estereótipo? Você pensa nisso? Tipo, eu não sou lésbica, só estou perguntando".

Houve um silêncio palpável. Todos estavam olhando para a sua própria taça atentamente; Diego enfiou o dedo no seu vinho e removeu algum detrito invisível da superfície.

"Ela não é doida ou louca", falei por fim. "Ela é só... ela é só uma personagem nervosa."

"Nunca conheci alguém assim", disse Lydia.

"Ela sou eu", esclareci. "Mais ou menos. Ela só fica muito tempo dentro da própria cabeça."

Lydia encolheu os ombros. "Então não escreva sobre você mesma."

"Homens podem escrever autobiografias disfarçadas, mas eu não posso fazer o mesmo? Se eu fizer é ego?"

"Para ser um artista", interrompeu Diego, levando o assunto para outro lado, "você deve estar disposto a ter um ego e apostar tudo nele".

Anele sacudiu a cabeça. "Você precisa trabalhar duro. O ego só cria problemas."

"Mas, sem ego, a sua escrita é apenas palavras em um diário", disse Diego. "A sua arte é apenas rabiscos. O ego exige que aquilo que você faz seja importante o suficiente para você receber dinheiro para trabalhar com isso." Ele gesticulou para o hotel à nossa volta. "Ele exige que aquilo que você diz seja importante o suficiente para ser publicado ou exibido para o mundo."

A Pintora franziu a cara e disse algo que não consegui ouvir, naturalmente. Todos tomaram longos goles de seus vinhos.

Naquela noite, ouvi Lydia passar pelo meu quarto. Pela fresta da minha porta pude ver os seus pés se arrastando pela madeira. Ela largou a camisola no corredor e, ao entrar no quarto de Diego, a sua nudez era como uma lâmina desembainhada.

Senti algo estranho se mover pelo meu corpo. Certa vez, durante uma visita ao meu avô quando eu era criança, assustei uma cobra não venenosa que estava na grama e ela disparou em direção à segurança da pilha de lenha tão rápido que o seu corpo musculoso ficou rígido antes de ser sugado para a escuridão. Eu me sentia desse jeito agora, como se eu estivesse mergulhando tão depressa em algum lugar que o meu corpo estava fora de controle. Voltei para a cama e tive um sonho.

Nele eu estava sentada diante da minha esposa, que estava nua, mas enrolada em um tecido que parecia gaze. Ela tinha uma prancheta na mão e descia com um lápis sobre a superfície como se estivesse marcando itens em uma lista.

"Onde você está?", perguntou ela.

"Na Garganta do Diabo", respondi.

"O que você está fazendo?"

"Carregando uma cesta pela floresta."

"O que tem na cesta?"

Olhei para baixo e lá estavam elas: quatro belas esferas.

"Dois ovos", contei. "Dois figos."

"Tem certeza?"

Não olhei de novo para baixo com medo de que a minha resposta fosse mudar. "Sim."

"E o que há na floresta?"

"Não sei."

"E o que há na floresta?"

"Não tenho certeza."

"E o que há na floresta?"

"Não sei dizer."

"E o que há na floresta?"

"Não me lembro."

"E o que há na floresta?"
Acordei antes que pudesse responder.

As pústulas apareceram de novo. Estavam mais abundantes. Espalharam-se até a minha barriga, minhas axilas. Estavam maiores e tinham segmentos por dentro, de modo que quando eu as furava elas se enrugavam pedaço por pedaço, como um templo de onde um aventureiro escapa desesperado. Eu podia ouvir o interior delas. Estalavam, como pipoca. Eu podia *ouvi-las*. Me lembrei, das aulas de ciência anos atrás, que estrelas velhas se expandem nos seus últimos dias antes de entrarem em colapso e então explodem em uma hipernova. *Hipernova*. Era essa a sensação. Como se o meu sistema solar estivesse morrendo. Fiquei de molho na banheira durante algum tempo.

Nesse mesmo dia, abri a minha mente e me lembrei de diversas cenas dos meus dias de bandeirante. Me lembrei de ter derrubado um marshmallow tostado na terra em volta da fogueira e de comê-lo mesmo assim, o açúcar carbonizado e as pedras igualmente crocantes. Me lembrei de compartilhar com minhas companheiras uma lista de fatos interessantes que eu memorizara: a maioria dos cachorros brancos é surda; jamais se deve acordar um sonâmbulo, e sim guiá-lo de volta para a cama; cajus são parentes da hera venenosa. Me lembrei de ter comido todos os biscoitos que a nossa conselheira escondera no fundo do pote plástico de comida. Quando ela perguntou quem havia pegado, não respondi. Me lembrei, detalhadamente, da minha doença lá, de dormir o dia inteiro no meu catre, de ouvir os pássaros e os gritos distantes das minhas companheiras. A ideia de eventos ocorrendo sem a minha presença – de eventos e prazeres compartilhados dos quais eu estava excluída pelas circunstâncias – me causou um sofrimento imensurável. Me convenci seriamente de que estava bem e, quando me levantei, fiquei tão tonta que desabei de volta no tecido retesado. Era como se eu fosse uma personagem secundária na peça de outra pessoa e a trama exigisse que eu permanecesse ali naquele momento, não importando o quanto eu resistisse. Talvez tenha sido isso que causou a minha tristeza.

Ali, na Garganta do Diabo, tudo parecia errado. Fiquei enojada com as minhas próprias dramatizações e tentei imaginar o oposto do que eu sentia, que a minha dor significativa naquele momento não tinha a menor importância. Que eu era insignificante diante das menores minúcias: as complexas comédias e tragédias dos insetos. Átomos dançando. Um neutrino atravessando a terra.

Para me distrair dos meus problemas, resolvi continuar explorando o lago. Saí da cabana e segui na direção em que eu vira a canoa, que não estava mais lá. Porém, reconheci a pulsação da água e mais adiante a costa se curvava ainda mais. Eu a segui por mais ou menos meia hora, examinando os cascalhos e a areia na margem, quebrando galhos quando eles destoavam do contorno da mata. Acabei chegando a um pequeno píer – também não havia barcos ali, mas eu podia praticamente sentir a aspereza da madeira na parte de trás das minhas coxas – e havia um vão entre as árvores, marcado por uma fita vermelha e fina amarrada ao tronco. Uma trilha.

Avancei por ela. Tive certeza de que aquele era o caminho. De fato, antes de chegar a cada curva eu me lembrei da curva, mas como se eu estivesse chegando da direção oposta. Eu havia entrado de barco no lago? Ou só havia sentado no píer? E ao meu lado – quem estivera ao meu lado?

Um animal gritou e parei. Era um som de sofrimento, de medo ou de acasalamento, e era objetivamente terrível. Uma fuinha? Um urso? Mas então: uma garotinha – de no máximo cinco ou seis anos – estava de pé ao lado de uma árvore. Seus olhos estavam arregalados e úmidos, como se estivesse chorando, mas parara quando ouviu os meus passos pesados no solo da floresta. Ela estava usando shorts com meias longas e tênis, e no blusão verde-neon estava escrito "SIM, EU POSSO / SER UMA GRANDE VENDEDORA DE BISCOITOS" numa fonte arredondada.

"Olá", falei. "Você está bem?"

Ela sacudiu a cabeça.

"Está perdida?"

Ela assentiu.

Me aproximei dela e lhe mostrei a palma da minha mão. "Se quiser, você pode pegar a minha mão e podemos caminhar até o acampamento. Você está com as bandeirantes, certo?"

Ela assentiu de novo e colocou a sua mãozinha macia na minha. Eu não esperava que fosse tão precisa. Começamos a caminhar. Me lembrei da história das Brownies que contei a Anele e parecia fortuito eu ter me deparado com alguém que poderia responder à pergunta que não pude.

"Posso fazer uma pergunta?", falei.

Ela balançou a cabeça com gravidade e não olhou nos meus olhos. Finalmente – alguém como eu.

"As Brownies têm um poema. Você conhece?"

Senti o estremecimento passar pelo seu corpo e, da sua mão grudenta e quente, para o meu.

"Desculpe", falei. "Você não precisa dizer."

Caminhamos mais um pouco. A trilha parecia mais coberta de vegetação ali do que seria apropriado para um acampamento de crianças.

"Vira e mexe…", começou a menina. Sua voz era fina, mas forte, como um cabo de aço. Ela hesitou. Não insisti. Continuamos a andar, interrompendo o ritmo somente quando necessário para evitar um trecho com hera venenosa, onde um facho de luz do sol batia nas folhas oleosas e as fazia reluzir.

"Vira e mexe, o elfo é deposto", terminou ela. "Olhei na água e vi…"

Ela parou e me lembrei.

"O meu rosto", sussurrei.

Horripilante. Era grotesca ao extremo – não me espanta o poema ter sido apagado da minha memória. Mandar uma criança atrás de um brownie mítico escravizado e então fornecer um poema que – supondo que a criança não tivesse caído no lago e se afogado, ou se perdido durante a noite – só serviria para dizer à criança que era *ela mesma* o brownie mítico escravizado? E não o seu irmão, veja bem, mas ela? Cada adulto e animal falante daquela história eram suspeitos, seja por não terem cuidado direito da protagonista, seja por enviá-la no caminho precipitado do perigo.

"Entendo", disse a ela.

A trilha se alargou e então lá estávamos nós, à beira de um acampamento. Barracas em estilo militar estavam armadas em volta dos restos enegrecidos de uma fogueira a certa distância. Havia uma pilha de lenha recém-cortada ali perto, coberta por uma lona azul. À nossa esquerda havia uma construção baixa e larga e, diante dela, adolescentes estavam aglomeradas em volta de mesas de piquenique. Os sons pairavam sobre elas como fumaça: conversas, marmitas batendo, o tinido de uma concha em uma panela, banco rangendo, gargalhadas. Uma delas – magra, bronzeada e vestindo uma camiseta larga com a estampa de um urso – levantou de um pulo quando saímos do meio das árvores.

"Emily!", gritou ela. "Como você...?"

"Ela estava andando na mata", falei. Esperei que ela perguntasse quem eu era ou de onde eu vinha, mas em vão. A adolescente inclinou um pouco a cabeça e havia algo de mais idade em seus traços, algo estranho e correto. Talvez ela estivesse esperando que eu perguntasse onde estavam os adultos, mas mesmo não havendo nenhum à vista, não perguntei. A pergunta não era muito relevante. Caso o mundo civilizado acabasse, aquelas garotas seguiriam em frente eternamente com as suas marmitas, fogueiras, primeiros-socorros e histórias, e não importaria nem um pouco onde os adultos estariam.

"Obrigada por trazê-la de volta", disse a garota. Ela pegou a mão de Emily.

"Vocês todas parecem muito felizes", falei. "Muito contentes."

A garota deu um sorriso forçado e seus olhos brilharam com uma piada que não foi contada.

"Obrigada pela nossa conversa", falei para Emily, que piscou e correu de volta para os bancos de piquenique, onde as vozes de garotas mais velhas a cumprimentaram com superficialidade. "Adeus", disse à adolescente e entrei de novo na mata.

Quando saí do outro lado, a luz havia mudado. Tirei os sapatos e caminhei até a beira do lago e depois dentro dele. A água se agitou e bateu nas minhas pernas.

"Vira e mexe...", murmurei, andando lentamente em círculos sobre as pedras. Elas afundavam nos arcos macios dos meus calcanhares. "O elfo é deposto. Olhei na água e vi...".

Quando me inclinei e procurei pelo meu rosto, vi apenas o céu.

Abri a porta da cabana no primeiro dia de agosto e me deparei com a metade de baixo de um coelho nos degraus da minha varanda. Às minhas costas, o cursor piscava no meio de uma frase inacabada: "Lucille não sabia o que estava do outro lado daquela porta, mas, o que quer que fosse, ela sabia que revelaria...".

Me ajoelhei diante da criatura desafortunada. O vento balançava o seu pelo; as patas traseiras estavam relaxadas, como se o animal estivesse dormindo. Os órgãos visíveis reluziam feito caramelos e cheiravam a cobre.

"Desculpe", sussurrei. "Você merecia algo melhor."

Quando me recompus, recolhi o coelho com um pano de prato. Levei o coelho para a sala de jantar do hotel, onde Lydia, Diego e Benjamin estavam rindo enquanto tomavam algo em canecas. Coloquei o embrulho sobre a mesa. "O que é isso?", sussurrou Lydia em tom de brincadeira, erguendo a ponta do pano. Ela deu um grito sufocado e pulou da cadeira, o peito se erguendo com a força de uma ânsia de vômito.

"O que...", começou Diego. Ele se inclinou um pouco mais perto. "Meu Deus."

"Ela é completamente louca!", berrou Lydia.

"Eu o encontrei", falei. "Na frente da minha cabana."

"Provavelmente foi uma coruja ou algo assim", disse Benjamin. "Vi um monte delas por aí."

Lydia cuspiu. "Meu Deus. Pra mim chega. Você é louca. *Você é louca*. Anda por aí resmungando e encarando o tempo todo. Qual é o seu *problema*? Você devia ter vergonha de si mesma."

Dei um passo na direção dela. "Tenho o direito de residir na minha própria mente. *Tenho o direito*", falei. "Tenho o direito de ser antissocial e tenho o direito de não ser boa companhia. Você já ouviu o que diz? Isso é loucura, aquilo é loucura, tudo é loucura pra você. Pelo padrão de quem? Bem, tenho o direito de ser *louca*, como você adora dizer. Não tenho vergonha. Já senti muitas coisas na vida, mas vergonha não é uma delas." O volume da minha voz me fez ficar na ponta dos pés. Eu não conseguia me lembrar de já ter gritado assim alguma vez. "Você pode achar que tenho alguma obrigação com você, mas lhe garanto que termos sido jogadas nesse arranjo arbitrário não tem nada de coerente. Nunca senti tão pouca obrigação com alguém na minha vida, sua mulher ofensivamente ordinária."

Lydia começou a chorar. Benjamin agarrou os meus ombros e me levou à força para o saguão.

"Você está bem?", perguntou ele. Tentei responder, mas a minha cabeça pesava uma tonelada. Me inclinei na direção dele e apoiei a minha cabeça na sua camisa.

"Me sinto tão enjoada", falei.

"Talvez você só precise ir para a sua cabana um pouco. Ou tirar uma soneca. Ou algo assim."

Senti um pedaço de muco sair do meu nariz. Eu o limpei com a mão.

"Você parece péssima", disse Benjamin. Eu devo ter aparentado ficar chocada com isso, pois ele se corrigiu. "Você parece preocupada. Está preocupada?"

"Acho que devo estar", respondi.

"Quando foi a última vez que você teve notícias da sua esposa?"

Fechei os olhos. Tantas cartas, enviadas para o esquecimento. Nenhuma carta para mim.

"Você é o mais gentil", falei para ele.

...

Sentada no terraço da minha cabana naquela noite, pensei no coelho. Pensei nos tufos de pelo agitados pelo vento que foram soprados pela mata, a abertura escura para o seu torso. Eu girava na mão uma taça de vinho cheia de água.

Muitos anos antes – na noite seguinte a eu ter beijado a filha alta da Sra. Z—— na boca na doca e ter sentido algo desabrochar dentro de mim como uma campânula – eu acordei no escuro.

Como eu podia saber que ela não partilhava do meu êxtase? Como eu podia saber que ela estava apenas com curiosidade e depois com medo?

Não foi muito diferente de acordar no quarto de visitas da minha avó, ou no chão encerado de algum porão, cercada por colegas de classe adormecidas. Porém, diferente daqueles momentos, onde a confusão era seguida por um reconhecimento sonolento de férias ou festa do pijama, dessa vez a desorientação não desapareceu. Pois eu havia adormecido inebriada de prazer e aquecida em um casulo de nylon, escutando os sussurros secos e agudos das garotas à minha volta na cabana, um som tão calmante quanto a maré. No entanto, eu acordei de pé, morrendo de frio e cercada pelo tipo de escuridão que os insones desejam: o de absoluto esquecimento.

Como eu podia saber que elas haviam visto?

Ao meu redor havia não a ausência de som, mas o som da ausência: um silêncio voluptuoso que pressionava meus tímpanos. Em seguida, uma lufada de vento instigou os galhos de árvores e ouvi um leve farfalhar de folhas. Estremeci. Eu queria olhar para cima – à procura de uma lua, ou de estrelas, ou de algo que me dissesse onde eu estava –, mas estava paralisada de terror.

Como eu podia saber que elas haviam guiado o meu corpo sonâmbulo e confiante da cabana para o meio da floresta? Que elas estavam agachadas a poucos metros dali, observando a minha forma suspensa na clareira, girando lentamente na escuridão como um satélite errante?

Meu corpo estava tão gelado que a sensação era de que estava desaparecendo nas extremidades, como se o meu litoral estivesse evaporando. Era o oposto do prazer, que bombeara sangue em mim e aquecera o meu corpo como o mamífero que eu era. Mas ali, eu era apenas pele, e então apenas músculos, e então meramente ossos. Senti como se a minha espinha estivesse entrando no meu crânio, cada vértebra estalando como um carrinho subindo lentamente a primeira elevação de uma montanha-russa. E então eu era apenas um cérebro suspenso e então uma consciência, flutuando e frágil como uma bolha. E então eu não era nada.

Foi só então que compreendi. Foi só então que vi os contornos cristalinos do meu passado e do meu futuro, que concebi o que havia acima de mim (estrelas inumeráveis, espaço incalculável) e o que havia abaixo de mim (quilômetros de terra e pedras irracionais). Compreendi que o conhecimento era algo opressor, devastador e esgotante, e que o possuir era ao mesmo tempo ser grata e sofrer imensamente. Eu era uma criatura tão pequena, aprisionada em alguma fenda de um universo indiferente. Porém, agora, eu sabia.

Ouvi risadas ficando cada vez mais altas, passos correndo. Eu queria gritar para elas – "Estou vendo vocês, amigas; sei que estão aí. Essa brincadeira hilária no fim vai me deixar mais forte e eu certamente devia agradecer a vocês por isso, amigas... amigas?" –, mas só consegui soltar um suspiro meio gemido.

Alguma coisa atravessou a vegetação e veio em minha direção. Não uma garota, não um animal, mas algo entre os dois. Voltei a mim e comecei a gritar.

Gritei sem parar e, quando as líderes chegaram – os fachos de suas lanternas balançando no escuro como vagalumes insanos –, uma delas tentou me impedir de assustar as outras tapando a fissura da minha boca com a sua mão. Resisti como um animal selvagem, uma explosão de membros e chutes. Em seguida, perdi as forças. Elas me carregaram de volta para a cabana, e embora os meus membros dormentes mal notassem o seu toque, fiquei grata pela ajuda.

Na manhã seguinte, as líderes me contaram que eu entrara sonâmbula no meio da mata. Me deixaram descansar e quando acordei de novo estava febril. O meu despertar fora tão severo que provocara em meu corpo uma reação de imunização, uma convocação de anticorpos que colidiram com essa nova informação como exércitos em um campo de batalha medieval. Fiquei deitada, imaginando o roteiro das conversas delas enquanto eu me embrenhava cada vez mais na mata. Dormi e sonhei com uma sala cheia de corujas regurgitando pelotas no chão que, quando abertas, revelavam crânios de coelhos. Acordei com longos arranhões nos braços. Os galhos das árvores? Minhas próprias unhas? Ninguém me disse.

Uma vez, acordei e vi um corpo na porta, iluminado por trás pela luz suave de outono.

"Desculpe", disse ela. "Você merecia algo melhor. Melhor do que…"

Ouvi um murmúrio atrás dela e a porta se fechou. Mais tarde, os adultos conversaram entre si no quarto ao lado a respeito da minha situação e concordaram que eu não estava pronta para acampar, pelo menos não naquele ano.

No dia seguinte, a Sra. Z—— desceu a montanha de carro comigo logo cedo e me levou de volta à casa dos meus pais. Dormi a intervalos irregulares por muitos dias, insistindo em fazer isso no chão do meu quarto, no meu saco de dormir. E, quando a minha febre passou, arrastei o meu corpo trêmulo até a penteadeira, olhei no espelho e, pela primeira vez, vi quem eu estava procurando.

Quando cheguei na mesa para o jantar, percebi que Lydia não estava entre nós. Não havia sequer um lugar para ela.

"Onde está Lydia?", perguntei.

Anele franziu o cenho. "Ela foi embora", respondeu.

"Foi embora?"

Eu podia ver que Anele estava tentando não ser indelicada. "Acho que ela estava exausta e doente, então ela partiu cedo. Voltou de carro para o Brooklyn."

"E incomodada", disse Diego. "Ela estava incomodada. Com o coelho."

A Pintora cortou o seu bife, que estava mais malpassado do que eu teria achado seguro comer. "Paciência", disse ela, sua voz grave e nítida. "Acho que nem todo mundo nasceu pra isso."

Minha taça de vinho havia virado, apesar de não me lembrar dela virando. A mancha se espalhou para longe de mim como sangue, previsivelmente.

"O que você disse?", perguntei à Pintora.

Ela ergueu os olhos do garfo, onde um cubo de carne vermelha pingava em seu prato. "Eu disse que acho que nem todo mundo nasceu pra isso." Foi a primeira frase dela que permaneceu na minha mente do jeito que seria de se esperar da fala. Ela empurrou a carne entre os lábios e começou a mastigar. Eu podia ouvir a força esmagadora e destroçante de sua mastigação tão claramente como se ela estivesse mastigando a minha garganta. Senti um frio por baixo das minhas omoplatas, como se tivesse contraído uma nova febre.

"Isso é... de algum lugar?", perguntei. "Essa opinião? De um programa, ou..."

Ela colocou o garfo no prato e engoliu. "Não. Está me acusando de alguma coisa?"

"Não, eu só..." Os rostos do grupo estavam franzidos de confusão, tomados de preocupação. Eu me levantei e me afastei da mesa. Quando empurrei a cadeira para o lugar, o barulho dela raspando no chão fez todos se arrepiarem.

"Não tenham medo", falei para eles. "Eu não tenho. Não mais."

Saí depressa da sala e atravessei a porta da frente, desci os degraus, tropecei e caí no gramado e me levantei com dificuldade. Benjamin começou a descer correndo os degraus atrás de mim.

"Pare!", gritou ele. "Volte! Me deixe apenas..."

Me virei e corri para as árvores.

No campo dos sentidos e da razão, parecia lógico que algo fizesse sentido por nenhuma razão (ordem natural) ou não fizesse sentido por alguma razão (a elaboração deliberada de engodo), mas parecia perverso coisas não fazerem sentido por nenhuma razão. E se você coloniza a sua própria mente e quando entra nela os móveis estão presos no teto? E se você entra e ao tocar nos móveis você percebe que são todos desenhados em papelão e tudo desmorona com a pressão de seu dedo? E se você entrar e não houver móveis? E se você entrar e for só você lá dentro, sentada em uma cadeira, rolando figos e ovos de um lado para o outro na cesta em seu colo e cantarolando uma canção? E se você entrar e não houver nada lá e a escotilha se fechar e trancar?

O que é pior: ficar trancada do lado de fora de sua mente ou trancada do lado de dentro?

O que é pior: escrever um clichê ou ser um? E quanto a ser mais de um?

Caminhei pela última vez até a minha cabana. Finalmente acrescentei o meu nome à tabuleta acima da escrivaninha. C——M——, rabisquei. *Colona residente & residente colonizadora & louca do próprio sótão.*

Joguei as anotações do meu romance e o laptop no lago. Depois que o som de água espirrando parou, ouvi o som de garotas rindo. Ou talvez fossem apenas os pássaros.

Fui embora da Garganta do Diabo na escuridão do início da manhã. O carro desceu em disparada a estrada que antes parecera tão exuberante e convidativa, e conforme eu descia a montanha, senti como se estivesse sendo rebobinada para o início – não só para o início do verão, mas da minha vida. As árvores passavam num borrão, as mesmas árvores que eu observara do carro de uma mulher de meia-idade. Agora eu era essa mulher, mas eu estava correndo de modo desenfreado e as árvores passavam tão rápido que me senti enjoada. Nenhuma filha serena dormia no banco de trás; nenhuma adolescente estranha estava sentada ao meu lado, cozinhando no fogo baixo de sua própria consciência aterrorizante. (E não é assim que você se torna tenra, vulnerável? A marinada amolecedora de carne de sua própria mente, a areia movediça da gratificação mental?)

Eu precisava estar em casa. Eu precisava estar em casa com a minha esposa, no nosso lar na civilização e longe de outros artistas – pelo menos do tipo de artistas que se isolam do resto do mundo. Profissão moribunda, hotéis mortos. Fui tola.

Depois que passei por Y——, havia uma placa alaranjada no acostamento. VELOCIDADE MÁXIMA 70, dizia a placa. Abaixo dela, uma tela digital escura aguardava que motoristas se aproximassem, para advertir (piscando) ou elogiar (não piscando). Quando me aproximei, esperei que o meu próprio carro – que agora estava chegando a cem por hora – fosse registrado. Mas o painel permaneceu apagado. Senti uma sensação estranha ao passar voando pela placa, como se alguém estivesse pressionando uma membrana fina na minha garganta e eu não estivesse conseguindo respirar. O pensamento me ocorreu tão de repente que o carro quase saiu da estrada. Pressionei os dedos na garganta, onde meu pulso zunia debaixo da pele. Rápido, mas estava ali. Sem dúvida eu estava viva.

Quanto tempo havia passado desde que eu partira da nossa casinha, desde que eu vira o rosto da minha esposa? E se eu tivesse calculado errado e ultrapassado a vida dela, se tivesse me distanciado dela em um ato irreversível?

Pisei no freio uma, duas vezes, e a estrada escura atrás de mim foi inundada por uma luz vermelha. A luz revelou uma manada de veados movendo-se fluidamente pelo asfalto, olhos reluzindo a cada passo.

Parei o carro duas horas mais tarde junto ao meio-fio. Pessoas passavam na rua, estavam paradas em seus gramados, me observando. Eu não conseguia me lembrar se aqueles eram os vizinhos de antes. Parecia que uma vida inteira havia passado desde a última vez que eu vira aquelas portas e cercas. Saí do carro e me aproximei da nossa casa, onde uma mulher de vestido azul estava ajoelhada na terra com um chapéu de abas largas que ocultava o seu rosto. Minha esposa sempre foi de plantar de manhã, pois achava o ar fresco do amanhecer estimulante e saudável. Ela tinha um vestido e um chapéu como aqueles? Era ela? Seus ombros estavam curvados e tortos pela idade avançada ou simplesmente pela exaustão de estar casada com alguém como eu?

Subi na calçada e a chamei pelo nome.

A mulher ficou rígida e, ao levantar a cabeça, o seu chapéu também se ergueu. Esperei o contorno de seu rosto surgir debaixo da aba: para me assegurar de que ainda precisava de mim, para me assegurar de que eu ainda estava aqui.

Sei o que você está pensando, leitor. Você está pensando: essa mulher possui o temperamento para vir à *nossa* residência após fracassar completamente nessa? Ela sem dúvida é frágil demais, doente demais, louca demais para comer, dormir e trabalhar entre outros artistas. Ou, caso esteja sendo um pouco menos generoso, talvez esteja pensando que sou um clichê – um ser fraco e trêmulo influenciado por um trauma adolescente estúpido, saído direto de um romance gótico.

Mas lhes pergunto, leitores: até hoje, em suas deliberações de jurados, vocês já se depararam com outros que haviam verdadeiramente encontrado a si mesmos? Tenho certeza de que alguns, mas não muitos. Conheci muitas pessoas na minha vida e é raro encontrar alguém que foi atingido em seu âmago, podado de tal forma que seus galhos pudessem crescer de novo mais saudáveis do que antes.

Posso dizer com total honestidade que a noite na floresta foi uma dádiva. Muitas pessoas vivem e morrem sem jamais confrontarem a si mesmas na escuridão. Reze para que um dia você ande em círculos à beira d'água, incline-se e seja capaz de se considerar entre os afortunados.

8

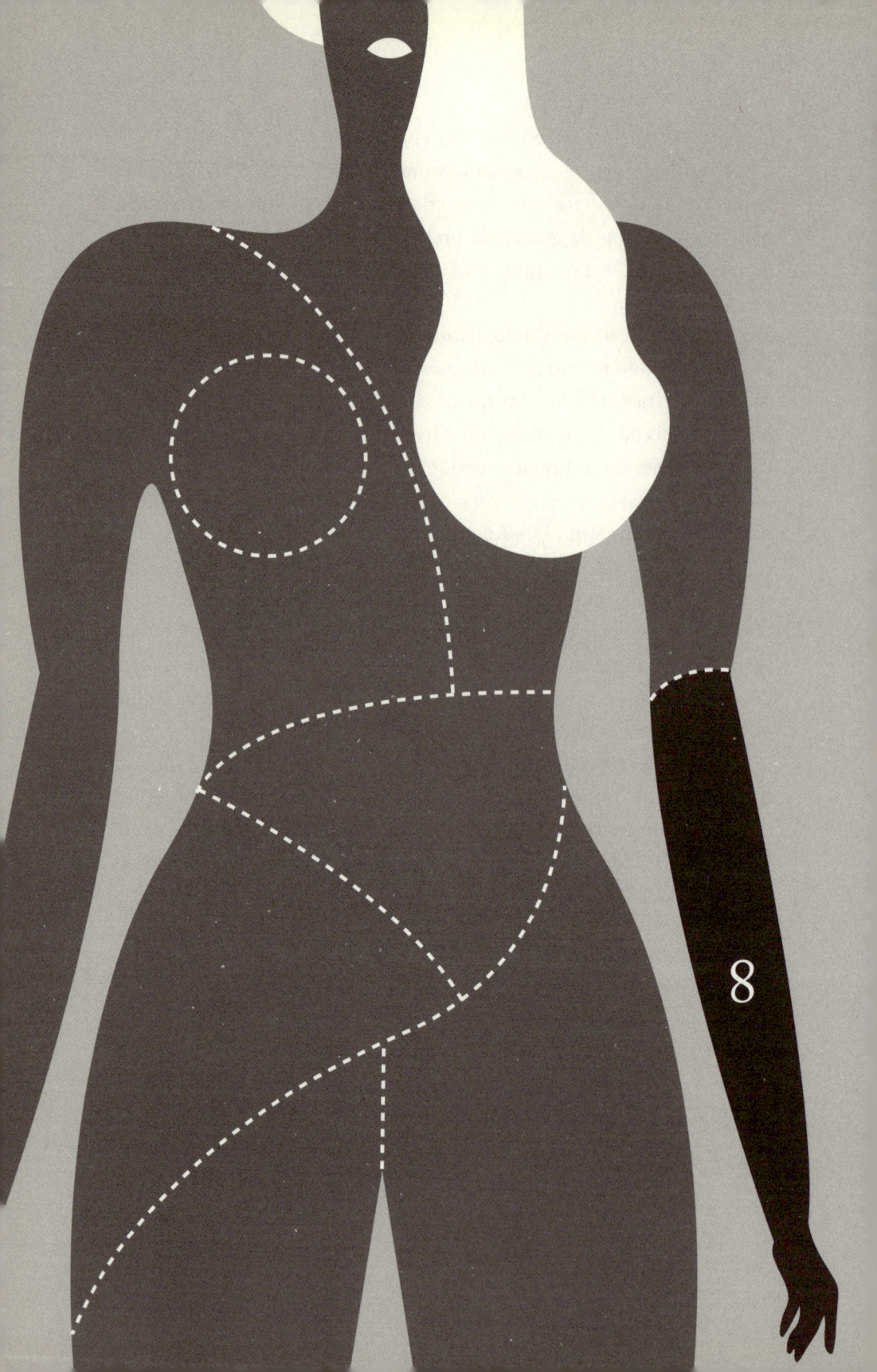

DIFÍCIL EM FESTAS

Mais tarde, não há um tipo de quietude como a que existe na minha cabeça.

Paul me leva do hospital para casa em seu Volvo velho. O aquecedor está estragado e é janeiro, de modo que há um cobertor de lã no chão diante do banco do passageiro. Meu corpo irradia dor, está denso com ela. Ele coloca o meu cinto de segurança. Suas mãos estão tremendo. Ele ergue o cobertor e o estica no meu colo. Paul já fez isso antes, prendendo o cobertor em volta das minhas coxas enquanto faço piadas sobre ser uma criança colocada na cama. Agora ele fica cauteloso e apreensivo.

Pare, eu digo, e faço isso eu mesma.

É terça-feira. Acho que é terça-feira. A condensação no lado de dentro do carro congelou. A neve no lado de fora está manchada com uma linha amarelo-escura cravada em suas profundezas. O vento sacode a maçaneta quebrada da porta. Do outro lado da rua, uma adolescente grita três sílabas ininteligíveis à sua amiga. A terça-feira está falando comigo, na voz de terça-feira. Se abra, ela diz. Se abra.

Paul leva a mão à ignição. Em volta do buraco há arranhões no plástico onde imagino que, na sua pressa de me pegar, a chave errou o alvo várias vezes.

O motor demora um pouco para pegar, como se não quisesse acordar.

...

Na primeira noite de volta à minha casa, ele para na entrada do quarto com os seus ombros largos curvados para a frente e me pergunta onde quero que ele durma.

Comigo, respondo, como se fosse uma pergunta ridícula. Tranque a porta, digo a ele, e deite na cama.

A porta está trancada.

Tranque de novo.

Ele sai e escuto as sacudidas firmes de uma maçaneta sendo testada. Ele volta para o quarto, levanta as cobertas e se enfia ao meu lado.

Sonho com a terça-feira. Sonho com ela do início ao fim.

Quando a luz da manhã se estende pela cama, Paul está dormindo na poltrona reclinável no canto do quarto. O que você está fazendo?, pergunto, tirando a colcha de cima do meu corpo. Por que você está aí?

Ele ergue a cabeça. Um hematoma escuro está tomando forma em volta de seu olho.

Você estava gritando, diz ele. Estava gritando e tentei segurar você, e você me deu uma cotovelada no rosto.

Esta é a primeira vez que choro de verdade.

Estou pronta, digo para o meu reflexo preto e azul. Sexta-feira.

Encho a banheira. A água jorra quente demais da torneira manchada. Tiro o meu pijama e ele cai como pele descartada no piso de ladrilhos. Eu meio que espero ver, ao olhar para baixo, as minhas costelas saltadas, os balões úmidos dos meus pulmões.

Sobe vapor da banheira. Eu me lembro de uma versão pequena de mim mesma, sentada na banheira quente de um hotel e com os braços rígidos sobre o torso, rolando na água agitada. Sou uma cenoura!, gritei para uma mulher, que podia ser a minha mãe. Ponha um pouco de sal! Ponha algumas ervilhas! E da espreguiçadeira ela estende o braço na minha direção com a mão fechada como se segurasse um cabo, uma caricatura perfeita de uma chefe de cozinha com uma escumadeira.

Coloco bastante sabão para fazer espuma.

Enfio o pé na água. Há um segundo de calor radiante que me atravessa de imediato, como um cabo de aço por um bloco de argila molhada. Tenho um sobressalto, mas não paro. Um segundo pé, menos dor. Com as mãos nas laterais da banheira, eu me abaixo. A água dói e isso é bom. Os produtos químicos no sabão ardem e isso é melhor.

Passo os dedos do pé pela torneira, sussurrando coisas para mim mesma, erguendo meus seios com as mãos para ver até onde podem chegar; vejo o meu reflexo na curva suada do aço inoxidável, inclino a cabeça. Na outra ponta da banheira posso ver os pedaços pequenos de esmalte vermelho que sumiram dos cantos das unhas dos pés. Me sinto leve, incorpórea. A água sobe demais e ameaça a beirada da banheira. Desligo a torneira. O banheiro ecoa de forma desagradável.

Escuto a porta da frente ser aberta. Fico tensa até ouvir o barulho de chaves na mesa do corredor. Paul entra no banheiro.

Oi, diz ele.

Oi, digo. Você teve uma reunião.

O quê?

Você teve uma reunião. Está usando uma camisa social.

Ele olha para baixo. Sim, diz ele, lentamente, como se não acreditasse que sua camisa existisse até agora. Na verdade, fui ver alguns apartamentos, diz ele.

Não quero me mudar, digo a ele.

Você devia encontrar outro lugar. Ele diz isso com firmeza, como se tivesse passado o dia inteiro se preparando para essa frase.

Eu não devia fazer coisa alguma, digo. Não quero me mudar.

Acho que é má ideia ficar. Posso ajudar você a encontrar um apartamento novo.

Enfio uma mão no meu cabelo e o puxo criando uma cortina de água. Má ideia pra quem?

Nós nos encaramos. Meu outro braço está cruzado sobre o meu peito; eu o abaixo.

Pode tirar o tampão da banheira pra mim?, pergunto.

Ele se ajoelha na poça fria nos ladrilhos ao lado da banheira. Desabotoa o pulso da manga e começa a enrolá-la com dobras firmes.

Ele passa pelas minhas pernas, enfia o braço na água ainda cheia de bolhas e vai até o fundo. O sabão molha o tecido enrolado no seu antebraço. Posso sentir o tamborilar sincopado de seus dedos enquanto ele procura a corrente de contas, enrola em volta dos dedos e puxa.

Ouviu-se um *pop* baixo. Uma bolha de ar preguiçosa rompe a superfície da água. Ele tira o braço e sua mão toca na minha pele. Dou um pulo e então ele também dá um.

O meu rosto está na altura de suas canelas quando ele se levanta; há círculos úmidos nos joelhos da calça social.

Você está passando muito tempo longe da sua casa, digo. Não quero que você sinta que precisa passar todas as noites aqui.

Ele franze a testa. Isso não me incomoda, diz ele. Quero ajudar. Ele desaparece no corredor.

Fico sentada ali até a água escorrer toda pelo ralo, até o último redemoinho leitoso desaparecer pela boca prateada e sinto um estremecimento estranho que começa no meu âmago. Uma espinha não deveria ter tanto medo. As bolhas que recuam deixam estrias brancas e estranhas na minha pele, como a areia marcada pela maré na beira da praia. Me sinto pesada.

Semanas se passam. A policial que ouviu a minha declaração no hospital liga para dizer que pode ter de me chamar para ir até a delegacia para identificar alguém. Sua voz é generosa, alta demais. Mais tarde, ela deixa uma mensagem cortada na secretária eletrônica dizendo que não é necessário. Pessoa errada, não a certa.

Talvez ele tenha saído do estado, diz Paul.

Fico longe de mim mesma. Paul também fica longe. Não sei quem tem mais medo: ele ou eu.

A gente devia tentar algo, digo certa manhã. A respeito disso. Gesticulo para o espaço à minha frente.

Ele tira os olhos de um ovo. Sim, diz ele.

Escrevemos as sugestões em um Post-it rosa-choque que é pequeno demais para tantas soluções.

Compro um DVD de uma empresa que divulga filmes adultos para casais amorosos. O filme chega em uma caixa marrom simples, colocada com cuidado no canto do degrau de cimento na frente do meu apartamento. A caixa é mais leve do que eu esperava quando a levanto. Eu a coloco debaixo do braço e mexo na maçaneta por um minuto. A nova tranca funciona.

Coloco a caixa sobre a mesa da cozinha. Paul liga. Vou chegar logo, diz ele. Sua voz sempre soa imediata, presente, mesmo quando está falando no telefone. Você recebeu o...

Sim, digo. Está aqui.

Ele vai levar pelo menos quinze minutos para chegar neste lado da cidade. Vou até a caixa e a abro. O número de membros entrelaçados na capa não parece bater com o número de rostos. Conto duas vezes e confirmo que há um cotovelo e uma perna a mais. Abro o estojo. O disco tem cheiro de novo e não sai fácil do miolo de plástico. O lado brilhante cintila como uma camada de óleo e reflete o meu rosto de forma estranha, como se alguém tivesse colocado a mão sobre ele e borrado a imagem. Coloco o disco na bandeja aberta do aparelho.

Não há menu; o filme começa automaticamente. Ajoelho no tapete na frente da televisão, apoio o meu queixo na mão e assisto. A câmera é firme. A mulher no vídeo se parece comigo – pelo menos a boca. Ela está falando acanhada com um homem à sua esquerda, um homem musculoso que provavelmente não foi sempre assim – ele parece não caber na camisa, que é pequena demais para os seus músculos novos. Eles estão conversando, conversando sobre... não consigo entender nenhuma das partes individuais da conversa. Ele toca a perna dela. Ela agarra o fecho do seu zíper e o puxa para baixo. Não há nada por baixo.

Depois dos boquetes obrigatórios, depois da boca-que-se-parece--a-minha se contorcendo, depois da cunilíngua superficial, eles conversam de novo.

a última vez, eu disse pra ele, eu disse, porra, eles podem ver a minha–
Não consigo segurar, não consigo segurar, não consigo–

Eu me sento. Suas bocas não estão se movendo. Bem, as bocas estão se movendo, mas as palavras que saem daquelas bocas são as esperadas. *Baby. Porra. Sim, sim, sim. Deus.* Há algo se movendo por baixo. Um rio fluindo debaixo do gelo. Uma narração sobreposta. Ou sobposta, acho.

se ele me disser de novo, se ele me disser que não tá bom, eu devia só– mais dois anos, talvez, só dois, talvez só um se eu continuar–

As vozes – não, não vozes, os sons, baixos e abafados, aumentando e diminuindo de volume – se misturam, entrelaçam-se, sílabas diferentes ressoam. Não sei de onde as vozes estão vindo – uma faixa de comentários? Sem tirar os olhos da tela, pego o controle remoto e aperto a pausa.

Eles congelam. A mulher está olhando para o homem. Ele está olhando para algum lugar fora da tela. A mão dela está pressionada com força no próprio abdômen. O montículo inchado da sua barriga está desaparecendo debaixo da palma da mão.

Tiro da pausa.

ok, então tive um bebê, não é a primeira vez que– e se for só um ano, então talvez eu consiga seguir–

Pauso de novo. A mulher agora está congelada com a barriga para cima. O seu parceiro está de pé entre as pernas dela, casualmente, como se estivesse prestes a lhe fazer uma pergunta, seu pau curvado para a esquerda e encostando no abdômen. A mão dela ainda está apertando a barriga.

Olho para a tela por um longo tempo.

Dou um pulo quando Paul bate na porta.

Deixo ele entrar e o abraço. Ele está ofegando e a sua camiseta está encharcada de suor. Posso sentir o sal na minha boca quando pressiono o meu rosto no seu peito. Ele me beija e posso sentir os seus olhos indo para a tela.

Estou me sentindo mal, digo a ele.

Ele pergunta se estou mal pendendo para sopa ou para Sprite. Digo que para sopa. Ele vai para a cozinha e me deito no sofá.

Jane e Jill nos convidaram pra festa de inauguração da casa delas, grita ele da cozinha. Escuto a porta do armário batendo na cristaleira ao lado dele, o barulho seco de latas deslizando ao serem arrumadas, líquido espirrando, a batida de uma panela em uma boca do fogão, o tinido metálico dele usando a colher errada para mexer.

Elas se mudaram?, pergunto.

Para uma casa grande no interior, diz ele.

Eu não quero ir, digo a ele, a luz azul-clara da televisão fazendo sombras no meu rosto quando três homens se enroscam uns com os outros, cada um com a boca cheia. Quando ele me traz a sopa, caldo de galinha até a borda da tigela de forma precária, segurando o guardanapo embaixo dela, ele me avisa que está quente. Tomo um pouco da sopa pelando rápido demais e cuspo um bocado de volta na tigela.

Estou preocupado por você estar passando tempo demais na casa, diz ele. Vão ser principalmente mulheres.

O quê?, pergunto.

Na festa. Vão ser principalmente mulheres. Todas as pessoas que conheço. Gente boa.

Não respondo. Toco com o dedo na minha língua dormente.

Visto o meu vestido turquesa com meias pretas compridas e levo uma babosa pequena de presente. No meu carro, deixamos para trás as luzes fracas da nossa cidade pequena e pegamos uma estrada rural. Paul usa uma mão para dirigir e coloca a outra na minha perna. A lua está cheia e ilumina a neve cintilante que se estende por quilômetros em todas as direções, os telhados inclinados de celeiros e silos estreitos com pingentes de gelo tão grossos quanto o meu braço pendendo dos beirais, o rebanho de vacas retangulares e imóveis aninhadas umas nas outras próximas à entrada de um palheiro. Seguro a planta junto ao meu corpo para protegê-la e, quando o carro vira de repente para a esquerda, um pouco da areia do vaso cai no meu vestido. Tiro a areia do vestido com as pontas dos dedos e devolvo ao vaso, espanando uns grãos de terra das folhas suculentas. Quando ergo de novo a cabeça, vejo que estamos nos aproximando de uma grande construção iluminada.

Então é essa a nova casa?, pergunto, pressionando a cabeça contra a janela.

Sim, responde ele. Elas acabaram de comprar, ah, não sei, há cerca de um mês. Ainda não fui lá, mas disseram que é muito boa.

Paramos perto de uma fileira de carros estacionados diante de uma casa de fazenda restaurada da virada do século.

Parece bastante acolhedora, diz Paul, saindo do carro e esfregando as mãos sem luvas.

As janelas estão decoradas com cortinas finas e uma cor de mel cremoso pulsa no interior. A casa parece estar pegando fogo.

As anfitriãs abrem a porta; são bonitas e têm dentes brilhantes. Já vi isso antes. Não as vi antes.

Jane, diz a morena. Jill, diz a ruiva. E não é uma piada! Elas riem. Paul ri. É um prazer conhecer você, diz Jane para mim. Estendo a pequena babosa na direção dela. Ela sorri de novo e pega o vaso, suas covinhas são tão fundas que sinto um impulso de enfiar meus dedos nelas. Paul parece satisfeito e se abaixa para coçar as orelhas de um gato branco grande de cara achatada que está se esfregando nas suas pernas.

Transformamos o quarto em uma chapelaria, diz Jill. Paul se oferece para pegar o meu casaco. Eu o tiro e lhe entrego, e ele desaparece escada acima.

Um homem pálido no corredor com um corte escovinha está com uma câmera antiga apoiada no ombro. É gigantesca e cor de piche. Ele vira um olho na minha direção.

Me diga o seu nome, diz ele.

Tento me afastar, sair de vista, mas não consigo me encolher o suficiente contra a parede.

Por que isso está aqui?, pergunto, tentando não deixar o pânico transparecer na minha voz.

O seu nome, repete ele, inclinando a câmera na minha direção.

Meu Deus, Gabe, deixe ela em paz, diz Jill, empurrando-o para longe. Ela me leva pelo braço. Desculpe por isso. Tem sempre algum babaca em festas que adora coisas retrô, e ele é o nosso.

Jane se aproxima do meu outro lado e ri baixinho. Paul, diz ela, onde você foi?

Ele reaparece. Na frente, diz ele, soando tonto.

Elas nos perguntam se queremos ver a casa. Vamos da sala de estar para uma cozinha espaçosa, reluzindo com latão e aço. Elas tocam em um aparelho brilhante de cada vez: lava-louça. Geladeira. Fogão a gás. Forno separado. *Segundo* forno. Há uma porta ao fundo com uma maçaneta ornamentada cor de bronze. Estendo a mão para tocá-la, mas Jane agarra o meu ombro. Pare, diz ela. Cuidado.

Aquela sala ainda está sendo restaurada, diz Jill. Não tem piso. Você poderia entrar, mas cairia direto no porão. Ela abre a porta com a mão feita e, sim, o não chão se estende diante de mim.

Seria terrível, diz Jane.

A câmera me segue por toda parte. Paro perto de Paul por um tempo, alisando sem jeito o meu vestido. Ele parece nervoso, então ando, um satélite libertado de sua órbita. Longe dele me sinto estranha, sem propósito. Não conheço aquelas pessoas e elas não me conhecem. Fico perto da mesa de aperitivos e como um camarão – carnudo, banhado em molho de coquetel –, enfiando a cauda dura na minha mão. Outro, depois um terceiro, as caudas enchem a minha mão. Tomo uma taça de vinho tinto sem sentir o gosto. Encho de novo a taça e a esvazio mais uma vez. Mergulho uma torradinha em algo verde-escuro. Ergo a cabeça. No canto da sala, o olho da câmera está fixado em mim. Me viro para a mesa.

O gato se aproxima e tenta pegar com as patas um pedaço de pão sírio das minhas mãos. Quando afasto o pão, ele me ataca e arranca um pedaço do meu dedo. Solto um palavrão e chupo a ferida. Sinto o gosto de homus e cobre na boca. Sinto muito, diz Jill, que surge como se estivesse esperando nos bastidores pela deixa do meu sangue. Ele às vezes faz isso com estranhos; ele precisa mesmo tomar algum remédio pra ansiedade. Gato feio! Jane toca de leve o braço de Jill e pede a ajuda dela para limpar algo que foi derramado e as duas desaparecem.

Pessoas amigáveis que nunca vi me perguntam sobre o meu trabalho, sobre a minha vida. Tentam pegar taças de vinho atrás de mim, tocam o meu braço. Me afasto toda vez que fazem isso, não diretamente para trás, mas dou um passo curto para a direita e eles acompanham os meus movimentos, e dessa forma nos movemos em um pequeno círculo enquanto falamos.

O último livro que li, repito lentamente, foi...

Mas não consigo me lembrar. Me lembro da capa lustrosa nas pontas dos dedos, mas não do título, ou do autor, ou de qualquer uma das palavras dentro dele. Acho que estou falando engraçado com a minha boca queimada, minha língua dormente inchada e inútil dentro da boca. Quero dizer, não se incomodem em me perguntar qualquer coisa. Quero dizer, não há nada por baixo.

E o que você faz?

As perguntas me atingem como portas escancaradas. Começo a explicar, mas assim que as palavras saem da minha boca, estou procurando por Paul. Ele está no canto oposto da sala, conversando com uma mulher de cabelo curto e um colar de pérolas enrolado no pescoço como as voltas de um nó corrediço. Ela toca o seu braço com familiaridade; ele a afasta com a mão. Os músculos dele parecem retesados a ponto de se romperem. Olho para trás para a mulher que me perguntou sobre a minha profissão. Ela é cheia de curvas e mais alta do que a maioria e usa o tom mais brilhante de batom vermelho que já vi. A mulher olha rapidamente para Paul. Ela toma outro gole longo de seu martíni, as azeitonas rolam na taça como olhos. Como vão as coisas com vocês dois?, pergunta ela. Uma íris cor de pimenta é virada na minha direção. A mulher com as pérolas toca de novo o braço de Paul. Ele sacode a cabeça de maneira quase imperceptível. Quem é ela? Por que ela...

Peço licença e vou para o corredor escuro. Pressiono a palma da mão na esfera de ferro na base do corrimão e me puxo para a escada.

A chapelaria, acho. O quarto cheio de casacos. O quarto transformado...

A escada se afasta de mim e corro para alcançá-la. Procuro a porta, uma porção mais escura em meio à escuridão. A chapelaria é fria. Encosto a mão no lambri de madeira. Os casacos não me farão perguntas.

Nas sombras, duas figuras estão lutando na cama. Meu coração palpita de medo, um peixe com um anzol de aço atravessado na ponta do lábio. Quando meus olhos se ajustam à escuridão, percebo que são apenas as anfitriãs, contorcendo-se em cima das pilhas de casacos surrados. A morena – Jane? Ou é Jill? – está de barriga para cima, o vestido erguido em volta do quadril, e sua esposa está em cima dela, esfregando o joelho entre as suas pernas. Jane – talvez Jill – está mordendo o próprio pulso para não gritar. Os casacos roçam uns nos outros, deslizam. Jane beija Jill ou Jill beija Jane e então uma se abaixa e puxa para baixo as meias longas da outra, uma linha enrolada de lingerie, e seu rosto desaparece dentro dela.

Sinto uma pontada de prazer dentro de mim. Jill ou Jane se contorce, agarra punhados de casacos com as mãos, solta um gemido, uma única sílaba estendida em duas direções. Um longo lenço vermelho escorrega para o chão.

Não me pergunto se elas podem me ver. Eu poderia ficar de pé ali durante mil anos e entre casacos, sílabas e bocas, que elas nunca me veriam.

Fecho a porta.

Fico bêbada. Tomo quatro taças de champanhe e um gim-tônica forte. Chupo até o gim da rodela de limão, o suco cítrico faz o arranhão no meu dedo arder. Gabe finalmente larga a câmera em uma cadeira devido ao seu peso extraordinário. O aparelho fica ali, em silêncio, mas está comigo em algum lugar ali dentro, por segundos preciosos que não posso recuperar. Um rosto que ainda não olhei com a devida atenção, repousando no fundo do emaranhado de suas entranhas mecânicas.

Passo pela câmera e a pego, meus dedos se fecham em volta da alça. Eu a controlo agora. Caminhando casualmente em direção à porta da frente, tomando o cuidado de apontar a lente para longe do meu corpo, vejo o gato branco de cara achatada, olhando para mim do alto dos degraus. A língua rosada em forma de vírgula desliza para fora e faz uma viagem vagarosa por sobre o seu lábio superior e seus olhos azuis se estreitam de forma acusadora. Tropeço. Não me preocupo em pegar meu casaco antes de atravessar a porta.

Do lado de fora, minhas botas pisam barulhentas no gelo cintilante e na neve traiçoeira. Alguém esvaziou meia xícara de café perto do final do caminho que leva à entrada dos carros e há uma mancha marrom-escura espalhada grotescamente pelo gramado branco. Rastros estreitos na neve sugerem que um veado também viu aquilo. Fico toda arrepiada. Percebo que não estou com as chaves, mas coloco a mão no botão do porta-malas mesmo assim.

Está destrancado. O porta-malas se abre para mim e largo a câmera nas suas sombras.

Volto para dentro e tomo uma taça de vinho. Depois uma dose de algo verde. O mundo começa a deslizar.

Em vez de desmaiar como uma pessoa com dignidade, cambaleio de novo até o carro, me sento no banco do passageiro, o abaixo e olho pelo teto solar para um céu apinhado de pontos de luz delicados.

Paul se senta no banco do motorista.

Você está bem?, pergunta ele.

Balanço a cabeça afirmativamente e então abro a porta e vomito camarão de coquetel e molho de espinafre na entrada de cascalho. Pedaços rosados e filetes escuros longos como cabelo caem entre as pedras e a neve; a poça cintila e reflete a lua.

Vamos embora. Reclino o banco e olho para o céu.

Você se divertiu?, pergunta Paul.

Dou risinhos, então rio mais alto. Não, eu gargalho. Bufo. Nem a pau. Nem...

Sinto algo gelado no rosto e tiro com a mão. Espinafre. Abaixo o vidro. Ar congelante acerta o meu rosto. Jogo o espinafre para fora do carro.

Se fosse um cigarro, digo, iria soltar faíscas. Devia ser um cigarro. Eu precisava de um.

O frio dói.

Pode levantar o vidro?, pergunta Paul em voz alta para ser ouvido em meio ao vento forte. Subo de novo o vidro e apoio a minha cabeça pesada no vidro.

Achei que seria bom pra gente sair da casa, diz ele. Jane e Jill gostam mesmo de você.

Gostam de mim por quê? Afasto a cabeça e há um círculo de gordura obscurecendo o céu. Vejo uma mancha negra brilhar rapidamente com os faróis e depois uma massa amontoada no acostamento – um veado, despedaçado pelos pneus de uma van.

Quase consigo ouvir a ruga entre as sobrancelhas de Paul ficando mais funda. Como assim, gostam de você por quê? O que é que isso quer dizer?

Não sei.

Elas apenas gostam de você, só isso.

Rio de novo e coloco a mão na manivela da janela. Quem era a mulher com um colar de pérolas?, pergunto.

Ninguém, diz ele, numa voz que não engana nenhum de nós.

Na minha casa, ele me carrega para a cama. Quando deita ao meu lado, estendo a mão e toco a sua barriga. Ele não me pergunta o que estou fazendo.

Você está bêbada, diz ele. Não quer isso.

Como você sabe o que eu quero?, pergunto. Me aproximo mais. Paul pega a minha mão e a afasta. Ele a segura no alto por um instante, aparentemente não querendo largá-la, mas também sem querer colocá-la de novo onde estava. Ele resolve colocá-la na minha própria barriga e rola para o outro lado.

Toco em mim mesma. Nem mesmo reconheço a minha própria topografia.

Paul me pergunta na maioria das manhãs sobre o que sonhei.

Não me lembro, digo. Por quê?

Você estava se mexendo. Muito. Ele diz isso com cautela, de um modo que deixa evidente que estava tentando se conter.

Quero ver. Instalo a câmera na prateleira mais alta da estante ao lado da minha cama para me gravar durante o sono. O DVD do outro dia está obviamente quebrado e o coloco na lata de lixo, enfiando fundo no saco, debaixo de cascas de batatas curvadas como pontos de interrogação. Então compro outro DVD. Ele aparece no meu degrau de cimento.

Esse tem várias partes, partes menores, como curtas-metragens. A primeira se chama *Fodendo a minha esposa*. Começo o filme. Um homem está segurando uma câmera – não consigo ver o seu rosto. A mulher é loira e mais velha do que a última mulher e aplicou rímel meticulosamente.

Como digo, como digo, como digo–

Não consigo ouvir o homem. Olho para o estojo de novo. *Fodendo a minha esposa*. Não entendo o título. Não consigo ouvi-lo. Somente a voz dela, com um toque de desespero.

Como digo, como digo, como–

Não quero mais ouvir a mulher. Aperto o botão de mudo.

Como digo, como digo, como–

Desligo o aparelho de DVD. A televisão pisca para o canal de notícias. Uma mulher loira está olhando com seriedade para o público. Acima do seu ombro esquerdo, como um diabo conselheiro, há um quadrado com o desenho de uma bomba, explodindo os *pixels* que a compõem. Tiro do mudo.

–um atentado à bomba na Turquia, ela está dizendo. Avisamos aos telespectadores que as imagens a seguir são–

Desligo a TV. Tiro da tomada puxando pelo fio.

Paul aparece. Como está se sentindo?, pergunta.

Um pouco melhor, digo. Cansada. Me encosto nele. Ele cheira a detergente. Me encosto nele e o quero. Ele é sólido. Ele me lembra uma árvore – raízes que entram fundo na terra.

O aparelho de DVD está quebrado, digo, desviando da pergunta antes que ela seja feita.

Quer que eu dê uma olhada?, pergunta ele.

Sim, respondo. Ligo de novo a TV na tomada. Quando o DVD começa a rodar e os corpos começam a aparecer, posso ouvi-la de novo. Aquela voz, aquele som triste e desesperado, as perguntas repetidas sem parar como um mantra enquanto ela sorri. Mesmo enquanto ela geme e sua mente se alterna entre a pergunta e o desenho do tapete. Paul assiste com educação determinada, acariciando a minha mão distraidamente enquanto a cena vai passando. A próxima começa, um cenário diferente. Algo sobre uma massagem.

Está ouvindo? Sinto as unhas da minha mão livre se cravando no meu jeans.

Ele inclina a cabeça para o lado e escuta de novo.

Ouvindo o quê?, pergunta ele, com um toque de exasperação na voz.

As vozes.

Não é como se estivesse no mudo.

Não, as vozes por baixo.

Ele se afasta de mim tão depressa que perco o equilíbrio. Sua mão direita está do lado do corpo, abrindo e fechando os dedos como se ele estivesse segurando o coração arrancado de um inimigo. Qual o *problema* com você?, pergunta ele, ríspido. Quando não respondo, ele bate as mãos na parede. Puta *merda*, diz ele.

Viro de novo para a tela. Um homem olha para baixo para a mulher que o está chupando. *Me deixa ver esses olhos bonitos*, diz ele, e a mulher ergue os olhos cor de âmbar e nomes diferentes passam por suas respectivas mentes como um cântico para os mortos. Desligo a TV.

Não fique bravo comigo, por favor, digo. Fico de pé diante dele, minhas mãos pesam ao lado do meu corpo. Ele me abraça e apoia o queixo na minha cabeça. Balançamos para a frente e para trás lentamente, dançando ao som do aquecedor lutando para nos manter quentes.

Acho que encontrei um apartamento pra você, diz ele com o rosto enfiado no meu cabelo. Fica no terceiro andar de um prédio do outro lado do rio.

Não quero ir embora, digo com a cara enfiada no seu peito.

Seus músculos ficam retesados e ele me afasta do seu corpo no comprimento dos seus braços impossíveis.

É como se você não estivesse aí. Paul agarra os lados dos meus braços. Você está reagindo a todas as coisas erradas.

Pare, por favor, digo. Ele tenta me tocar, mas afasto a sua mão com um tapa. Preciso que você seja simples e bom, digo. Não dá pra você apenas ser simples e bom?

O seu olhar me atravessa, como se eu já soubesse a resposta.

Na manhã seguinte, tirei a fita da câmera, rebobinei e coloquei no videocassete. Avancei pelas cenas de tranquilidade, apesar de não haver muitas. O eu do vídeo se debate. Ela agarra o ar como se estivesse tentando puxar serpentinas de festa do teto. Bate os membros na parede, na cabeceira de carvalho, no criado-mudo e não se encolhe de dor, mas continua a atingi-los sem parar. O abajur delgado cai no chão. Paul se levanta, tenta ajudar, segura os braços dela, segura os meus braços, tentando mantê-los ao lado do corpo dela, então parece sentir-se culpado e os solta. Ela se joga na cama. Luta com as cobertas. Desliza para o chão, meio que rolando para baixo da cama, parcialmente oculta pelos lençóis puxados. Paul tenta colocá-la de volta na cama e ela tenta acertar freneticamente a sua cabeça e posso ouvir os *não, não, não, não, não, não, não* contínuos dela enquanto ele a puxa de volta para cima do colchão, chega perto o bastante para dizer algo no seu ouvido, algo baixo demais para a câmera captar, e então a deita, deita no colchão, deita em seus braços num aperto que parece ao mesmo tempo ameaçador e tranquilizador. Isso dura um momento até ela – até eu – se agitar de novo, e Paul me puxa para junto de si, mesmo quando bato em seu peito, mesmo quando escorrego de novo para o chão. Uma noite inteira disso.

Quando termino, rebobino até o início e coloco a fita de volta na câmera.

Paro de comprar DVDs pelo correio. Não há truques de voz no pornô da internet, nenhuma faixa de comentário estranha. Começo testes grátis em quatro sites diferentes.

Ainda posso ouvir as vozes. Um homem de pulsos finos não para de pensar em alguém chamado Sam. Duas mulheres ficam surpresas com os corpos uma da outra, com a maciez infinita. *Ninguém disse, ninguém disse*, pensa uma mulher bronzeada. Ecoa na mente dela, na minha. Eu me aproximo tanto da tela que não consigo nem mais ver o vídeo. Apenas borrões de cores se mexendo. Beges, marrons, o preto do cabelo da mulher bronzeada, cabelos ruivos que, quando me afasto, não consigo ver a origem.

Uma mulher corrige mentalmente um homem que não para de se referir à *xoxota* dela. *Buceta*, pensa ela, e a palavra é densa e paira no ar como um pedaço de fruta ainda não madura. Amo a sua xoxota, diz ele. *Buceta*, repete ela sem parar, uma meditação.

Alguns são silenciosos. Alguns não possuem palavras, apenas cores.

Uma mulher com um dildo amarrado em volta do seu quadril carnudo reza enquanto fode um homem que a idolatra. Cada estocada salienta a prece. No fim, ela beija as costas dele, uma bênção.

Um homem com duas mulheres no seu pau quer voltar para casa.

Eles sabem o que estão pensando?, eu me pergunto, clicando em um vídeo após o outro, deixando que carreguem como um estilingue sendo puxado para trás. Eles escutam? Sabem? Eu sabia?

Não consigo me lembrar.

Estou assistindo a um homem fazer uma entrega às duas da manhã. Uma mulher com seios que flutuam de uma maneira errada contra a gravidade atende a porta. Não é a casa certa, claro. Acho que talvez eu já tenha assistido a esse. Ele coloca a caixa de papelão vazia na mesa. Ela tira a camisa. Eu escuto.

A mente dela é uma escuridão total. Está cheia, com medo. O medo a percorre, incandescente e aterrorizada. O medo pesa em seu peito e a esmaga. Ela está pensando em uma porta se abrindo. Está pensando em um estranho entrando. Estou pensando em uma porta se abrindo. Posso ouvir o homem agarrando a maçaneta. Não posso ouvir o homem agarrando a maçaneta, mas posso ouvi-la girando. Não posso ouvi-la girando, mas ouço os passos. Não posso ouvir os passos, não posso ouvi-los. Há apenas uma sombra. Há apenas a escuridão encobrindo a luz.

Ele, o entregador, o não entregador, pensa nos seios dela. Ele se preocupa com o próprio corpo. Ele quer satisfazê-la, de verdade.

Ela sorri. Há uma mancha de batom em seus dentes. Ela gosta dele. Debaixo disso, há um grito ensurdecedor passando em alta velocidade por um túnel. Sem sinal de rádio. Toma conta da minha cabeça, pressiona o osso do meu crânio. Martelando, fazendo-o em pedaços. Sou um bebê, minha cabeça não é sólida, essas placas tectônicas, não dá para esperar que aguentem.

Agarro o meu laptop e o jogo na parede do outro lado da sala. Fico esperando que ele espatife, mas isso não acontece: ele atinge a parede e cai no chão com um estrondo terrível.

Grito. Grito tão alto que a nota se divide em duas.

Paul sobe correndo do porão. Ele não pode se aproximar de mim. Não me toque, berro. Não me toque, não me toque.

Ele permanece perto da porta. Minhas pernas vacilam e vou para o chão. Minhas lágrimas escorrem quentes e então esfriam no meu rosto. Volta lá pra baixo, por favor, digo. Não consigo ver Paul, mas o escuto abrindo a porta do porão. Me encolho. Não me levanto até meu coração começar a bater mais devagar.

Quando finalmente fico de pé e chego perto da parede, viro o computador para cima. Há uma rachadura imensa no meio da tela, uma falha geológica.

No quarto, Paul senta na minha frente, bate distraído os dedos no seu jeans.

Você se lembra de como era antes?, pergunta ele.

Olho para as minhas pernas e depois para a parede vazia e então para ele. Eu nem me esforço para falar; a centelha das palavras se apaga tão fundo no meu peito que não há sequer espaço para exalá-las.

Você queria, diz ele. Você queria sem parar. Era como se você fosse interminável. Um poço que nunca ficava vazio.

Queria poder dizer que me lembro, mas não me lembro. Consigo imaginar membros subindo e descendo e bocas em bocas, mas não consigo me lembrar deles. Não consigo me lembrar de já ter sentido sede.

Durmo, por muito tempo e com calor, com as janelas abertas apesar do inverno. Paul dorme encostado na parede e não se mexe.

As vozes não estão acontecendo, não agora, mas ainda as percebo. Pairam sobre a minha cabeça como folhas ao vento. Sou Samuel, acho. É isso. Sou Samuel. Deus o chamou à noite. Elas me chamam. Samuel respondeu, Sim, Senhor? Não tenho como responder às minhas vozes. Não tenho como lhes dizer que posso ouvir.

Ouço a porta se abrir e se fechar, mas não viro a cabeça. Estou olhando para a tela. Uma orgia agora. A quinta. Dezenas de vozes, demais para contar, sobrepondo-se, misturando-se, preenchendo o ar. Elas se preocupam, desejam, riem, dizem coisas idiotas. O suor brilha. Lâmpadas incandescentes mal posicionadas fazem sombras, dividindo alguns corpos por alguns momentos entre peles lustrosas e vales de escuridão. Inteiros de novo. Pedaços.

Ele se senta ao meu lado, o seu peso afunda tanto o assento que caio em cima dele. Não tiro os olhos da tela.

Ei, diz ele. Você está bem?

Sim. Entrelaço os meus dedos uns nos outros com força, os nós se encaixam em uma linha. Aqui está a igreja. Aqui está a torre.

Paul se encosta e assiste. Ele me olha. Coloca os dedos de leve na minha omoplata, pega a alça do meu sutiã e passa o dedo pela curva da minha pele debaixo do elástico. Com delicadeza, várias vezes.

Uma mulher no centro de uma órbita de homens estende o braço para o alto, por sobre a cabeça, muito acima. Ela está pensando em um deles em particular, o que a está penetrando, tornando-a completa. Ela pensa um pouco na iluminação e então os seus pensamentos voltam a se concentrar nele. Sua perna está ficando dormente.

Paul fala bem perto da minha pele. O que você está fazendo?, pergunta.

Assistindo, respondo.

O quê?

Assistindo. Não é o que eu deveria estar fazendo? Assistindo a isso?

Posso ver que ele está pensando pelo jeito que fica imóvel. Ele estende o braço e coloca a mão sobre a minha – cobrindo a igreja.

Ei, diz ele. Ei, ei.

Um dos homens está doente. Ele acha que vai morrer. Ele quer morrer.

Corpos se unem, se separam, músculos tremem, mãos.

Uma faixa de luz se retesa e afrouxa e fica retesada de novo na mente da mulher. Ela ri. Ela está gozando de verdade. Na primeira vez que nos beijamos, Paul e eu, na minha cama, no escuro, ele estava quase frenético, vibrando de energia, uma porta de tela batendo com o vento. Mais tarde ele me contou que fazia tanto tempo, *tanto tempo*, que ele sentiu como se estivesse saindo da própria pele. *Pele*. Ainda posso ouvi-los pensando, ecoando na minha cabeça, infiltrando-se pelas fendas da minha memória. Não consigo manter as vozes afastadas. Esta represa não vai aguentar.

Não percebo que estou chorando até Paul se levantar e me levar com ele, me puxando do sofá. Na tela, arcos perolados de porra cobrem o torso da mulher que está rindo. Eu me levanto com facilidade. Ele me segura e toca o meu rosto e seus dedos ficam molhados.

Shhhh, diz ele. Shhhh. Desculpa, diz ele. A gente não precisa assistir, não precisa.

Ele passa os dedos pelo meu cabelo e coloca uma mão na parte de baixo das minhas costas. Shhhh, diz ele. Não quero nenhuma delas. Quero só você.

Fico rígida.

Só você, diz ele de novo. Ele me segura firme. Um homem bom. Ele repete, Só você.

Você não quer ficar aqui, digo.

O chão treme; um caminhão grande escurece a janela da frente. Ele não responde.

Fica sentado em silêncio, irradiando culpa. A casa está escura. Eu o beijo na boca.

Desculpa, diz ele. Desc–

Agora é a minha vez de dizer *shhhh*. Ele gagueja e se cala. Eu o beijo com mais força. Tiro sua mão do lado do meu corpo e coloco na minha coxa. Ele está se magoando e quero parar com isso. Eu o beijo de novo. Passo dois dedos pela sua ereção.

Vamos, digo.

Sempre acordo antes dele. Paul está dormindo de barriga para baixo. Eu me sento e me espreguiço. Passo os dedos pelos rasgos no edredom. A luz do sol atravessa as minhas cortinas. Mal consigo dormir com essa luz. Me levanto. Ele não se mexe.

Atravesso o quarto e tiro a câmera do seu lugar. Levo para a sala de estar. Rebobino a fita e ela zune ao se enrolar sobre si mesma.

Coloco a fita no videocassete. Passo o dedo pelos botões da máquina como uma pianista escolhendo a primeira tecla. Eu a aperto e a tela fica branca e depois preta. Então aparece o diorama estático do meu quarto. Os lençóis amassados com detalhes em azul, desfeitos. Adianto a fita. Adianto a fita, passando por minutos de nada, sem ficar surpresa com a facilidade com que ficam para trás.

Duas pessoas aparecem de repente, ergo meu dedo, a corrida até o presente fica mais lenta. Dois estranhos mexem nas roupas um do outro, nos corpos um do outro. O corpo dela, mais esbelto, alto e pálido, se curva; sua calça cai no chão com um baque seco, os bolsos cheios de chaves e moedas. O corpo dela – o meu corpo, meu – ainda está coberto com as manchas amareladas de hematomas que estão desaparecendo. É um corpo transbordando para fora de si mesmo; surge do meio de muitas camadas. A camisa parece volumosa na minha mão e a largo no chão. Ela cai como um pássaro abatido. Estamos encostados no lado do colchão.

Olho para as minhas mãos. Elas estão secas e não estão tremendo. Olho de novo para a tela e começo a escutar.

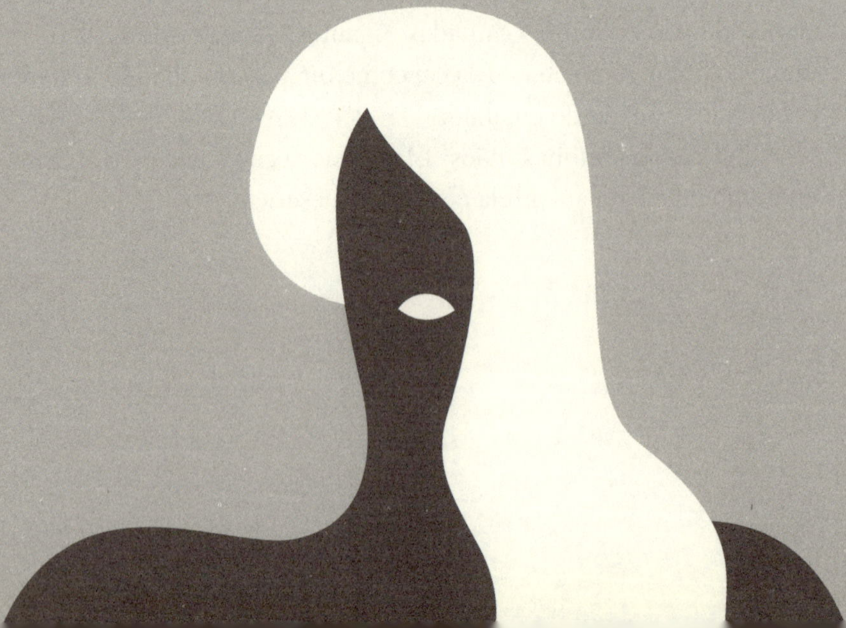

AGRADECIMENTOS

O fato é que você tem uma tarefa impossível quando publica um livro de estreia: não só agradecer às pessoas que influenciaram diretamente este título em particular, mas agradecer a todos que fizeram parte do seu processo de se tornar uma escritora. E, no fim, quando você se senta e pensa a respeito, essa lista pode ser assustadoramente longa.

Houve muitas pessoas ao longo da minha carreira dispostas a apostar em mim, até quando eu não teria apostado em mim mesma. Então eis aqui a minha tentativa de me mostrar à altura da tarefa monumental de fazer jus à generosidade e à fé espantosas delas.

Este livro – e esta vida – teria sido impossível sem:

Meus pais, Reinaldo e Martha, que leram para mim muito antes de eu saber ler; meus irmãos Mario e Stefanie, que escutaram todas as minhas histórias; e meu avô, que me ensinou como contá-las.

Laurie e Rick Machado, que sempre foram uma presença estável e adorável.

As mulheres que me deram livros de presente e alimentaram a minha imaginação nascente: Eleanor Jacobs, Sue Thompson, Stefanie "Omama" Hoffman, Karen Maurer e Winnifred Younkin.

Marilyn Stinebaugh, que me deixou xingar Hemingway na sua aula, me passou textos de sua biblioteca particular e me mostrou o que a literatura podia ser.

Adam Malantonio, que fez uma trilha sonora para mim.

Mindy McKonly, que me levou a sério.

Marnanel Thurman, que me deu quinze anos de amizade e inteligência.

Amanda Myre, Amy Weishampel, Anne Paschke, Sam Aguirre, Jon Lipe, Katie Molski, Kelli Dunlap, Sam Hicks, Neal Fersko e Rebekah Moan, que cresceram comigo e ajudaram a me tornar quem sou.

Jim, James e Josh, que me escutaram e me ajudaram a chegar às minhas respostas.

Harvey Grossinger, que forneceu a dádiva do seu tempo e da sua sabedoria.

Allan Gurganus, que me encorajou a fazer a escolha certa.

John Witte e Laura Hampton, cujo amor e amizade me mantiveram inteira quando nada mais podia.

A Iowa Writers' Workshop e as pessoas magníficas que a mantém funcionando: Connie Brothers, Deb West, Jan Zenisek e, é claro, Lan Samantha Chang.

Meus colegas de classe e queridos amigos de Iowa, que me tornaram uma pessoa mais inteligente e uma escritora melhor: Amy Parker, Ben Mauk, Bennett Sims, Daniel Castro, E. J. Fischer, Evan James, Mark Mayer, Rebecca Rukeyser, Tony Tulathimutte e Zac Gall.

Meus muitos professores de escrita – Alexander Chee, Cassandra Clare, Delia Sherman, Harvey Grossinger, Holly Black, Jeffery Ford, Kevin Brockmeier, Lan Samantha Chang, Michelle Huneven, Randon Noble, Ted Chiang e Wells Tower –, que foram duros comigo quando precisaram ser, encorajadores quando precisaram ser e sempre gentis.

A classe de 2012 da Clarion Science Fiction & Fantasy Writers' Workshop: Chris Kammerud, Dan McMinn, Deborah Bailey, E. G. Cosh, Eliza Blair, Eric Esser, Jonathan Fortin, Lara Donnelly, Lisa Bolekaja, Luke R. Pebler, Pierre Liebenberg, Ruby Katigbak, Sadie Bruce, Sam J. Miller e Sarah Mack. (Vocês sempre serão os meus Robôs Desajeitados.)

Os atenciosos e inspirados escritores da Sycamore Hill 2014 e 2015: Andy Duncan, Anil Menon, Chris Brown, Christopher Rowe, Dale Bailey, Gavin Grant, Jen Volant, Karen Joy Fowler, Kelly Link, Kiini Ibura Salaam, L. Timmel Duchamp, Matt Kressel, Maureen McHugh, Meghan McCarron, Michael Blumlein, Molly Gloss, Nathan Ballingrud, Rachel Swirsky, Richard Butner, Sarah Pinsker e Ted Chiang.

A dádiva do tempo e do apoio financeiro da Beth's Cabin, CINTAS Foundation, Clarion Foundation, Copernicus Society of America, Elizabeth George Foundation, Hedgebrook, Millay Colony for the Arts, meus apoiadores do Patreon, Playa, Speculative Literature Foundation, Spruceton Inn, Susan C. Petrey Scholarship Fund, Universidade de Iowa, Wallace Foundation, Whiting Foundation e Yaddo.

Yuka Igarashi, que me entende.

Kent Wolf, que acreditou em mim desde o início e é um defensor paciente e incansável.

A dedicação e o trabalho duro de Caroline Nitz, Fiona McCrae, Katie Dublinski, Marisa Atkinson, Steve Woodward, Yana Makuwa, Casey O'Neil, Karen Gu e de toda a equipe Graywolf.

Ethan Nosowsky, cuja orientação e confiança tornaram este livro melhor do que eu achava possível.

Cada mulher artista que veio antes de mim. Não tenho palavras diante da coragem delas.

E a minha esposa, Val Howlett, que é a minha primeira e melhor leitora e a minha escritora favorita. Eu não seria capaz de fazer nada disso sem ela.

SOBRE A AUTORA

As obras de ficção e não ficção de Carmen Maria Machado apareceram em *New Yorker, Granta,* NPR, *Guernica, Electric Literature, Gulf Coast, Tin House, Best American Science Fiction and Fantasy, The Best Horror of the Year, Year's Best Weird Fiction* e *Best Women's Erotica*. *O corpo dela e outras farras* foi finalista dos prêmios National Book Award, Shirley Jackson e Nebula, recebeu uma Menção Especial do Pushcart Prize e foi vencedor do Lambda Literary Award na categoria Lesbian Fiction. Ela possui uma especialização pela Iowa Writers' Workshop e recebeu bolsas e residências da Copernicus Society of America, Elizabeth George Foundation, CINTAS Foundation, Speculative Literature Foundation, Universidade de Iowa, Yaddo, Hedgebrook e da Millay Colony for the Arts. Ela é a artista residente da Universidade da Pensilvânia e mora na Filadélfia com sua esposa.

Este livro foi composto em Fairfield LH e impresso pela RR Donnelley
para a Editora Planeta do Brasil em julho de 2018.